AF362835

Juan José Sánchez Milla

Te amaré hasta que te mate

Todos los derechos reservados. No se permite la reproducción total o parcial de esta obra, ni su incorporación a un sistema informático, ni su transmisión en cualquier forma o por cualquier medio (electrónico, mecánico, fotocopia, grabación u otros) sin autorización previa y por escrito de los titulares del copyright. La infracción de dichos derechos puede constituir un delito contra la propiedad intelectual.

Te amaré hasta que te mate
© Juan José Sánchez Milla, 2024

Fotografía de portada del autor

ISBN: 978-84-09-67323-0

NOTA DEL AUTOR

Quiero dedicar este libro *in memoriam* a Diego Grima Gómez (1978 – 2023), hijo de mi amigo y compañero Alberto Grima Serrano, y de su esposa, Maribel Gómez Valls.

Su recuerdo permanecerá siempre en la memoria de sus seres queridos y de todos los que os apreciamos.

Descanse en paz

A Francisco Javier Gayubas Esteban,

mi hermano de armas

La Habana, 1859

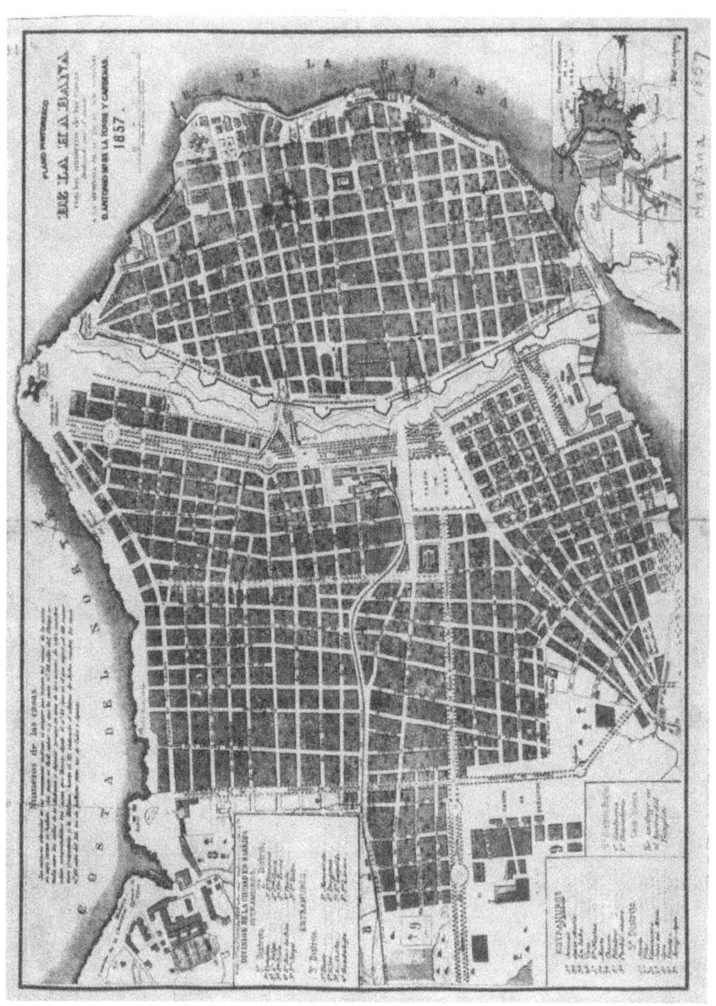

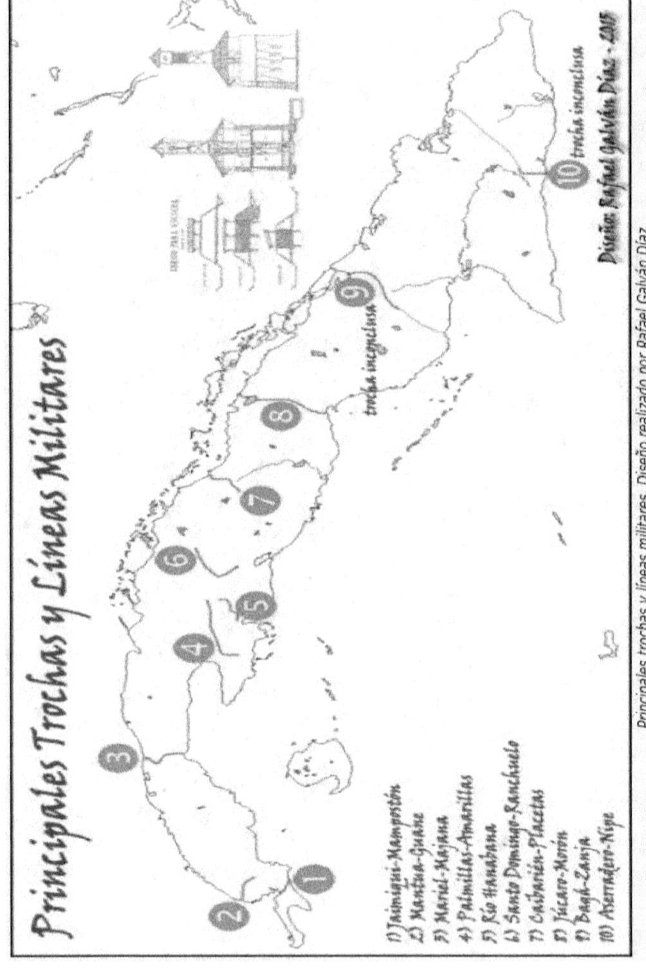

Principales trochas y líneas militares. Diseño realizado por Rafael Galván Díaz.

Plano de los hospitales militares en La Habana, 1895

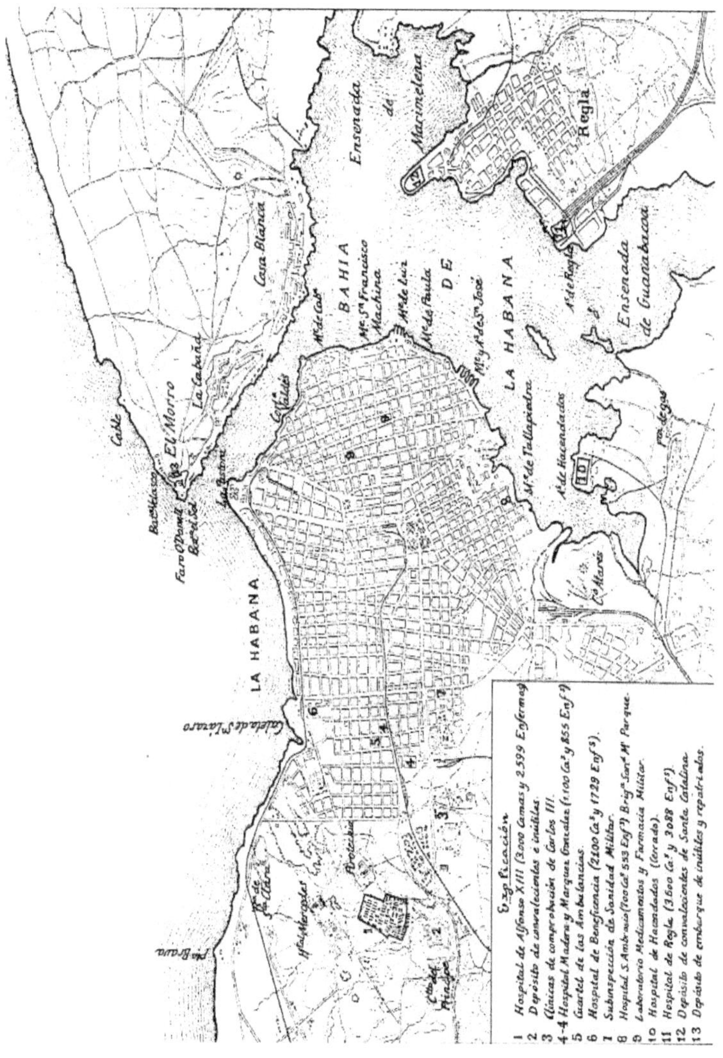

PRÓLOGO

Un escritor lo que desea es tener una buena historia. El argumento es el esqueleto de la obra. Después está la narrativa, y para eso, hace falta oficio. Pero eso no es todo, después hay que perfilar los personajes y darles coherencia durante todo el relato e interrelacionarlos con los demás protagonistas. Tampoco ahí se termina el trabajo del autor, porque una novela debe tener ritmo para que el lector se quede siempre con hambre al final de cada capítulo. Yo comparo al escritor de novelas con el director de una orquesta que debe aunar y sincronizar a todos los músicos y solistas. El poeta sería un virtuoso de un instrumento, pero no es un novelista.

Juan José Sánchez Milla es un escritor autodidacta que ha bebido en muchas fuentes diferentes. No es un novato, porque lleva varios libros publicados. Buenos libros, entretenidos, de intriga, históricos, y ahora nos sorprende con su último trabajo: ***Te amaré hasta que te mate.*** Cuando terminé su lectura me di cuenta de que se trataba de su obra maestra. El autor tenía una buena historia en su manos, situada en la Cuba del siglo XIX. Si usted no ha estado en esa entrañable isla caribeña, no es imprescindible que vaya porque **Sánchez Milla** le transporta a ella, dibuja con maestría los ambientes, paisajes, urbanismo... Toda la novela "huele" a Cuba. El trabajo de investigación histórica es tan formidable que se extiende hasta en el léxico de los nativos. La narrativa es elegante, como en todas sus obras. Los personajes son una delicia; perfiles bien retratados que al cerrar los ojos el lector puede visualizarlos en su mente.

Te amaré hasta que te mate es una novela histórica, de intriga, negra y de amor. Siempre se ha dicho que en una buena historia debe haber amor y muerte, y a fe que el autor plasma esas dos circunstancias con un ritmo que no deja al lector cerrar el libro hasta el final.

El éxito de esta novela está asegurado, y le aseguro, amigo lector, que cuando la termine querrá una segunda parte, porque le va a saber a poco.

Ahora es momento de callar y de abrir las páginas de este regalo que nos hace **Juanjo.**

Alberto Grima Serrano
Médico y escritor

Capítulo 1
«Un callejón en La Habana»
1892

La gente paseaba por la plaza de Armas de La Habana en parejas o acompañadas las jóvenes porsus mucamas. Los niños jugaban cerca de los parterres. El día había sido soleado y cálido como correspondía a la época del año en la que se encontraba. Cerca de la plaza la catedral abría las puertas a los fieles que acudían a los ritos vespertinos. En un lateral de la plaza la casona de los condes de Santovenia luce esplendorosa. Desde que sus propietarios la convirtieron en un hotel, turistas americanos y europeos llegan para hacer negocios o comenzar el principio de su carrera en busca de fortuna.

El atardecer vacía la plaza de público. Las personas se dirigen a sus hogares para cenar. Las sombras de la noche se van imponiendo y el cielo azul hasta hace unos momentos se transmuta en el horizonte en una miríada de colores en los que predominan los cárdenos, violetas, rosáceos y anaranjados. Cuando la diosa Selene aparece para contemplarlo todo desde su puesto en el cielo, nos impone su presencia con su cuerpo. La luna brilla en todo su esplendor demostrando con la pálida luz que no tiene nada que envidiar a su hermano sol que se ha retirado por el poniente para su merecido descanso.

Las luces eléctricas que Edison, ese americano tan

moderno como avanzado, ha inventado se encienden en los edificios que rodean la plaza. De entre estos edificios el café La Lonja destaca porsu grandiosidad.

Su suelo, embaldosado con granito, tiene las paredes orladas de grandes muestras pictóricas que se alternan con enormes espejos que reflejan el movimiento incesante de la multitud que se mueve en suinterior. De los techos cuelgan enormes lámparas de cristal de araña; y, sobre los muebles, candelabros y bellos adornos complementan la decoración. Una amplia entrada principal permite el acceso cómodo a los asistentes a los espectáculos que se ofrecen dentro. Hay una segunda puerta por la que suelen pasar los criollos para contemplar las actuaciones.

Esa noche el café estaba lleno a rebosar. El hombre siguió en silencio al camarero que le precedía sorteando mesas en el amplio salón del local donde se encontraban. Cuando llegaron a la mesa habitual del silencioso cliente, el empleado le retiró la silla para que pudiera sentarse y esperó en silencio. Con un gesto el hombre le despidió y el camarero se retiró aliviado por el miedo que el personaje le infundía.

Antes de sentarse, se estiró el chaleco bajo la levita y se acomodó. El hombre silencioso miró el escenario y luego barrió con la mirada, de un lado a otro, el resto del local contemplando a la multitud que, como en días anteriores, atestaba el salón.

De tez oscura, que señalaba su mezcla de sangre, mostraba un rostro indiferente a cuanto le rodeaba. Una nariz recta y fina terminaba sobre el labio superior del que lo separaba un fino bigote a la moda francesa. Sus ojos oscuros se veían velados, opacos, no mostrando emoción alguna.

16

Los asistentes al teatro, ruidosos y groseros, celebraban la próxima actuación. Algunos soldados coloniales hablaban en voz alta soltando risotadas estrepitosas ante algún comentario procaz de sus contertulios. Otros fumaban en silencio o manteniendo en voz baja conversaciones mientras esperaban el comienzo del espectáculo. Al cabo de unos instantes, las luces de las lámparas situadas sobre el salón se oscurecieron y se iluminó el escenario merced a las pequeñas bombillas que se encendieron alrededor del escenario. El maestro de ceremonias, vestido de frac, apareció desde detrás de la cortina del fondo. Alto, con una barriga prominente, la cara redondeada y rubicunda que mostraba su gran apetito por las viandas y el buen beber, movió su cabeza a izquierda y derecha mostrando una gran sonrisa. Su larga melena blanca y su barba y bigote del mismo color recordaban las imágenes del legendario Búfalo Bill que se veían en los carteles que los americanos enviaban a la isla para promocionar espectáculos y artículos comerciales.

—Buenas noches, amigos míos. Vamos a poder presenciar lo que todos estamos esperando. Llegada desde la vieja Europa, del lugar donde nació el fado, para todos nosotros, interpretando las canciones de su tierra y de la nuestra: la señorita Jimena Gonçalves de Guimarães.

Una fuerte ovación resonó en el teatro. El presentador se sonrió para dentro pensando en el acierto que había tenido al contratar a la joven cantante cuando se había presentado solicitando un trabajo. Él intuyó la mina económica que su incorporación al plantel de artistas podría suponerle, y las escasas dos semanas que llevaba en cartelera le demostraban lo acertado de su apuesta.

Los silbidos y abucheos de los jóvenes soldados fueron acallados por el público, que dejó de protesta cuando los militares se les encararon. El hombre solitario los miró con desdén pensando que pronto los cubanos podrían liberarse de la opresión a la que se encontraban sometidos por los invasores españoles.

Moviendo las cortinas del escenario a un lado, el presentador dio paso a una bella joven, que no tendría más de 20 años, con el cabello largo de un color castaño claro. Los ojos verdes miraban al público con un brillo que denotaba la emoción que sentía ante su inminente actuación. De pómulos redondeados, su boca sensual y carnosa no excesivamente grande resaltaba debajo de una nariz recta y de proporciones perfectas. Una barbilla ligeramente redondeada ofrecía en conjunto un rostro de una belleza que dejaba a quienes la contemplaban sin respiración. Su cuerpo esbelto, con pechos redondeados que asomaban ligeramente por encima del corpiño que los cubría. Un talle estrecho, remarcado por el vestido, se continuaba con unas caderas redondeadas y unas piernas largas cuyos zapatos asomaban por debajo del vestido.

El público quedó mudo ante la aparición de la joven y se oyeron ruidos de movimientos de las personas que se acomodaban en sus asientos para ver la actuación. La cantante, mirándolos, se dirigió a ellos:
—Voy a comenzar mi actuación con una canción popular que se llama "El amor en el baile". Muchas gracias.

No se oía ningún ruido en el salón. La cantante con voz melodiosa y suave esperó a que la orquesta iniciara los primeros acordes para comenzar a cantar:

«Yo soy niña, soy bonita
Y el pesar no conocí;
Yo soy niña, soy bonita
Y el pesar no conocí.
Pero anoche, ¡ay mamita!,
Yo no sé lo que sentí»*

Los asistentes escuchaban embelesados cómo la joven desgranaba con suavidad y un cálido y sensual aire la letra de la canción. Algunos soldados embriagados desde muy temprano silbaban y aplaudían. El público los recriminaba y chistaba en voz baja, pero con temor ante una respuesta violenta de los militares.

Durante un instante el hombre solitario dejó entrever su verdadera faz tras la máscara con la que se acostumbraba a ocultar. Su mirada acentuó un brillo furioso, de rabia puramente animal. Sus labios se contrajeron y se echaron hacia atrás, lo que mostró unos caninos afilados. Eso, además de la mandíbula prominente y alargada que tenía, le confería un aspecto lobuno, de gran depredador acostumbrado a cazar antes que ser cazado. Sus cejas se cernieron sobre las cuencas de sus ojos mientras unas sombras le oscurecían las bolsas de los parpados. Después de unos instantes, se dio cuenta de que estaba observando fijamente a los soldados y que alguien podría ver su expresión.

---

* Habanera titulada "El amor en el baile", autor desconocido. 1842

Al momento relajó las facciones, las cuales, como por arte de magia, se ablandaron y mostraron un rostro anodino y abúlico, con una mirada apagada que denotaba desinterés por cuanto le rodeaba. Pese a ello no dejó de observar a un militar, particularmente grosero, que soltaba exabruptos y groserías sin dejar escuchar bien a los asistentes la canción de la artista.

«Mamita, sí, mamita, sí.
No lo dudes: él palpita
Porque el amor entró en mí.
Porque el amor entró en mí».

Cuando terminó la habanera, la joven cantante, con una graciosa y pequeña reverencia, agradeció al público sus aplausos y se despidió por la cortina lateral.

El hombre observó cómo el soldado embriagado se levantaba y, a grandes voces, se despedía de sus camaradas para enfilar hacia la salida del local. Él, a su vez, se levantó y, sorteando un par de mesas, pasó a un salón contiguo que sabía que conducía a la otra salida del teatro. Una vez en la calle, dio la vuelta al edificio para parapetarse detrás de unos barriles de ron que cubrían la mitad de un callejón colindante. A los pocos minutos vio llegar, dando traspiés, al militar. Este atajó por el callejón para dirigirse a los cuarteles, sin percibir el peligro que le acechaba. Cuando se encontraba a mitad del callejón y tras pasar por el montón de barriles, una voz le gritó:

—¡Tú, miserable! ¡Eres una vergüenza para ese uniforme que llevas! ¡Vuélvete a tu país a pasar hambre y dejad libre nuestra tierra!

El soldado se sobresaltó y se giró cuando oyó la voz. Vio frente a él a un hombre que le miraba con los ojos encendidos de rabia y los labios apretados conteniendo el furor que sentía en su interior. Se le encaró sabiendo que era grande y fuerte; y le respondió:

—Mira, muchacho, no sé qué te has creído, pero en Cuba hacemos lo que queremos. Si te atreves, enfréntate a mí.

El soldado dio un paso al frente con los puños buscando acortar la distancia que le separaba del mulato y así poder golpearle. El hombre mientras le veía acercarse desenvainó la hoja de su bastón y amagó dando un paso atrás. El militar se envalentonó y avanzó precipitadamente pensando en que su víctima huiría. De pronto, con un rápido gesto de su mano derecha, el hombre fintó con un tajo circular al pecho, el soldado respondió dando un paso atrás para evitar la hoja. Ese movimiento defensivo expuso su cuello y el hombre varió la trayectoria de la hoja cortándolo transversalmente; por la herida abierta brotó la sangre a raudales. El soldado se cogió el cuello con las dos manos mientras intentaba pedir auxilio: sólo se escuchaba un gorgojeo letal. Se desplomó sin vida en el callejón mientras la sangre silente empapaba la tierra.

El mulato lo cogió por los brazos y lo arrastró detrás de los barriles, donde lo apoyó con el cuerpo sentado y las manos en el regazo con las palmas hacia arriba. Abriendo una navaja que extrajo de la levita le sacó los ojos a su víctima y los colocó sobre las manos mirando al cielo. Por último, puso un real de plata en cada cuenca con la efigie del rey mirando hacia fuera.

Cuando terminó, limpió la sangre del estoque con la ropa del soldado, se levantó y salió del callejón para incorporarse a los grupos de personas que paseaban por la calle principal.

*****

En el dormitorio de su residencia recreó el asesinato, de nuevo fijando los detalles en su mente. No sintió nada como no lo había sentido cuando era joven. Pensaba en que se había convertido en lo que era porque su padre no había estado con él. Tumbado en la cama, rememoró su niñez y revivió la manera en que comenzó todo cuarenta años antes.

Capítulo 2
«Valle de Güines»
1848

El atardecer caía sobre la hacienda Toki Eder. El sol en su descenso provocaba cambios en las pequeñas nubes que, suspendidas en el cielo como bolas de algodón, adquirían un aspecto cálido con una mezcolanza de colores en los que predominaban los tonos anaranjados y rosáceos, lo que daba al conjunto un aspecto atornasolado que invitaba a la ensoñación y al recuerdo.

Román de la Varga, vitoriano de nacimiento, miraba orgulloso desde su mecedora sentado en el porche delantero de la vivienda. Todo cuanto le rodeaba era suyo y una ligera sonrisa aparecida en la comisura de la boca denotaba lo orgulloso que estaba del esfuerzo que le había supuesto llegar hasta aquí.

De estatura alta y talle delgado, su rostro ovalado se afilaba debajo de los pómulos hasta llegar a la barbilla puntiaguda y dura. La nariz aguileña separaba unos ojos oscuros, fríos, calculadores que, bajo unas cejas pobladas, observaban, como los depredadores, su entorno. Un fino bigote crecía, de acuerdo con los mandatos de la moda que se llevaba en Cuba, sobre el labio superior completando su aspecto de persona resuelta y atrevida.

Delante de él y, tras descender un par de escalones, se había construido una explanada en la que una pequeña glorieta, sembrada de césped estaba coronada por tres palmeras cuyas amplias hojas se abrían y formaban una elegante combinación de imágenes en su copa. Entre la grama, flores silvestres crecían dando un toque de color al conjunto.

Junto a la hacienda un quitrín* estaba aparcado y a punto para partir cuando su dueño lo dispusiese. El caballo, bellamente enjaezado, estaba al cuidado de un joven mulato vestido con librea que en ese momento acariciaba el cuello del animal y le daba a comer una manzana que el bruto masticaba con un cabeceo de satisfacción. Román separó la vista del esclavo y miró más allá, por donde se ponía el sol.

La hacienda se encontraba en el valle de Güines, al suroeste de la isla. Un sendero se abría desde la glorieta hacia la izquierda, y recorriendo unos cientos de metros por él, se llegaba a un claro, justo donde comenzaban los campos de cultivo que eran el origen de su fortuna.

Los campos de caña de azúcar y café se adentraban más de un kilómetro hasta llegar a una densa zona arbolada que descendía hasta el río Mayabeque. Desde allí, un sistema de zanjas que había diseñado un amigo suyo repartía el caudal que se extraía del río y regaba los cafetales y demás terrenos de la plantación.

Al fondo crecía un campo más pequeño, dedicado al cultivo de hojas de tabaco. En los bordes marismeños crecía la flora autóctona con fuerza, lo que dificultaba el movimiento por el terreno. Además, la presencia de alimañas desaconsejaba moverse cuando seponía el sol.

---

* Tipo de carruaje ligero de un solo eje tirado por caballos. Es típico en Cuba y otros países del área caribeña durante el siglo XIX

Girando la cabeza hacia el otro lado, Román contempló el otro camino que desde la glorieta se dirigía a la puerta principal del ingenio*.

El camino estaba bordeado de buganvillas y jacarandas que, exuberantes, se alineaban de forma armoniosa a través del corredor sobre un césped bien cuidado y moteado de puntos de color por las margaritas silvestres que asomaban entre la hierba. Al final del sendero dos columnas de piedra sobre las que se asentaban sendas figuras de pájaros franqueaban una cancela de forja. Un muro de ladrillos se extendía a ambos lados de los pilares durante unos metros, Después, la naturaleza salvaguardaba la intimidad de la hacienda, pues los árboles en esa zona crecían apretadosy abigarrados, enmarañándose entre ellos, lo que dificultaba que cualquier persona pudiera atravesar esa fortaleza natural que Dios había plantado allí.

Román enarcó una ceja al escuchar las voces de sus esclavos. Estos tenían unas chozas al oeste de la plantación. El hacendado se levantó y anduvo por el porche hasta dar la vuelta a la casa.

Se apoyó en la barandilla y escuchó a lo lejos las risas y gritos de los niños que jugaban y las voces de las mujeres mientras preparaban la cena.

Observó el fuego de las fogatas donde las calderas bullían llenas de frijoles negros y arroz que, seguramente, comerían mezclados con pollo.

---

* Se llamaban así las fábricas productoras de azúcar, que utilizaban como fuerza motriz en lostrapiches o molinos donde se molía la caña bueyes u otros animales.

Se tenía por un buen amo con los esclavos. Era duro cuando creía que debía serlo; pero, en voz de sus capataces, los trabajadores de los campos no se quejaban más de lo que lo hacían los esclavos de los demás hacendados.

Cuando alguno intentaba evitar el trabajo o se tornaba insolente, los capataces se afanaban en dar una lección al deslenguado que hiciera ver a sus compañeros cuál era el castigo por quebrantar las normas de la casa.

La última vez que revisó los libros Ramírez, su capataz principal, le mostró que tenía más de ochenta hombres y mujeres, además de quince niños nacidos en la plantación.

Pronto las voces de los hombres resonarían en la noche evocando con sus tristes canciones tiempos antiguos; el ritmo suave e hipnótico que le daban a sus voces hacía que cimbreasen sus cuerpos ajustando sus movimientos al golpeo de maracas, congas*, bongós y pailas que marcaban las canciones.

De cuando en cuando el ritmo se aceleraba y los cuerpos se movían convulsos y agitados como si estuviesen poseídos por una deidad ancestral.

Román se irguió y, estirándose el chaleco de la levita volvió sobre sus pasos y entró en la mansión. Observó el amplio vestíbulo al que se abrían dos puertas, una a cada lado.

---

* Es un tambor llamado en Cuba "tumbadora" que procede originalmente del Congo, adaptado más tarde por los esclavos cubanos. Está formado por un tronco ahuecado al que se fijaba una piel tersa en uno de los extremos. Hay tres tamaños denominados de mayor a menor: tumbadora, conga y quinto.

26

A la izquierda, un gran salón servía de recepción a los invitados y de sala de baile cuando el terrateniente organizaba una velada. En las paredes intercaladas entre grandes puertas que conducían a la terraza, se habían colgado espejos que conferían un aspecto señorial a la habitación.

En la pared de enfrente a las puertas, una chimenea de estilo francés, escoltada por dos otomanas y algunas sillas que permitían a quienes no quisieran bailar sentarse cómodamente para mirar a las parejas mientras se desplazaban por la sala al ritmo de la música.

A la derecha, el comedor estaba presidido por una enorme mesa con los servicios montados y los candelabros dispuestos a tramos regulares sobre esta.

Desde el vestíbulo, una gran escalinata conducía al piso superior tras subir dos tramos de escalones. En la planta alta, las habitaciones estaban decoradas de forma espartana y mostraban la ausencia de una mujer en la hacienda. Los baños grandes, pero sobrios en la decoración y adminículos, denotaban la presencia exclusiva del hombre en la casa.

Román se dirigió al baño y, después de asearse, se encaminó al dormitorio para cambiarse de ropa. Acostumbrado a valerse por sí mismo desde joven, no utilizaba nunca criados como mucamo, ya que prefería atenderse a sí mismo. Cuando terminó de vestirse bajó de nuevo y se dirigió a la salida.

Ya en el exterior montó en el quitrín y, con un gesto, señaló al conductor su intención de marchar. El mulato rápidamente subió al pescante y, tras comprobar que su amo estaba bien aposentado, hizo restallar el látigo para poner al caballo en marcha. No necesitaba que su dueño le dijera nada, sabía perfectamente dónde acudía el amo todos los martes.

*****

En La Habana Vieja el ambiente era espectacular. El local, el más famoso de la ciudad, se encontraba muy concurrido al igual que todos los días. Además de los clientes habituales que iban a diario, muchos curiosos y viajeros de paso por la ciudad entraban atraídos por el reclamo de la cantante de la que todo el mundo hablaba.

Regina era una mulata a la que su anterior amo había liberado, enamorado de su voz. Después de oírla cantar en la plantación una noche de verano, la llevó de criada a la casa y le hizo prometer que seguiría con él hasta su muerte. Le pidió que le cantase aquellas canciones que ella conocía desde su infancia y que, con su suave voz, le hacía estremecer de emoción.

Durante años la relación se consolidó entre el viejo terrateniente y la esclava. Cuando terminaba la jornada, el anciano se sentaba en su salón con una copa de licor y mandaba llamar a Regina. Esta acudía y le cantaba dulces canciones de la tierra de sus antepasados.

La joven cumplió su palabra y permaneció lealmente a su lado y, cuando una caída del caballo hizo que el amo enfermara gravemente, este mandó llamar a su notario y le encargó que preparara los papeles de la joven esclava para cumplir con la promesa que le hizo.

Finalmente, y, después de una larga enfermedad, el

anciano murió y, tras la lectura de sus últimas voluntades, a Regina se le concedió la manumisión*.

La joven se vio libre, pero permaneció en la hacienda hasta después de la muerte de su benefactor. Al finalizar su entierro, recogió sus escasas pertenencias y se fue; se prometió no volver a ser nunca más esclava de nadie.

Llegó a la capital y buscó trabajo sin conseguirlo. La gente la miraba extrañada cuando mostraba su carta de libertad y se ofrecía para trabajar. Algunos hombres le ofrecían trabajo pretendiendo engañarla y abusar de su buena fe.

Por las noches buscaba un cobertizo para descansar y, si no lo encontraba, se escondía por los campos en los que poder dormir bajo las estrellas. Para mitigar su soledad cantaba las canciones que le enseñaron su madre y su abuela.

Una tarde un hombre atildado paseaba por el campo y se paró al escuchar su voz. Asombrado porla belleza del sonido que oía, buscó el origen y encontró a la joven sentada en un tronco. Se quedó quieto escuchando la canción y, al terminar, le preguntó:

—Hola, ¿quién te ha enseñado esa canción?

Regina se sobresaltó al oír la voz que la interpelaba, tan absorta estaba en la melodía que no se había percatado del caballero que se le había acercado.

Cuando lo miró, no le pareció peligroso por su aspecto, distinguido y bien arreglado, y más relajada le respondió:

---

* Acto solemne en que el amo renuncia al derecho de acción, señorío y propiedad, para traspasarlo a favor del esclavo. Proviene del latín *manus* (mano) y *mittere* (enviar lejos) que significa "alejar de lasmanos del amo" o, bien, "soltar de las manos".

—Me la enseñó mi abuela cuando era muy niña.

—¿Y en qué idioma cantas? No lo reconozco.

—Es un dialecto del pueblo de mi familia. Llegamos aquí hace muchos años, pero no quisimos que se perdieran nuestras costumbres ni nuestra lengua.

Él la miró con una sonrisa amable y volvió a preguntar:

—¿Sabes más canciones como esa?

—Muchas. Mi abuela y luego mi madre me cantaban todas las noches. —Regina, a su vez, lo miró y le preguntó:

—Y usted, ¿quién es?

Él sonrió levantando las manos como en un gesto de disculpa.

—Perdóname, no me he presentado. Me llamo Juan Blázquez y llegué a La Habana no hace mucho desde España. Soy empresario y regento un teatro. Por las tardes suelo dar largos paseos para conocer la ciudad y sus alrededores. Al oír tu voz no pude por menos que buscarte para conocer a la persona que tan dulcemente interpretaba esa bonita canción.

Regina se ruborizó. Con una sonrisa le respondió:

—Muchas gracias. Es usted muy gentil.

—¿Vives por aquí? ¿Dónde está tu amo? —Juan la miró detenidamente.

Regina se irguió orgullosa del tronco en el que había estado sentada y respondió con sequedad:

—Soy una persona libre. No tengo ningún amo.

El empresario al darse cuenta de que se había ofendido volvió a levantar las manos a fin de disculparse de nuevo.

—Lo siento. No he querido molestarte. No conozco bien el país ni tampoco sus costumbres. Si te parece bien, empecemos de nuevo. Como te he dicho me llamo Juan y soy empresario. ¿Tú cómo te llamas?

—Me llamo Regina —respondió seca.

—Muy bien, Regina. Ahora ya nos conocemos. ¿Vives por aquí cerca?Regina se removió incómoda.

—No. Estoy buscando trabajo, pero nadie me lo quiere dar. Cuando la gente me ve, como usted antes, me trata como una esclava.

—Mis disculpas de nuevo. ¿En qué quieres trabajar?

—Sé hacer labores domésticas: lavar, coser, planchar... No me importa trabajar duro en cualquier comercio o granja.

—Pero... con esa voz, Regina, ¿has pensado en ser cantante?Ella le miró indecisa.

—¿Cantante?

El empresario sonrió.

—Sí. Tienes una bonita voz y las canciones que cantas son muy dulces y melodiosas. Yo podría, si quieres, contratarte en mi teatro a prueba durante quince días. Te pagaré un sueldo y te facilitaré alojamiento cerca del teatro. Si no te gusta, después de ese período de prueba puedes dejarlo. Creo que puedes triunfar, pero si no le agradas a la gente lo dejaríamos.

—¿Y dónde viviría? —preguntó curiosa.

—Junto al teatro hay un edificio con habitaciones. Tengo alquiladas algunas para los artistas de temporada. Puedes alojarte en una de ellas durante estos quince días.

Regina le miró a los ojos con aquella mirada dura de quien ha sufrido con anterioridad engaños y mentiras.

—Sólo voy a cantar. No tengo que estar con usted,

¿verdad?Juan la observó con una sonrisa amable.

—Por supuesto, niña. Tengo edad para ser tu padre, casi tu abuelo. He quedado prendado de tu voz y creo, sinceramente, que puedes llegar lejos con tu música. Si quieres acompañarme, iremos al despacho de mi abogado para que redacte un contrato en condiciones.

Regina y Juan salieron del campo y retomaron el camino de vuelta a la ciudad. Regina, expectante, caminaba en silencio nerviosa pensando en qué nuevo rumbo en la vida le depararía este encuentro casual.

Capítulo 3
«El cortejo»
1848

Román se sentó en la primera fila frente al escenario. Tras despedir con un gesto al camarero, esperó el comienzo del espectáculo. Las luces se atenuaron y, saliendo de un cortinón, apareció Regina, elegante con un vestido verde esmeralda que acentuaba más el color de su piel; de talle ajustado y con un corpiño que dejaba entrever el nacimiento de sus senos, la joven se asemejaba a una diosa negra de la Antigüedad que se encontraba entre los hombres para cautivarlos con su bella voz. La música comenzó a sonar y su voz, suave y melodiosa, resonó hasta el último rincón del teatro.

El público escuchaba embelesado sin apenas respirar. El murmullo de admiración que se inició al comenzar la melodía se transformó en un silencio reverente. Román observaba a la joven con atención.

«Cuando salí de La Habana, ¡válgame, Dios!
Nadie me ha visto salir si no fui yo,
Y una linda guachinanga*, que allá voy yo,
Que se vino tras de mí, que sí, señor»**

---

* Adjetivo coloquial cubano (RAE) Dicho de una persona: sencilla y de carácter apacible.
**Habanera titulada "La paloma", de Sebastián Iradier y Salaverri. 1863

Atraído por su físico primero; se quedó impactado al oírla cantar. Cuando la canción finalizó, ya se había propuesto conocerla y conquistarla; aquella joya de una belleza tan pura tenía que ser suya. Levantó la cabeza y captó la atención del camarero. Cuando este se le acercó, le entregó un billete en el que había escrito unas líneas.

—Lleva al camerino de la señorita Regina un ramo de rosas y pregúntale si accedería a recibirme. El camarero, solícito, se retiró a cumplimentar el encargo. El hacendado, con una copa en la mano, se dispuso a esperar pacientemente la próxima actuación.

*****

Regina, tumbada en el dormitorio, remoloneaba antes de levantarse mientras pensaba el giro que había dado su vida el día que Román entró en el camerino.

Cuando recibió el ramo, sintió curiosidad por conocer al caballero que tan amablemente valoraba su actuación. Dio su consentimiento al camarero diciéndole que fuera a buscarlo para conducirlo de nuevo al camerino.

Cuando Román entró en el cuarto, Regina sintió cómo su corazón se aceleraba dentro de ella; la fina presencia del varón y su porte distinguido le hacían sumamente atractivo a los ojos de la joven, que notaba su pulso rápido y vibrante. El hombre era conocedor del efecto de su físico entre las mujeres y no hacía esfuerzos por disimularlo. Se acercó a la cantante y, estirando el brazo, le cogió la mano y apoyó sutilmente sus labios sobre el dorso de ella. Regina se estremeció al sentir el contacto; levantó la mirada hasta él y le dijo:

—Ha sido usted muy amable al enviarme flores. Espero que le hayan gustado mis canciones.

—Permítame presentarme. Soy Román de la Varga. Para mí ha sido un gran placer descubrir a una bella mujer con una voz tan maravillosa como la suya. Tiene verdaderamente una voz de ángel.

Regina se ruborizó. Román continuó:

»Espero tener el gusto de poder disfrutar de sus melodías en más ocasiones. Querría, si usted me lo permite, invitarla a cenar para agradecerle el buen rato que me ha hecho pasar.

—No sé si debería...

—Señorita, no quiero insistir. Si tiene otros compromisos...

—No, no, sólo es que...

—El teatro dispone de un buen restaurante. Si me lo permite, podríamos acudir allí y estaría más cómoda, quizá, acompañada de gente que conozca —él la miró expectante.

Regina, después de pensar durante unos segundos, asintió. Al ver el gesto, el hacendado dijo:

—Bien. Si le parece, la espero fuera para que pueda cambiarse. Será para mí un placer acompañarla al comedor.

Con una ligera inclinación de cabeza Román se despidió y salió de la habitación. Regina, sola ya, puso la mano sobre su pecho queriendo calmar su desbocado corazón que pugnaba por salir de su interior, tal era la agitación que había sentido. ¡Qué guapo era! ¡Qué viril!

Su presencia la había cautivado desde el primer momento, pero conocía lo que era la vida de su anterior etapa como esclava, y ahora que tenía la posibilidad de una vida nueva, no quería estropearla haciéndose ilusiones. «No obstante —pensó ella—, una cena no compromete a nada, y parece una persona muy interesante»

Cenaron en el comedor del teatro. La velada transcurrió entre risas y confidencias. Román mostró sus encantos y demostró saber escuchar; amable y atento, consiguió que Regina le contase su vida y cómo un golpe del destino la había llevado a su actual vida cantando en el espectáculo. Él, a su vez, le narró su viaje desde la vieja España y, de qué manera, al llegar a Cuba tuvo, que trabajar mucho y duramente hasta conseguir ser el rico terrateniente en el que se había convertido.

Cuando terminó la sobremesa, se dieron cuenta de que habían estado conversando durante más de tres horas. El hacendado ayudó a levantarse a la joven y, ofreciéndole la mano, la acompañó al exterior.

—Vivo en ese edificio, junto al teatro —Regina le miró ruborizada.

—No se moleste por ello, es normal y muy cómodo, además, para usted —Román la miró con una ligera sonrisa y continuó—. Me despido pues. Señorita, si no le parece atrevido, me gustaría volverla a ver. Quizás usted quisiera pasear conmigo por el malecón...

—Estaré encantada —la joven bajó la mirada al suelo para disimular su sonrojo.

El hacendado, con una sonrisa en los labios que no en los ojos, cogió su mano inclinando el torso para depositar un suave beso sobre esta. Esta vez mantuvo los labios apoyados unos segundos, notando que la joven no apartaba la mano.

Regina, por su parte, estaba paralizada, hechizada por los gestos de él. Sentía en su interior sensaciones que nunca habían aflorado en ella. Cuando el caballero le soltó la mano, se la cogió con la otra y con ellas juntas le sonrió y se dirigió a su casa.

El terrateniente la vio partir y, cuando entró en su vivienda, se dio la vuelta y se encaminó a su carruaje. El lacayo estaba al pescante con el látigo en la mano esperando a su amo. Román subió al quitrín y, sin preguntar nada, el conductor restalló la fusta y emprendió el camino de vuelta a la hacienda.

Regina, desde la ventana de su dormitorio, observó como el carruaje se alejaba por la calle y, con un suspiro, dejó caer las cortinillas de la ventana.

*****

Aquel primer mes había transcurrido rápido, casi vertiginoso, por las muchas experiencias vividas.

El indiano acudía puntualmente todos los martes al teatro a escuchar sus canciones, Al terminar su actuación y volver al camerino, siempre tenía en el tocador un ramo de rosas, acompañadas de una invitación a cenar o a pasear.

Cuando salían a recorrer la ciudad a las mañanas, terminaban el paseo comiendo en alguno de los restaurantes de moda que se estaban abriendo en la capital. Otros días, subidos en su carruaje, recorrían los alrededores de la ciudad viendo los campos de cultivo o acercándose a la ribera del río, entreteniéndose mientras contemplaban cómo los esclavos lavaban las ropas entre risas y canciones mientras los niños jugaban a su alrededor.

Un día Román la llevó a su hacienda. Regina pudo ver la extensión de sus posesiones y la belleza del conjunto la embriagó. Al ver el poblado de esclavos, se entristeció por recordarle su vida anterior, El terrateniente le mostró los campos, la fábrica donde se depuraba el producto de las cosechas de caña e, incluso, llegaron a los marjales cercanos al río en el que los bejucos y la maleza crecían sin control y formaban un intrincado paisaje de arbustos entre los que se abrían pequeños senderos que penetraban en las marismas.

Por la tarde, después de haber recorrido la parte norte de la plantación, volvieron a la mansión para tomar un refrigerio.

—Podríamos cenar aquí si quiere —Román la contempló con una sonrisa que mostraba sus blancos dientes. Su expresión se tornó lobuna, aunque la cambió rápidamente.

—No quiero molestar…

—Regina, usted no molesta. Hoy no tiene que cantar y podemos pasar una velada tranquila mientras observamos la puesta del sol.

Regina lo miró a los ojos y con un cabeceo accedió.

Una hora más tarde estaban sentados en el comedor degustando un picadillo a la criolla. Román comentó:

—Lo he mandado preparar en tu honor. Hace unas fechas que comentaste que era un plato que te recordaba tu infancia. Habitualmente, para mí preparan comida que me recuerda a mi tierra, a la vieja España, aunque la comida cubana también es muy sabrosa.

—Es usted muy amable —la joven se sonrojó.

—Me encanta tenerla cerca y disfrutar de su presencia —el terrateniente levantó la copa ligeramente hacia ella y brindó en silencio.

Después de cenar, se sentaron en el canapé. Juntos comentaban lo sucedido en la jornada mientras degustaban una copa de licor. En un momento dado sus cabezas se aproximaron y se quedaron quietas, mirándose a los ojos, muy cerca el uno del otro. Regina con los ojos brillantes, los labios temblorosos, el cuerpo agitado en su interior, sentía que Román la miraba con esos ojos oscuros y veía a través de su interior. Él aproximó sus labios a los de ella y la besó suave, delicadamente; para Regina el tiempo parecía discurrir tan lento como lo que tarda una pluma en descender al suelo mientras cae mecida por la brisa. Sus manos se entrelazaron mostrando las urgencias que sus cuerpos les demandaban. Sin decir una palabra, Román se levantó y tendió su mano hacia ella, quien la cogió en silencio con un temblor involuntario. Se encaminaron al piso superior anhelantes por lo que iba a suceder.

*****

Tendida sobre la cama, respiraba agitada con el cuerpo de Román junto a ella. La había desvestido con lentitud, pasando sus manos al hacerlo por su cuerpo, silueteando sus formas. Ella, sonrojada, se dejaba hacer. Era consciente de lo mucho que lo deseaba en ese momento y, al mismo tiempo, sentía temor por lo que iba a pasar. Su corazón palpitaba fuertemente dentro de ella golpeando su interior; sobre el lecho, miraba al hombre mientras este se desvestía. Cuando se quitó la camisa, dejó al descubierto su musculoso y fibroso torso.

Tendido junto a ella, la acariciaba suavemente mientras le susurraba al oído lo guapa y dulce que era. Regina se encontró sumida en un torbellino de sensaciones y sentimientos que se le agolpaban en la garganta pugnando por salir; estremecimientos de placer le recorrían el cuerpo como impulsos eléctricos. En ese momento, Román era todo su universo, aquel por el que moriría y al que siempre querría tener junto a sí.

Las manos de él recorrían su cuerpo deteniéndose en sus pechos. Los acarició suavemente mientras ella se arqueaba de placer. Ambos se abrazaron y se unieron moviéndose al mismo ritmo; un intenso dolor solapado casi al instante por un gran placer la acompañó hasta alcanzar el clímax.

Cuando terminaron, se dejaron caer sobre el lecho. Regina se sentía distinta, diferente. Nunca había estado con ningún hombre y fue consciente de que su vida sería otra a partir de ahora. Tendió la mano para coger la de Román y, apretándola, se relajó y se quedó dormida.

Capítulo 4
«La noticia»
1849

Había transcurrido un año desde aquella noche en la hacienda. Román se comportaba como un amante enamorado; siempre que cantaba en el teatro, al llegar a su camerino, la esperaba un ramo de flores sobre la mesa. Por las mañanas paseaban en el quitrín o a pie por el viejo malecón del puerto, o bien recorrían los alrededores. En una ocasión Román se ofreció a llevarla para pasar el fin de semana en la cercana localidad de Matanzas.

Últimamente el hacendado insistía en que dejase el teatro. Quería comprarle una casa y argüía que la quería sólo para él. Ella le recordaba lo mucho que le costó desde su manumisión el encontrar trabajo y que no quería tener que depender de nadie. En esos momentos, si bien la sonrisa nunca se alejaba de su cara, sí, en cambio, sus ojos brillaban fríamente, con un refulgir acerado que mostraba su rabia interior. Regina, ajena a esos detalles por su enamoramiento, seguía en su nube de felicidad, dado que Román, por lo demás, no demostraba nunca cambio de carácter a peor.

Un par de meses más tarde, Regina salía de La Habana montada en el quitrín que había puesto a su disposición Román. Llevaba unas semanas encontrándose rara, extraña, con molestias en el abdomen; el período no le había venido y se encontraba más cansada de lo habitual. Decidió acudir a una curandera que vivía en un poblado a las afueras de la capital, que le había recomendado una compañera del espectáculo.

Cuando llegó al poblado, preguntó a unos niños y le señalaron la cabaña en la que vivía la sanadora. Esta abrió la puerta cuando llamó y la invitó a sentarse frente a ella; le preguntó cuál era su problema y, después de tocarla, le dijo:

—Estás preñada, niña.

Regina la observó estupefacta; claro que podía ser, pero pensaba que había tomado las precauciones que las viejas del poblado le decían que había que tomar cuando era esclava. Ahora todo cambiaba; tendría que decírselo a su hombre y no sabía cómo reaccionaría. Metió la mano en su bolso y sacó unas monedas que tendió a la vieja, que la miró alargando la mano con una sonrisa que mostraba los vacíos de una boca mal cuidada.

De vuelta en La Habana, se trasladó a su habitación para preparase porque a la noche tenía que cantar. Cuando terminó de maquillarse, se vistió y bajó al teatro a esperar en el camerino el momento de su actuación. Al abrir la puerta, vio, como todas las noches en las que cantaba, que alguien había dejado un ramo de flores en la mesa. Se sentó en el *boudoir* y esperó, pacientemente, pensando en la noticia que le habían dado a la tarde y que iba a cambiar su vida para siempre.

Después de cantar, el hacendado se acercó al camerino para felicitarla por su actuación. La invitó a cenar, pero antes de terminar la frase, Regina levantó la mano como indicándole que esperase; ante el gesto, el hacendado se contuvo y esperó.

—Román, tengo que decirte una cosa muy importante.

Él la miro sin decir nada y siguió esperando a que continuara.

»Estoy embarazada. Me he enterado esta mañana. Román le respondió:

—Entonces... ¿voy a ser padre?

—Sí. Quiero tener ese niño y sería muy feliz contigo a mi lado. El hombre la miró, se acercó a ella y, cogiéndole la mano, le dijo:

—Me haces muy feliz. Vámonos a cenar.

La cogió de la mano y salieron del teatro. Una vez en el restaurante, durante la sobremesa, Román le preguntó apoyando su mano sobre el dorso de la de ella:

—Regina, sabes que te quiero. Querría que escucharas mi proposición —la joven lo miró fijamente—. He visto una casa cerca del puerto viejo que quisiera enseñarte. Quiero regalártela para que el niño y tú tengáis un sitio bonito donde vivir.

»Sabes que, por circunstancias, ahora no puedo desposarme contigo, pero no te va a faltar de nada y, además, cuando pase el tiempo, estarás mejor en casa atendida que cantando en el teatro. Yo cuidaré de ti.

Regina lo miraba con ojos en los que, si Román hubiera estado más pendiente de ella de lo que decía, habría visto cómo el brillo que habitualmente asomaba en ellos cuando se reunían, había perdido fuerza. En ese momento fue consciente de que él no se casaría con ella. Tenía que pensar en lo que iba a venir. «Quiero tener ese niño», pensó mientras mantenía la compostura y una sonrisa fría aparecía en sus labios;

«lo deseo, aunque tenga que criarlo sola». Retirando la mano de la mesa, le respondió:

—Si tienes tiempo, podríamos ir mañana para verla. Igual quiero hacerle algunas mejoras y nada mejor que estés tú también para que te hagas cargo de ellas. Ahora, si no te importa, me gustaría retirarme a descansar. El día ha sido largo y en mi estado no quiero fatigarme.

El terrateniente se levantó de la mesa y le retiró la silla; juntos salieron del comedor y se encaminaron hasta el carruaje. Subieron, y el hacendado ordenó al conductor que se pusiera en marcha. Al llegar a la casa donde vivía Regina, esta se apeó y se despidieron. Ya en la casa, desde la ventana, ella lo vio marchar. Algo en su interior se había roto y no sabía cuál sería el futuro de ella y de su hijo a partir de ese momento.

*****

Regina recogía los cacharros de la cocina mientras esperaba que Críspulo llegara del colegio. Desde el nacimiento del niño habían sucedido cosas que habían hecho mella en su cuerpo y en su espíritu.

Al principio, Román, después de comprar la casa para ella y ponerla a su nombre, acudía a menudo a verla y seguía atendiéndola con cariño; salían a pasear por el malecón o recorrían la ciudad en el quitrín, pero ya no la llevaba a la hacienda como hiciera antes del embarazo. Ella había seguido cantando, aunque por la insistencia de él en que descansase, finalmente habló con el empresario para pedirle que la retirase del cartel hasta que hubiera dado a luz. El promotor, que siempre se sintió atraído por la joven, aceptó no sin antes decirle que contase con él para cuanto necesitara. Al final, era Román quien le pedía que cantara en casa mientras se tomaba un licor en la casa.

En el dormitorio las cosas tampoco iban mejor. Se veía gorda y menos bella; notaba que su hombreno la buscaba como antes, y, cuando lo hacían, lo sentía frío y distante comportándose de manera mecánica sin el sentimiento y cariño que le había demostrado con anterioridad.

Físicamente, se encontraba más cansada y, al final, aceptó en su interior que las cosas no volverían a ser como al principio y se dejó llevar en una especie de estupor vacío. Atendía a Román cuando venía y pasaba el resto del día casi sin salir, excepto algunos pequeños paseos por los alrededores porel bien de la criatura que iba a nacer.

El niño vino al mundo en casa; la atendió la sanadora que le descubrió la preñez. Regina la mandó llamar y la vieja desdentada acudió ayudándola en el trance. Cuando le puso el bebé sobre el pecho, le preguntó a la joven parturienta:
—¿Cómo le quieres llamar?

Regina agachó la cabeza y miró ese pequeño ser que había salido de su interior y que había cuidado y mimado durante nueve meses. Levantó la mirada hacía la comadrona y le dijo:
—Críspulo. Se va a llamar Críspulo. Manda llamar al señor.

La vieja sonrió mostrando sus encías sonrosadas y la boca casi vacía de dientes. Asintió con la cabeza y, tras arreglarle las sábanas, salió del dormitorio.

Román entró en la habitación. Regina estaba recostada en la cama con el niño pegado a su pecho. Al sentir la puerta la joven levantó la mirada y vio al hacendado delante de la cama. Este los miraba, al niño y a ella, con una expresión que no supo definir.

—¿Cómo estás? ¿Qué nombre le has puesto?

— Cansada, pero bien. Le he puesto Críspulo en memoria de tu padre.

Él asintió. Se acercó más al lecho y miró la cara del recién nacido. Alargó la mano y con el dedo índice le tocó la mejilla. El bebé se removió, aunque siguió alimentándose del pecho de su madre.

—Me parece bien. Ya sabes, Regina, que no puedo darle el apellido de la familia, pero te aseguro que no os faltará nunca nada.

Ella lo contempló sin responder. Román continuó:

»Te buscaré una nodriza para que te ayude con la criatura y las tareas de casa. Tú, ahora, descansa y recupérate —se inclinó para darle un beso en la frente y se incorporó de nuevo—. Ahora tengo que irme. Volveré a la noche para veros de nuevo.

Cuando salió de la habitación, Regina se quedó contemplando la puerta cerrada. De la misma manera, algo en su interior se había cerrado. Sabía que, a partir de ahora, tendría que velar por Críspulo ella sola.

*****

Román estaba sentado en la mesa de la cocina con

una copa de vino en la mano discutiendo con Regina. Últimamente, los negocios no iban como él quería y se desahogaba con la joven.

Había perdido dinero en un par de malas inversiones y, contrario a sus costumbres cuando llegó a la isla de pelear y luchar por lo suyo, se estaba dejando llevar por la desidia y la frustración. Ahora su mejor compañía era la bebida que no dejaba desde el comienzo del día. Descuidado en el vestir, había desaparecido ese atildamiento que le hacía tan atractivo hacía el género femenino. Ese día llevaba el lazo de la corbata torcido con el botón de la camisa suelto; la levita mostraba brillos propios del ajado de la prenda, señal de que no había renovado el guardarropa hacía tiempo, sus zapatos mates y sin lustre eran otro signo de la falta de atención hacia su persona. Una barba de tres días le dejaba los rasgos faciales malencarados.

Regina, al ver el aspecto con el que el hacendado se había presentado en la casa, había mandado a Críspulo a su cuarto. Cuando Román entró en la casa, preguntó por él:

—¿Dónde está el mocoso?

—Críspulo está en su cuarto haciendo los deberes que le han mandado en la escuela —Regina lo miró desafiante. No pensaba consentir que pagase en el niño su malhumor.

—¡Quiero verlo! —penetró en la casa a grandes zancadas y abrió la puerta del cuarto del chiquillo. Este se encontraba sentado en la cama con un libro abierto sobre sus rodillas. Le lanzó un real de plata, como había ido haciendo desde que era un niño, y le espetó:

—¿Qué haces? ¿No saludas a tu padre cuando viene a casa?

Lo cogió del brazo y lo levantó zarandeándolo. El niño se retorcía, pero no podría librarse de la pinza de la mano del hombre. Regina acudió a la habitación.

—¡Suéltalo, suéltalo te digo! ¡Le haces daño!

—¿Daño? ¡Tendría que estar agradecido de tener un techo donde vivir y debería acudir corriendo cuando vengo!

—Vienes poco y, cuando lo haces, vienes gritando. El niño te tiene miedo. Román miró al niño y con un empellón lo tiró sobre la cama.

—¿Miedo de su padre? ¡Le voy a enseñar cuando me debe tener miedo! —se quitó el cinturón del pantalón y lo enrolló en su mano. Acercándose al chaval, levantó la mano y le azotó con el cinto en la espalda.

—Así me temerás más, muchacho —volvió a golpearlo.

»Cuando tu padre entra en casa, tienes que salir a recibirle, ¡siempre!

Regina se abalanzó sobre él cogiendo su brazo para que no golpease más al niño. El hacendado, de un empujón, la tiró al suelo. Luego jadeando los miró con desprecio y gritó:

»¡Sin mí no sois nada, nada!

Con un bufido salió de la habitación y, luego, de la casa dando un portazo. Regina se levantó y corrió a la cama para abrazar al niño. Este, contrario a lo que pensaba, no lloraba, sino que miraba fijamente el lugar por donde había salido su padre con una mirada reconcentrada de odio ardiente. Se levantó, cogió la moneda y se la metió en el bolsillo.

Por un momento, al ver la mirada de su hijo, sintió

miedo no por él, sino por Román. Tenía la sensación de que había despertado en el interior del chico unos sentimientos que más hubiera valido tener escondidos para siempre.

*****

Era de noche y no se oía ningún ruido en la casa, su madre debía haberse acostado ya. Críspulo se levantó sin hacer ruido de la cama y se dirigió hacia la esquina de la habitación.

Se agachó delante de la ventana y en la esquina de la tarima introdujo la punta de su pequeña navaja; al levantar la tabla, un hueco oscuro apareció ante él, metió la mano y extrajo un saco en cuyo interior sonaba un tintineo. El niño lo abrió y vio el refulgir de las monedas de plata que guardaba desde que su padre comenzó a dárselas. Algún día, algún día, esas monedas tendrían una utilidad, y conseguiría ser reconocido por el mundo.

Capítulo 5
«El depósito de cadáveres»
1892

José se encontraba apoyado en el murete del muelle que señalaba, cual dedo acusador, a la bahía de La Habana, casi partiéndola en dos y creando dos ensenadas rodeadas por la capital insular. A su derecha, la ensenada de Marimelena, pequeña y con la ribera más anfractuosa, protegía el lado este del Depósito de Convalecientes de Santa Catalina.

Mientras fumaba un cigarro, pensaba en lo frustrante que estaba siendo el día. No se quitaba de la cabeza la ominosa sensación de que lo que le esperaba en la sala de autopsias se iba a repetir en alguna otra ocasión.

El cuartel general le convocó para comunicarle que debía acudir al depósito para evaluar los hallazgos del médico que había realizado el examen del cadáver aparecido en la parte trasera del teatro del café La Lonja. Al salir del Centro, se desplazó hasta el muelle de la Luz, donde un pequeño bote le aguardaba. Embarcados ya, dos soldados de marinería a los remos esperaban la orden de su superior para cruzar la bahía.

Al llegar a la otra orilla, desembarcó y se dirigió, subiendo unos escalones, hasta el paseo que circunvalaba la zona. Los marineros quedaron en el muelle a la espera de su regreso.

Transcurridos unos minutos, llegó a las puertas del depósito. Junto a estas, apoyado en la pared y fumando una pipa de espuma de mar con forma de sirena, se encontraba el doctor Ignacio Moreno Egaña. Este, de origen vasco, gustaba de hacerse llamar Ignacio por sus amigos eliminando las formalidades y remarcando así más su ascendencia. Alto y delgado, fibroso y enjuto, con la cara estrecha y alargada, enmarcaba su mandíbula con una barba que llevaba más larga en la barbilla. Aunque era calvo, lucía en los aladares un pelo quizás más largo de lo que marcaba las convencionesde la época.

—Ese vicio te va a matar, amigo mío —José le miraba sonriendo con ironía.

—La vida es lo que me matará. A ella vinimos y es ella la que decidirá cuándo tenemos que irnos de este perro mundo —Ignacio le miró condescendiente sin quitarse la pipa de la boca.

—Te has levantado filosófico esta mañana.

—Si te encontraras rodeado de cadáveres todos los días, veríamos de qué manera afrontabas tú la vida —Ignacio lo miró con el semblante ya serio—. Lo que vas a ver no te va a gustar, te lo aviso.

—Te creo, pero tengo órdenes de arriba. Además, quiero confirmar una sospecha.

—Tú mismo; luego no digas que no te he avisado. ¡Vámonos *pa´dentro*!

El doctor Moreno abrió las jambas del depósito y, atravesando el pasillo central. llegó a otras puertas. Las abrió y entró en una sala con las paredes encaladas. A su izquierda tres grandes ventanales situados en la parte alta de la pared permitían el paso de luz desde el exterior. Debajo de estos, una pileta alargada con varios grifos sobre esta facilitaba a los sanitarios lavarse las manos entre faena y faena. En el centro de la estancia, una mesa de piedra, con nervaduras a cada lado y una ligera inclinación cefálico-caudal, presidía la habitación. Al pie de cada lado un sistema de rejillas facilitaba el desagüe de los líquidos que caían desde la mesa cuando Ignacio realizaba su trabajo. Al fondo, en una serie de nichos se guardaban los cuerpos con un cierto decoro. En la puerta de cada nicho un tarjetero mostraba el nombre y los datos básicos del finado.

El forense se dirigió sin dudar a una de las puertas, la abrió y estiró de la camilla extrayendo el cuerpo alojado en su interior. Sin volverse, le dijo a José:

—Arrima esa camilla hasta el cuerpo, ¡venga!

Acostumbrado a su tono, seco y perentorio cuando estaba trabajando, José le obedeció y empujó una camilla hasta colocarla en paralelo a la que Ignacio había sacado del nicho. Combinando esfuerzos, movieron el cuerpo de una a la otra. El forense cerró el nicho y desplazó la camilla hasta la mesa de piedra y, pidiendo de nuevo ayuda a su amigo, izaron el cuerpo y lo depositaron sobre esta.

»He pedido a mis ayudantes que se fueran a tomar un café. Quería hablar contigo a solas sobre el caso. Creo que vas a tener problemas.

José le escuchaba en silencio mientras le veía retirar la sábana que cubría al soldado muerto. Hablando de cara al cuerpo; el experto médico inició la explicación:

»Lo primero que hice fue identificar el cuerpo. Por respeto, todos los que entran aquí tienen derecho a que sepamos quiénes son y a que les tratemos con el debido respeto. Te presento al soldado de primera clase Martín Torres Lázaro. Estaba destinado en el regimiento de caballería Alcántara 10. Estaba de permiso temporal tras haber combatido en Jaramillo durante un mes.

El cuerpo presentaba la lividez propia de su condición. Debidamente limpiado, sobre él se apreciaban marcas de las distintas heridas que el asesino le había proferido. Ignacio iba diciendo mientras observaba el cadáver:

»Me he centrado en los postulados del maestro Virchow* para no descuidar ningún aspecto de la investigación sobre la causa de la muerte. Por lo que he oído, este asesinato debe estar escociendo en el alto mando.

—¿A qué te refieres? —preguntó José.

—Ya lo confirmarás después, pero creo que este no es el primer muerto que aparece con determinadas características. En primer lugar, he solicitado que me remitan desde el Hospital General de Santiago el expediente médico de Martín.

A continuación, la causa de la muerte, en este caso, es clara: una herida por arma blanca en el cuello, transversal, que seccionó la carótida y, parcialmente, la yugular. Martín se desangró en breves minutos.

------

* Rudolf Virchow (1821-1902) está considerado el padre de la patología microscópica, incorporando el estudio de los tejidos a la autopsia macroscópica habitual en aquella época. Virchow publicó su libro sobre autopsias medicolegales en 1880. (Post- Mortem Examination with Especial Reference to Medicolegal Practice – Philadelphia, Presley Blakiston). Expuso una teoría señalando los pilares sobre los que se deben sustentar las autopsias anatomoclínicas.

José le escuchaba mientras miraba el cuerpo. Un largo corte desde el cuello hasta el pubis recorría el cuerpo, recosido con puntos gruesos; otro corte transversal desde debajo de la oreja mostraba la vía de entrada al interior que había utilizado Ignacio para obtener sus resultados. Levantando la cabeza, miró de nuevo a Ignacio que continuaba sus explicaciones.

»Tiene otras marcas y cicatrices antiguas, pero que ya he visto en soldados que se produjeron mucho antes y no tienen nada que ver con la causa de la muerte. La revisión de las vísceras no muestra nada significativo con respecto al caso que nos ocupa. Bebía mucho, de ahí que tuviera el hígado amarillento y graso. El resto de los órganos abdominales y torácicos están aparentemente sanos. He recogido unas muestras de los tejidos y, aunque no soy un experto, los estudiaré y te diré algo cuando tenga el informe concluido.

»En el cuello puedes ver que el corte es profundo y limpio. No lo he suturado todavía para que puedas apreciar el interior.

Se agachó sobre el cuerpo mientras, con un gesto, indicaba a José que hiciera lo mismo. Cogió de un carro auxiliar junto a él unas pinzas y una erina, y manipuló el corte.

»Observa: la arteria está totalmente seccionada. El pobre diablo no tuvo ninguna oportunidad, era hombre muerto con esta herida. Aunque la punta del arma contundió la yugular, no la perforó, lo que te demuestra finura y habilidad en el movimiento de corte; el tajo está hecho con un arma de filo doble y de hoja estrecha. Yo me inclinaría a pensar en un estilete, del tipo de los floretes. Como sé que te gusta la esgrima seré claro contigo. Piensa en un arma de 80 o 90 centímetros que se puede manejar a distancia o desde cerca. No verás por aquí a nadie que lleve un florete descubierto, lo usual es, en el campo, los machetes que descartamos por el ancho de la hoja y poseer un solo filo; los cuchillos o navajas son también más anchas de hoja que lo que nos muestra el orificio. Miró a José y, apartándose de la mesa dijo:

»Me inclino por alguien que portaba un bastón en cuyo interior lleva una hoja.

—¿Un bastón?

—Sí, piénsalo —Ignacio hizo unos gestos con las manos—. El asesino lleva un arma a la luz del día; si precisa o quiere utilizarla, sólo tiene que sacarla de su estuche y puede, al terminar, enfundarla de nuevo. Si la autoridad quisiera registrarlo no le encontrarían nada encima, iría desarmado.

—Pero..., los bastones los llevan, además de lisiados, personas de clase más que media, gente con posibles...

—Exacto, y eso le hace mucho más peligroso. Te enfrentas a alguien con un nivel en la isla que le permite manejarse con libertad, frío y despiadado —se volvió de nuevo al cadáver—. Vamos a lo que más me ha preocupado.

Maniobró sobre la cara del muerto y, mediante un gesto de la mano, indicó a José que se acercara también. Los huecos donde debían estar los ojos de la víctima se mostraban descarnados. José retrocedió un paso instintivamente, arrimándose de nuevo.

»No sé si has podido leer el informe previo. Encontraron a Martín detrás de unos barriles en la parte trasera del café-teatro La Lonja. Estaba apoyado, como si estuviera sentado, sobre la pared, con las

56

manos en el regazo y los ojos en las palmas de estas. Sobre las cuencas de los ojos, el muerto tenía un real de plata en cada uno.

Se irguió y, lentamente, se encaminó a las piletas para lavarse las manos. En silencio, se frotó con vigor queriendo quitarse de encima la crueldad y violencia que hubiera podido llevarse con él al explorar el cuerpo. Cuando terminó, se secó y cogiendo de la chaqueta, y los cigarrillos, se dirigió a la salida.

Apoyados en el muro frente a la bahía, los dos amigos fumaban en silencio. Las nubes de humo que provocaban, tenues y blanquecinas, se elevaban para unirse a sus hermanas mayores, que amenazaban con una tarde de tormenta en la capital. José se giró hacia Ignacio y le preguntó:

—No has dicho nada desde hace un rato. ¿En qué piensas?

—Estoy preocupado... por ti. Quien ha matado a este soldado es una persona fría, cruel, tiene método y es un sistema rebuscado. Comprobé las últimas muertes, aunque, por la guerra no son pocas, descarté las de causa natural y sólo solicité información sobre las muertes violentas o en combate.

»Ya sabes que en los puestos sanitarios se especifica en los libros de seguimiento las causas de los fallecimientos. He encontrado tres casos de muerte en acciones de combate sobre los que hubiera pasado por alto si no me hubiera fijado en las anotaciones que el oficial médico hizo.

—¿A qué te refieres?

—Aparecieron tres muertos en distintas refriegas

entre mambíes y nuestras tropas. Cuando recuperaron los cuerpos, observaron que a los tres soldados les faltaban los párpados, se los habían cortado, y les habían arrancado también los globos oculares y puestos en las manos de los muertos.

»El caso de Martín es uno más, el primero del que tengo conocimiento en la capital de un asesino en serie, un asesino que está matando soldados. Ha estado en el frente y ahora está aquí.

Ignacio lo miró con preocupación, puso la mano sobre el hombre de su amigo y continuó:

»Ten mucho cuidado; estáis en peligros. ¡Hay un animal suelto por Cuba y va a por vosotros!

El oficial médico seguía con la mirada perdida en algún lugar más allá de la ensenada de Marimelena, más allá del océano Atlántico. Ni siquiera notó que su amigo con un triste movimiento de cabeza lo dejaba atrás y volvía a la sala para guardar los restos del soldado Martín, y que este descansara en paz. José, en esos momentos, evocaba cómo comenzó su vida tras los estudios de medicina, y las circunstancias que le habían conducido al otro lado del océano.

Capítulo 6
«Un nuevo comienzo»
1886

Los médicos se reunían por los pasillos de la vieja Facultad de Medicina esperando que los bedeles sacasen las notas del examen para el ingreso en Sanidad Militar. José Sánchez García, médico cirujano, esperaba junto a sus amigos Rosendo y Bernardo los resultados de las pruebas. Tras haber recibido felicitaciones por parte de sus profesores después de haber terminado brillantemente los estudios de cirugía, confiaba en que la prueba que realizó hubiera sido suficiente para obtener una plaza y así poder ingresar en el cuerpo de Sanidad Militar.

Su deseo de poner en práctica las técnicas aprendidas durante sus estudios y el poder viajar le hacía confiar expectante en los resultados. Un rumor de voces que iba *in crescendo* hizo que los amigos girasen la cabeza. Como si de una procesión religiosa se tratase, los dos bedeles abrían la marcha seguidos por un grupo numeroso de licenciados que habían opositado para las escasas plazas que se convocaban.

Cuando llegaron al tablón junto al aula mientras un bedel abría la cristalera, el otro dejaba en el corcho enganchada la lista de los galenos que habían superado el examen. Desbordado por la marea de brazos que se movían a su alrededor intentando avanzar y poder observar el listado, tuvo que esperar un rato hasta que los más nerviosos e inquietos, después de comprobar si aparecían sus nombres, se fueran retirando. Cuando se apaciguó la marea humana, se acercó al tablón y observó con detenimiento. Al momento sonrió al comprobar que su nombre estaba en la lista de los médicos seleccionados para el ingreso en el cuerpo médico del ejército. Vio también que tanto Bernardo como Rosendo aparecían en la lista. Si tuvieran suerte igual podrían coincidir en compartir un destino común. Eso lo decidirían el tiempo y el alto mando.

Abrazándose con alborozo los tres amigos, se despidieron con un gesto de la mano de los conocidos con los que se cruzaban mientras se encaminaban hacia la salida de la Facultad. Cogidos del hombro, se dirigieron al Ateneo para practicar un poco de esgrima; al terminar, en la fonda tendrían una celebración especial por las buenas noticias recibidas.

*****

Gustaba el joven médico de acudir, cuando las guardias del hospital se lo permitían, al Café de Levante situado junto a la Puerta del Sol. En él era frecuente encontrarse personajes que comenzaban a despuntar en las artes y las letras. En una de las paredes, un cuadro de Leonardo Alenza, pintor madrileño, cuyo nombre comenzaba a sonar con fuerza en los altos círculos de la nobleza de Madrid, daba muestra del nivel del local y de sus parroquianos.

Esa tarde y, tras haber pasado un rato entrenando con la espada en el Ateneo, se encontraba José sentado en una de las mesas del fondo del café leyendo el último boletín que había recibido desde Inglaterra, impreso por el Real Colegio de Médicos de Londres; en él se comentaba la experiencia de un par de galenos británicos que habían tratado con éxito la llamada enfermedad del costado; operando la zona y extirpando un pedazo pequeño de intestino al que denominaban apéndice.

Al oír que en una mesa cercana se elevaba el tono de las voces de los contertulios que se sentaban a su alrededor, dejó un momento la gaceta y se puso a atender la conversación. En ella, un joven alto y delgado, de penetrantes ojos oscuros y cara afilada, se encaraba con uno de sus compañeros de mesa; su tez morena señalaba su procedencia de Ultramar. El joven manifestaba vehemente:

—Le repito, don Julián, que otra cosa que no sea la independencia de la isla de Cuba y su cambio de relación con respecto a España no va a acomodar a los cubanos. Ya costó mucho conseguir que don Práxedes Mateo firmara, en nombre del Gobierno, la terminación de la Ley del Patronato.

—Pero, mi joven amigo —su interlocutor le miraba con aire condescendiente—, tenga usted en cuenta que la producción manufacturera en la isla grande precisa esa mano de obra, y esa gente no tiene experiencia para la autogestión de sus recursos...

—Perdone que le interrumpa, don Julián. Le recuerdo que don Carlos Manuel de Céspedes ya liberó a los esclavos de su plantación en 1868, hace casi diez años, y los beneficios de las plantaciones no disminuyeron; los trabajadores siguieron dando su esfuerzo con la diferencia substancial que lo hacían por un salario. Se podría haber evitado una guerra cruenta que duró una década, y que no trajo más que desgracias, dolor y resentimientos.

Don Julián le escuchaba en silencio; en su fuero interno admiraba a aquel joven que tan bien se expresaba y que con tanta devoción hablaba de su tierra.

José, atento a la conversación, apenas se dio cuenta de que la tarde había pasado. Miró su reloj de bolsillo y comprobó que, si no salía ya, llegaría tarde para pasar la ronda de enfermos en el hospital de Nobles, ahora utilizado por el Ministerio de Defensa para acoger heridos. Las guerras de Ultramar, sobre todo en Cuba donde ya habían sufrido dos conflictos armados, lo que se había denominado guerra de los diez años y la segunda, la guerra chiquita, habían llenado las enfermerías del ejército. Pronto tendrían que ampliar las salas para recibir a tantos militares heridos como llegaban.

Levantó la mano para llamar la atención del camarero al que, tras acudir solícito, le pidió la cuenta. Tras su abono, recogió la gaceta médica que había estado leyendo y, levantándose de la mesa, salió a la calle, donde se mezcló con las gentes que acudían a sus quehaceres diarios. Este era un mundo ajeno a la guerra y solo las noticias que el Ministerio de la Gobernación daba al público les hacía entrever la gravedad de la situación en las colonias de Ultramar. Con paso firme buscó un carruaje, lo paró y le dio la dirección del barrio de Carabanchel.

Después de pasar consulta a los enfermos en el hospital, cansado pero satisfecho al ver que algunos de los enfermos que había operado mostraban signos de recuperación, el joven teniente se dirigió a su alojamiento en el cuartel del Regimiento.

*****

Pasaba ya la medianoche. José Sánchez dormía plácidamente en su dormitorio del Regimiento de Carabineros del Príncipe, donde ejercía las funciones de médico cirujano de plaza.

Un par de semanas después de conocer que había aprobado la oposición para el ingreso en el ejército, se presentó en el cuartel general donde le asignaron regimiento. El destino en Madrid le permitía estar al cabo de todas las actuaciones que los distintos cuerpos de ejército realizaban tantoen la península como en las colonias de Ultramar. Hasta ahora su trabajo como cirujano se había limitado a coser distintas heridas que los caballos habían provocado en los soldados que los cuidaban y un par de intervenciones por huesos rotos. No se había enfrentado, a Dios gracias, a grandes epidemias febriles, a diferencia de sus compañeros de colonias que luchaban continuamente contra la disentería, el tifus o la malaria.

Una llamada en la puerta le sacó del sueño que estaba teniendo. Al abrirla, se encontró con el ordenanza del regimiento.

—Mi teniente, el coronel le solicita que se presente urgentemente en su dormitorio. Ha dicho que lleve usted sus herramientas de trabajo.

Extrañado por tan rara petición y la hora a la que esta se había producido, el joven teniente se dio la vuelta y se dispuso a vestir el uniforme. Cuando terminó, recogió el maletín donde guardaba los instrumentos que utilizaba para sus reconocimientos y se encaminó de nuevo a la puerta.

—Vámonos.

Cerró las puertas tras él y siguió al ordenanza al exterior de la residencia. Frente a la salida esperaba un carruaje del ejército con el escudo del Regimiento pintado en el lateral. Montó en el vehículo y se dirigieron hacía la glorieta de Embajadores,

Cuando llegaron a la sede del Estado Mayor, le llamó la atención la cantidad de gente que pululaba por los pasillos a una hora tan temprana de la madrugada. Los ordenanzas de las distintas unidades, con sus característicos cordones que les cruzaba desde el hombro hasta la botonadura de la casaca, se movían apresurados para cumplir los cometidos que se les había asignado. El mismo cuerpo de guardia era un hervidero pese a lo temprano de la hora. Los soldados observaban las idas y venidas de sus compañeros con atención mientras que los dos situados frente a sus garitas montaban guardia en posición de firmes atentos a cuanto sucedía cerca de ellos.

El ordenanza acompañó al joven teniente al dormitorio del coronal. Tras llamar suavemente a la puerta, el edecán la abrió y cedió el paso al oficial médico. En la cama postrado se encontraba el coronel Amo gimiendo de dolor mientras se cogía con la mano el lado derecho del vientre.

—A sus órdenes, mi coronel. ¿Me permite reconocerle?

—Hágalo ya —bufó dolorido el viejo oficial.

Fernando Amo era un hombre de constitución corpulenta; alto y un poco pasado de peso, aún conservaba el vigor de su juventud aunque ya pasaba de los cincuenta años. Su tez morena, la cara rasurada con una barbilla puntiaguda, unos ojos oscuros centrados a ambos lados de una nariz ligeramente aguileña le conferían el aspecto de un depredador. Las cejas, permanentemente enarcadas, mostraban a quien le mirara un gesto adusto y un carácter temperamental. Observó al joven oficial a quien había llamado mientras se acercaba a la cama.

José se acercó al lado de la cama y, retirando las sábanas y subiendo el camisón del enfermo, observó en primer lugar la zona. Una ligera inflamación con enrojecimiento de la piel se apreciaba en el lado inferior derecho del abultado abdomen del militar.

Con delicadeza, puso una mano sobre el vientre y la otra sobre la anterior para realizar la presión desde arriba. Se fue desplazando despacio por todo el abdomen presionando de cuando en cuando. El coronel gemía cuando tocaba un punto particularmente doloroso. Se centró en la zona inflamada y con una leve presión le preguntó al enfermo:

—¿Le duele más, mi coronel, cuando aprieto o cuando suelto? —al decir esto, levantó la mano de la zona del vientre que estaba presionando.

Con el puño y los labios tensos por el dolor, el militar le gruñó:

—Me duele más ahora que ha soltado, voto a...

—Mi coronel —el médico se incorporó y lo miró a los ojos—, tiene usted una inflamación aguda del apéndice.

—¿Y eso que cojones es?

—Es una parte del intestino que, si se inflama, puede reventar y provocar en el interior de lacavidad abdominal una infección, a menudo mortal. Por ello deberíamos operar lo más pronto posible. Según las últimas noticias especializadas, lo mejor sería intervenirle quirúrgicamente; si no lo hacemos, no aseguro su bienestar.

—¿Lo ve totalmente necesario? —el coronel le miró fijamente a la cara aguantando de nuevo un espasmo doloroso que le recorría el cuerpo.

—Sí, mi coronel. —respondió convencido el cirujano.

El teniente cirujano posó su mano en el hombro del coronel y le dijo serio:

—Mi coronel, la operación tiene sus riesgos. En España no se ha hecho nunca. Yo estoy informado por las gacetas médicas de Inglaterra, pero quiero que sepa que mis superiores no van a autorizar que le intervenga. Habría que pedirles permiso a ellos y, actualmente, se está optando por la opción conservadora.

—¿Y eso quiere decir...?

—Que, si esperamos, su vida puede correr peligro.

—Entonces, opéreme, hágalo. Acepto su opinión y me pongo en sus manos. José se giró al ordenanza y le ordenó:

—Baje al puesto de guardia. Que llamen al hospital y manden a la mayor brevedad un transporte.

Mientras esperaba la llegada del vehículo, el joven teniente no se despegó del lado del coronel. Cuando el ordenanza volvió anunciando que la ambulancia estaba debajo, dio las indicaciones precisas para que los enfermeros colocaran bien el cuerpo del enfermo sobre la camilla. Descendieron todos juntos y, tras depositarlo en la parte de atrás de la ambulancia volante*, el teniente entró en el carro y ordenó al conductor que condujese rápido al hospital.

El teatro de operaciones del hospital militar se había remozado desde que el comandante Garrigues había explicado a sus colegas los avances en el campo de la anestesia y la asepsia que habían realizado los médicos norteamericanos. Ahora disponían de una zona para el lavado de manos y la preparación de los cirujanos antes de comenzar la intervención. Mientras se lavaba, José repasaba en su mente, una y otra vez, la operación que iba a realizar.

Con las manos enjabonadas, pensaba: «Aunque conozco de memoria todos los pasos, sé también que la operación suponía un riesgo para el enfermo, asumible en mi opinión, pero estoy al tanto también de que mis superiores, más contemporizadores, no autorizarían nunca la intervención.

---

*Término acuñado por el cirujano militar francés Dominique Larrey (1766-1842), quien propuso un
sistema de transporte tirado por caballos para recoger a los heridos en el campo de batalla para su posterior traslado a retaguardia, lo que supuso una disminución importante en el número de fallecidos. La primera vez que se utilizó el sistema fue tras la batalla de Maguncia -1793-.
El vehículo consistía en una caja cuadrada con el techo abovedado, con paneles laterales forrados, dos ventanas a cada lado y puertas dobles delanteras y traseras. En el suelo cuatro rodillos permitían deslizar la base sobre la que se instalaba un colchón forrado de cuero. Aplicó además el sistema de *triage* ideado por el médico Pierre-François Percy, por el que los soldados heridos se clasificaban según la gravedad de sus heridas y no según su rango.
En su testamento, el propio Napoleón reconoció el valor del joven médico, le dejó una suma dedinero y se refirió a él como "el hombre más virtuoso que he conocido.

Si algo salía mal, mi carrera como médico y como cirujano militar acabará rápida y bruscamente, y puedo finalizar mi vida, incluso, en una prisión militar».

Agitando la cabeza para despejarla y eliminar de ella tan agoreros pensamientos, terminó de aclararse las manos. Una vez preparado, José Sánchez entró en la zona operatoria y, después de mirar al compañero para que anestesiara al coronel, se acercó a la mesa y comprobó que, a su derecha, se encontrase el carro con las herramientas que iba a utilizar. Cuando su colega le señaló que el paciente estaba dispuesto, cogió el bisturí de la batea y realizó un tajo sobre la parte derecha inferior del abdomen cerca de la cadera. La sangre brotó del interior. El enfermero con un paño iba limpiando mientras el cirujano pinzaba los pequeños vasos y con un punto de sutura los iba cerrando para que dejaran de sangrar.

Fue abriendo capa a capa hasta llegar al intestino; movió con sus manos las tripas comprobando, mientras lo hacía, que estas estuvieran sin signos de infección. Cuando llegó al final del íleo, pudo comprobar que el apéndice estaba muy engrosado y enrojecido, de un tono cárdeno, lo que confirmaba su diagnóstico inicial. Pensó al ver el trozo de intestino: «Si hubiéramos esperado unpoco más, el coronel habría muerto seguro». Con ese convencimiento, cogió de la batea una pinza para clampar próximamente la parte dañada. Una vez asegurada la pinza, cogió otra y la colocó a unos centímetros de la primera asegurándola también; luego, ligó y cerró el espacio entre las pinzas fijándolos con un par de suturas. Cuando terminó, con las tijeras procedió a cortar entre los dos instrumentos retirando el apéndice de la cavidad abdominal y depositándolo en una cubeta.

Repasó el interior del abdomen y recolocó los intestinos. Comenzó el cierre de la cavidad por planos hasta que, casi dos horas más tarde, dio por finalizada la operación. Exhalando el aire que había estado conteniendo, miró al enfermero y le dijo:

—Mantenga al enfermo tapado y vigile su temperatura. Si sube más de medio grado, llámeme. Esta noche la pasaré en el hospital.

—A la orden, doctor.

—Trasládenlo ahora y no lo muevan mucho. —miró a su compañero—. Gracias a todos por su ayuda.

Dándose la vuelta, volvió a la zona de lavado; una vez dentro, se permitió relajar un poco la enorme tensión que había acumulado; la intervención había salido bien y, con un poco de suerte, el paciente se recuperaría del todo. Comenzó a lavarse y, al finalizar, dejó la bata en el suelo, se puso la chaqueta del uniforme y se dirigió a la planta superior para buscar un cuarto donde poder descansar un par de horas.

Capítulo 7
«Una sorpresa inesperada»
1886

La cabeza le dolía por haber dormido poco la noche anterior. Le había ordenado al enfermero que le mantuviera informado y, con espíritu castrense, el susodicho se había personado en la habitación para darle el parte del enfermo cada hora.

El coronel permanecía estable sin que la temida fiebre hubiera hecho aparición. Eso hablaba bien tanto de la buena realización de la operación como de la fortaleza física del militar que, bravo como un toro, se resistía a rendirse ante la enfermedad y estaba combatiéndola con todas sus fuerzas.

Se acercó a la jofaina y se echó agua sobre la cara para despejarse. Se puso la chaqueta y se colocó delante de un pequeño espejo. El uniforme se veía arrugado, aunque limpio; tendría que valer.

—Buenos días, matasanos. Que yo sepa no me ha operado de la garganta para que no pueda hablar. Y ahora, ¿me quiere decir que p... de desayuno es este que me han traído?

—Eso, mi coronel, es lo que va a tomar hasta que compruebe, dentro de un par de días, que puede tolerar alimentos más fuertes.

—Pero ¿qué es esto? ¿Me va a decir que me tengo que conformar con un poco de caldo, bastante flojo según veo aquí? —miró con inquina a la enfermera que levantó los hombros desentendiéndose ahora que el médico estaba presente—. Tengo hambre, voto a D...

—Lo cual es muy buena señal —José, relajado al ver el estado físico del enfermo, le preguntó a la enfermera:

—¿Ha tenido fiebre?

—No, doctor. Ahora mismo tiene menos de treinta y siete grados y, como ve, aún conserva fuerzas suficientes.

El coronel los miraba con el ceño fruncido y ganas todavía de discutir. Al ver que no le hacían caso, optó por soltar un largo bufido y recostarse en la cama subiendo el embozo hasta la barbilla. En esa posición permaneció mientras los seguía observando con expresión beligerante. La enfermera y José se miraron y, con una sonrisa, continuaron su ronda en el hospital.

*****

Era temprano todavía, pero los jardines que rodeaban al antiguo Seminario de Nobles se hallaban concurridos. Las damiselas, solas o en pareja, escoltadas por sus ayas que vigilaban con mirada rapaz a cualquier joven que se les acercara, paseaban por entre los macizos de flores ataviadas con sus mejores vestidos procurando llamar la atención de los petimetres que, cual pavos reales, se pavoneaban delante de ellas estirando el chaleco de sus levitas e irguiendo el cuello; se movían como el macho se pavonea ante la hembra abriendo sus colas para mostrar la miríada de colores que se ofrecen bajo los ojos de las plumas. Las adolescentes, turbadas, se cubrían con un pequeño parasol mostrando de esa guisa también su interés por ellos, todo ante la mirada furiosa de las ayas, a las que les faltaba tiempo para retirarlas del acoso visual a las que sus protegidas se veían sometidas.

José caminaba meditabundo, ausente del entorno, pensando en la carta que un ayudante le había llevado al hospital. Había sido convocado por el inspector mayor de Sanidad a una reunión, y faltaban escasamente quince minutos para la misma. No le cabía duda de que el motivo de la citación era la intervención a la que sometió al coronel de su regimiento hacía dos semanas.

Seguía pensando que hizo lo correcto y que cualquier otra decisión probablemente, habría tenido consecuencias funestas para el militar. No obstante, también era consciente de que podía salir del despacho de su superior con la carta de despido en la mano o con algún castigo mayor.

Cabeceó para quitar de su mente los malos presagios, miró las escaleras que conducían al interior del edificio y entró en él. Esperaba que no fuera esta la última vez que visitara el edificio.

Llevaba sentado media hora en la antesala cuando la puerta del gabinete se abrió. Un ayudante apareció en ella y se aproximó al joven médico.

—Mi teniente, el inspector le recibirá ahora.

José se levantó sin decir una palabra y se dispuso a

seguir al subalterno al interior. Cuando entró en el despacho, el ayudante se apartó y, después de darle paso, volvió a salir cerrando la puerta tras él.

El inspector mayor Florentino Perales Alcorcón, sentado tras la mesa, ojeaba unos papeles que teníaen la mano. Al cabo de unos instantes y, sin levantar la cabeza de los escritos, hizo un gesto con la mano para que el médico se acercara. Este avanzó unos pasos y se cuadró en posición de firmes ante la mesa sin mover un músculo. Transcurridos un par de minutos, el inspector levantó la vista de los escritos y le miró directamente a los ojos.

—Teniente José Sánchez, ¿verdad?

—A la orden de vuecencia, señor. Se presenta el teniente médico José Sánchez García tal y como sele ha ordenado.

—Siéntese.

José obedeció la orden y, una vez sentado frente a su superior, esperó en silencio.

—Le ha mandado llamar porque ha sido usted el punto principal en la reunión que mantuvimos la Junta General de Sanidad en el día de ayer. Por lo que parece constar en su informe, operó al coronel Amo, jefe de su regimiento, de una apendicitis aguda. ¿Es eso correcto?

—Sí, señor.

—Explíqueme por qué tuvo que operarle. Quiero oírlo de su boca.

José le relató de qué manera fue requerido en el alojamiento del coronel y que, ante el cuadro clínico que presentaba, vio que no había más opción terapéutica que la intervención quirúrgica; cómo le explicó a su superior los riesgos de la operación y, así

74

mismo, que creía que cualquier otro proceso que dilatara la operación sería perjudicial para él. El coronel autorizó la intervención y por eso se le trasladó al hospital donde fue operado por la noche. También le narró que los sucesivos controles que se le habían practicado en planta eran satisfactorios: ausencia de fiebre y de signos inflamatorios, desaparición del dolor, etc.

Cuando acabó, se estiró sobre la silla y esperó en silencio.

—Verá usted, teniente. En la reunión de ayer, algunos de los miembros pedían su expulsión del ejército tras un consejo de guerra por prácticas desautorizadas; otros, en cambio, compartían con usted la creencia de que la operación era la única alternativa curativa que el coronel tenía en ese momento. Ayer por la tarde recibí esta carta —levantó la mano mostrándole el documento que leía cuando entró en el despacho—. En ella, el coronel, de su puño y letra, manifiesta todo cuanto me ha contado ahora y afirma haberle ordenado que acometiera la operación; también me dice que está absolutamente convencido de que hoy sigue vivo gracias a usted.

Personalmente, creo que se arriesgó mucho al acometer la operación, pero, visto lo que pone en su informe médico, no parecía que el enfermo tuviera muchas opciones.

»Es más, ha añadido un segundo escrito en el que le propone para la Cruz de la Emulación Científica* por haber sido pionero en España en la práctica de esa intervención como curación de la apendicitis.

—No las tenía, señor. Se lo aseguro. De no haber sido operado, estoy totalmente convencido de que no hubiera sobrevivido al día siguiente.

El inspector dejó el papel sobre la mesa y con las palmas de la mano apoyadas en esta le miró a la cara. Con semblante serio le dijo:

—Ante la claridad de la exposición de la misiva del coronel, voy a proponer que se desestime la solicitud de cargos en su contra y que la Junta apruebe la operación que realizó, ya que el propio enfermo asumió la responsabilidad al autorizar ante su ayudante el ser operado.

Igualmente, presentaré la carta en la que le propone para la recompensa, aunque no sé qué decidirá la Junta. Sí me atrevería a sugerirle que, si se ve en otra situación comprometida, intente sacar tiempo para avisar a su superior de lo que pasa para que la decisión que se tome esté al menos respaldada —cogió otro papel del montón que tenía en la mesa—. Puede retirarse.

---

*La Cruz de la Emulación Científica se instituyó bajo el reinado de Isabel II, y quedó reflejada en el reglamento Orgánico del Cuerpo de Sanidad Militar. Se publicó en la Gaceta de Madrid el 8 de septiembre de 1873, en el número 251; Tomo III, página 1645 a 1648. En el Capítulo XIII; artículos 136 y 137 se instituye y se señala que será concedida además de por acciones de valor personal en el campo de batalla en lo concerniente al socorro y asistencia a heridos,también a aquellos que publiquen obras científicas originales de reconocido mérito que presten un servicio importantísimo a la ciencia o al ejército.

José, sin decir una palabra, se incorporó y, tras saludar militarmente, se dio la vuelta y se encaminó a la salida del despacho. No había dado tres pasos cuando la voz del inspector resonó a su espalda.

—Por cierto, se me olvidaba —José se giró para mirar a su superior, el cual abrió un cajón de su mesa y sacaba una pequeña caja—, el coronel ha propuesto, y ha sido aprobado, que en base a su meritoria actuación salvándole la vida en las condiciones en que lo hizo, sea usted ascendido al empleo de capitán, A partir del lunes será usted médico primero y quedará adscrito a la plana de mando del coronel.

El inspector mayor dejó la caja sobre la mesa y le dijo:

»Póngase sus divisas, y mucha suerte en el futuro.

Como si ya no estuviera allí, su superior volvió a concentrarse en los documentos que tenía sobre la mesa. Anonadado, José se acercó, cogió la caja y se retiró. Al abrir la puerta para salir, miró al inspector, pero este seguía enfrascado en su trabajo. Sin una palabra más, salió y cerró la puerta tras de sí.

En las escaleras del hospital, José se paró y exhaló el aire que había estado conteniendo. ¡No solo no lo habían sancionado, sino que le habían ascendido! No podía creer en su suerte; el coronel no le había comentado que hubiera tomado la iniciativa de hablar por él y defenderle de las consecuencias al realizar la operación. ¡Y ahora, además, se incorporaba a la plana de él! De alguna manera, la inflamación de su apéndice había entrelazado sus destinos.

Con una sonrisa relajada tras la tensión a la que había estado sometido, decidió premiarse y acercarse al Café de Levante para tomar un buen desayuno de chocolate con churros. Veía el día de una forma distinta a como empezó: radiante y claro.

*****

El coronel Amo se encontraba en la cantina de oficiales con un puro en la mano y una copa balón de brandy sobre la mesa. Frente a él, José se preguntaba en silencio cuál habría sido el motivo por el que le había mandado llamar.

—He vuelto ahora mismo después de tener una reunión en el Ministerio de la Guerra. El gallinero se encuentra muy revolucionado. Tanto los políticos como los militares están indecisos a la hora de tomar decisiones, Los territorios de Ultramar se encuentran en una difícil posición y, mientras, en este país, los responsables al mando parecen olvidarse de las guerras fratricidas que han sumido a España desde casi principios de siglo hasta prácticamente hace unos años, en las cuales muchos españoles han muerto defendiendo los intereses de los aspirantes a la corona de España.

»Cánovas intenta reconducir la situación en este su tercer mandato al frente del gobierno*; aunque ha hecho posible la creación de un partido liberal, más abierto a todas las opiniones y creencias.

---

* El personaje se refiere a las guerras carlistas que enfrentaron a los aspirantes al trono de España; por un lado, los liberales o seguidores de la princesa Isabel, y por otro, los carlistas o seguidores de la monarquía tradicional representada por Fernando. En total se produjeron tres guerras: la primera duró desde 1833 hasta 1840; la segunda transcurrió entre 1846 y 1849, y, por último, la tercera se produjo entre 1872 y 1876.

su renuencia en abolir la esclavitud hasta este mismo año ha dificultado en mucho las relaciones con las colonias. Hemos sufrido en Cuba un gran desgaste,* y mucho me temo que el sufrimiento de nuestros soldados en la isla aún no ha terminado.

José lo escuchaba en silencio sin interrumpirle. Veía al viejo soldado ensimismado en sus propios pensamientos que exteriorizaba y daba forma de palabras por la confianza que tenía en quien le escuchaba. Cuando vio que el coronel se detenía le preguntó:

— Mi coronel, ¿qué es lo que le preocupa?

—Buena pregunta. Como responsable, me preocupa la integridad de mis soldados y la pérdida de vidas en batallas y escaramuzas inútiles cuando la ineptitud e intransigencia política no arregla los problemas de las personas corrientes. Además, me han comunicado que necesitan que me desplace a Portugal para hacerme cargo del puesto de segundo embajador en Lisboa.

—¡Pero eso es un ascenso, señor!

—Sí —le miró furioso—. Un ascenso que yo no he pedido. Quería desplazarme a Ultramar y allí luchar junto a la tropa, y, en cambio, tendré que lucir el uniforme de gala en bailes y recepciones escuchando cómo los comerciantes y políticos medran e intrigan a mi alrededor buscando los favores del embajador — miró a José con ojos que brillaban malévolamente—. Y adivina quién me va a acompañar en ese destino tan poco castrense.

** El personaje habla de la situación política en la isla que propició un clima favorable a los insurrectos para iniciar la guerra que terminaría finalmente con la independencia de Cuba

—No querrá decir que...

—Sí. Vete preparando, pues partimos en una semana. Al menos, nos pudriremos juntos. No sé si mi salud aguantará tanta comida y bebida.

Capítulo 8
«El final de un largo día»
1892

Era ya noche cerrada cuando José llegaba a la casa donde se alojaba.

Después de quedarse un rato meditando sobre lo que le había descubierto Ignacio en la autopsia, volvió sobre sus pasos y entró en el depósito para despedirse de su amigo, Ya en el muelle, embarcó en el bote donde, pacientemente, esperaban los marineros su retorno.

Cruzaron de nuevo la bahía en dirección al muelle de Luz. Desembarcó y dio unas monedas a los marinos para que se tomaran un café a su salud. Callejeó por las vías de la ciudad pasando por delante de la farmacia militar, tras lo cual giró a la izquierda para dirigirse a la Subinspección de Sanidad donde le esperaba el teniente coronel Ortigüela.

Después de atravesar las murallas de la parte vieja y el campo de Marte, se metió por la calzada de Luis Gonzaga hasta llegar al campo de Peñalver. Junto a él, el edificio de la Subinspección se erigía imponente.

Frente a la puerta de su superior, tocó dos veces y esperó.

—¡Adelante!

Abrió la puerta y entró en el despacho. A cinco metros de esta, tras su mesa, se encontraba el teniente coronel Ortigüela. Alto, muy alto; y delgado, muy delgado, con una cara ovalada y enjuta; calvo y con una mirada penetrante de sus ojos oscuros debajo de unas cejas pobladas e hirsutas, que atravesaban los quevedos que llevaba sobre el puente de una nariz aguileña, más propia de rapaz que de humano, semejaba un tótem de ave clavado sobre una larga estaca. Con voz áspera y seca, que denotaba el cansancio por el trabajo acumulado tras dos conflictos y la situación sanitaria de las tropas, inquirió:

—Y bien, capitán, ¿qué novedades me trae?

—El doctor Moreno señala una única herida por arma blanca como causa de la muerte. Las demás heridas se han producido *post mortem*, así como las lesiones oculares. La posición y todo lo que aparecía alrededor del soldado Martín fue un montaje por algún tipo de ritualismo.

»Sorprendido por la rareza de la escena y las heridas infligidas, solicitó al archivo central datos sobre muertos de las tropas expedicionarias, descartando las producidas por enfermedad y las que se produjeron en los combate como causa de la muerte.

»Ha encontrado, hasta la fecha, ocho expedientes de soldados muertos en varias ciudades y en la línea de frente, en los cuales destacaban las lesiones de los ojos y muchas heridas por arma blanca. Un sanitario de la trocha de Mariel-Majana, extrañado por las especiales características de las heridas de uno de los muertos, guardó el expediente y, cuando recibió la orden de expurgar los archivos, recordó el caso. Lo inquietante es que el primer soldado muerto lo fue en 1868, durante la guerra de los Diez Años.

El teniente coronel Ortigüela levantó la vista hacia él mirándolo por encima de sus lentes.

82

—Eso querría decir que el primer muerto, o uno de los primeros, lo fue hace más de veinte años.

—Así es, señor. Nos podemos estar enfrentando a un asesino en serie que lleva matando más de dos décadas a soldados. Lo más probable es que, aprovechando la confusión que las guerras generan, haya tapado algunos de sus asesinatos en el marco de estas. Por otra parte, he solicitado que se comunique al doctor Moreno los casos de militares muertos de causa no natural en las distintas ciudades producidos después de 1880.

Ortigüela se quedó en silencio integrando la información que su subordinado terminaba de ofrecerle. En el despacho no se oía nada, excepto las palas del ventilador que removía el aire de la habitación. Después de un par de minutos, el teniente coronel se incorporó del sillón y se acercó al capitán.

—Se va a encargar usted de investigar este caso y, sobre todo, ni una palabra al resto de oficiales. Lo último que necesitamos ahora es que la guarnición entre en pánico. No quiero que una reyerta banal termine en un reguero de sangre por miedo o aprensión de los soldados. ¿Entendido?

—Si, señor.

—Váyase a descansar. Es tarde. Infórmeme a diario de los avances que vaya consiguiendo.

Se giró de nuevo y se sentó en su sillón. José se encaminó a la salida; al llegar a esta, se giró, saludó militarmente a su superior y, abriendo la puerta, salió y cerró tras de sí.

La casa donde residía era propiedad de Don Benigno García, al que, por su bonanza de carácter y trato afable, llamaban habitualmente Beni. Situada ésta cerca de la costa del norte, en la calle de las Lagunas, ocupaba un chaflán completo cruzando con la calle de los Campanarios. En ella, había alquilado una habitación a los dueños y mantenía una relación cordial con los mismos.

Beni García era un bilbaíno de los de siempre, de estatura media y muy delgado, llegó joven a Cuba con el mismo sueño de todos los indianos: el de enriquecerse y poder volver a la patria para allí vivir con desahogo y comodidades. De esa forma, al llegar, se colocó en un equipo de trabajo manufacturero de azúcar.

Trabajó fuerte y duro, y pronto ganó fama de ser justo, pero no blando; no se podía jugar con él ni engañarlo. Un par de peleas en las que demostró su bravura dejó claro a sus compañeros que con él no iban las bromas y que no dejaba las cosas a medias. Con los ahorros invirtió en comprar tierras; se llevó con él a dos amigos que había hecho y compró un par de esclavos a los que les planteó, nada más comprarlos, que lo hacía porque necesitaba la mano de obra para producir, pero que su intenciónera liberarlos y ofertarles un sueldo por su esfuerzo y dedicación.

Esa práctica, nada habitual en la isla, le granjeó la enemistad de un par de terratenientes, pero él, impertérrito a las amenazas veladas, siguió adelante y pronto pudo comprobar la manera en que el trabajo intenso producía réditos. El producto se vendió bien en el mercado y, con las primeras ganancias, cumplió lo prometido: manumitió a sus dos esclavos. Estos le dijeron que querían seguir trabajando para él y que buscarían libertos para aumentar la producción.

Siguió ampliando el ingenio y pronto fue uno de los hacendados más ricos de la zona. Un día, sentado en el porche frente a los campos de cultivo, le dio por pensar que, después de cosechado el producto, era igual o más importante poder organizarlo, distribuirlo y hacerlo llegar en buenas condiciones a su destino, y, una vez allí, asegurar la venta de este estudiando las necesidades de los clientes. Por otra parte, los hacendados siempre andaban escasos de ciertas pertenencias que debían llegar a la isla y que, por desorganización en los transportes y envíos, no se recibían en la cantidad adecuada lo que ocasionaba escasez y aumento de los precios. Esto repercutía en todos los niveles de la cadena de producción. Cuando tenía todo más o menos estudiado, decidió comentárselo a su esposa, Doña Marisa Oyarzábal.

Esta, española también, de Bilbao por más señas, había venido a Cuba con un matrimonio mayor para ayudar a la señora. Por casualidad, como sucede en la mayoría de las veces, coincidieron en un baile que organizaba la Casa de España. Comenzaron a hablar y resultó que tenían conocidos comunes en la margen izquierda de la ría de Bilbao.

Con el tiempo, fueron saliendo con el permiso de la señora, hasta que, un domingo, Beni se presentó en la casa donde vivía y le dijo al anciano matrimonio que estaba enamorado de ella y quería desposarse. Marisa estuvo a punto de desmayarse cuando le escuchó ya que no le había adelantado cuáles eran sus intenciones. Explicó amablemente al matrimonio cuál era su patrimonio y les aseguró que la cuidaría siempre. Tras el visto bueno de sus empleadores, prepararon sus esponsales.

Desde entonces habían transcurridos cuatro años y eran una pareja muy bien avenida. Marisa era pequeña y de semblante risueño, siempre con una sonrisa en la cara; su pelo castaño le caía por encima de los hombros. De cara redondeada, sus ojos oscuros mostraban una bondad sin doblez; tenía unas manos pequeñas y delicadas con las que hacía manualidades en su tiempo libre.

El día en que Beni le dijo a Marisa cómo quería orientar su futuro, comenzando por la venta del ingenio para comprar un edificio y establecer un colmado, a ella le dio desmayo. Él la cogió en brazos suavemente y la recostó en la otomana del salón.

—No te preocupes, amor, saldrá todo bien. Lo tengo perfectamente estudiado. Ya he mantenido contactos con empresarios en España que me harán llegar en tiempo los recursos que hacen falta en la isla y, al mismo tiempo, me encargaré de que los barcos transporten los fletes a los puertos adecuados para la pronta distribución del producto en España.

Marisa le escuchaba, preocupada por el incierto devenir del rumbo que se marido había escogido para su futuro, pero dispuesta, como siempre, a apoyarlo en todo cuanto quisiera.

Así pues, pusieron a la venta la hacienda por la que sacaron muy buenos dineros y lo invirtieron en donde se encontraban ahora. Destinaron la primera planta como vivienda y, comerciantes al fin y al cabo, decidieron alquilar la habitación que no utilizaban.

El bajo, abierto a dos calles, era un almacén que ofrecía a los lugareños todos los productos que pudieran necesitar; ellos sabían por experiencia propia, cuáles eran las necesidades habituales de los isleños y, de esa forma, compraban en España el género para venderlo en la isla.

Esa noche estaban conversando en la sala cuando oyeron la puerta de la calle. En la entrada de la sala apareció José. Con una ligera sonrisa y un leve gesto de la cabeza, saludó a los propietarios.

—Buenas noches, doña Marisa; buenas noches, don Beni.

—Bunas noches, capitán —Marisa le sonrió dulcemente—. Tiene cara de estar cansado. En seguida le preparo la cena.

—No se moleste, doña Marisa. Hoy no tengo apetito. Si no les molesta, me retiraré a la habitación.

—Como guste, don José —Beni le miro preocupado—. ¿Se encuentra usted bien?

—Sí, gracias. Solo estoy cansado.

Con una sonrisa se despidió de sus anfitriones y se encaminó a su cuarto. Una vez allí, se descalzó, se quitó la levita y la dejó sobre el sillón. Sin desnudarse, se tumbó sobre la cama. Cerró los ojos y respiró despacio y profundamente intentando conseguir un estado de relajación.

El médico pensaba: «Ortigüela me ha encargado una misión que, además de difícil, se antoja peligrosa». Respirando sutilmente, fue entrando en un estado de sopor en el que, como las olas del mar que bañaban la playa de La Habana, rememoraba las circunstancias que lo habían llevado a la isla.

Capítulo 9
«La recepción»
1886

José paseaba por la parte baja de la capital portuguesa observando los comercios y los edificios del centro de la ciudad; a su alrededor, jóvenes lisboetas junto a sus carabinas se daban a conocer a los jóvenes que las rondaban, los cuales se mostraban como aves del paraíso estirando sus levitas y caminando erguidos y ufanos. El médico pensó: «El juego del cortejo no cambiará nunca se encuentre uno en el país que esté». Llevaba en Lisboa casi un mes y no se cansaba de recorrer sus calles; en algunas de ellas encontraba rincones donde quedarse ensimismado observando la forma de las casas y a la gente en su quehacer diario.

El joven oficial pensaba en el carácter portugués, fuerte y orgulloso; era gente trabajadora y dura que había sabido construir también un imperio. Brasil y las colonias centroafricanas y algunas islas así lo testimoniaban. También los portugueses, al igual que los españoles, sufrieron la invasión napoleónica y, de la misma manera, fueron ayudados por los ingleses para terminar con dicha invasión, aunque era bien sabido que las intenciones inglesas eran proteger sus dominios y, de paso, debilitar o eliminar a su enemigo natural: Francia. El rey luso, al menos, en lugar de someterse fácilmente y huir dejando al pueblo enfrentarse al invasor francés sin un monarca al que seguir, tuvo el arrebato de desplazarse a Brasil para desde allí seguir ejerciendo el gobierno del país. «Creo que este es el único país que ha tenido su capital en otro continente»*, pensó.

Una sonrisa apareció en su boca al recordar el comentario que un contertulio hizo cuando le narraba las desventuras de los portugueses ante la invasión gala. En ese momento llegaba al final de la *rua* Augusta y pasaba bajo el arco del mismo nombre para entrar en la *Praça do* Comercio. Los nuevos edificios de la plaza, grandes y de estructura sólida, albergaban sedes gubernamentales: el departamento de Justicia, el arsenal y la bolsa.

Llegó al final de la plaza y se plantó con los dos pies abiertos frente al Tajo, que, después de atravesar España, llegaba a la ciudad para descargar sus aguas en el océano Atlántico. El río fluía rápido con un color azul oscuro que contrastaba con el claro del cielo; escasas nubes empañaban la claridad del día y prometían una mañana cálida y agradable. Al cabo de unos minutos, consultó su reloj y, al ver la hora que era, giró y se encaminó de nuevo al arco. Tras cruzarlo caminó hasta la *rua* do Comercio y torció a la derecha para buscar la *rua* da Madalena. Después callejeó hasta encontrar el Largo da Sé para a continuación, después de pasar junto a la catedral, seguir subiendo por las estrechas calles hasta llegar a su destino.

---

* Río de Janeiro fue capital de Portugal desde 1807 hasta 1822.

Junto a una iglesia, en la *praça* Júlio de Castilho, se encontraba el *miradoiro de* Santa Luzia. Allí, en un pequeño café, tomó asiento en una de las sillas exteriores para deleitarse con las vistas del río y del barrio bajo de la ciudad.

Al rato, un hombre alto y muy delgado, vestido con levita y pantalón negro que le hacía parecerse a un cuervo, se sentó a su lado.

—Buenos días, don José.

—Buenos días a usted también, don Carlos.

La llegada del camarero interrumpió la conversación. El hombre delgado pidió dos cafés y, cuando el mozo se retiró, siguió hablando:

—Tengo entendido que se encuentra usted a gusto en nuestra ciudad.

—La voy conociendo poco a poco. Es una capital preciosa con muchos rincones que visitar. Y sus alrededores tampoco están nada mal. —Miró con una ligera sonrisa a su interlocutor mientras pensaba: «El coronel me ha insistido en que una de mis tareas debe ser la de observar de forma discreta los usos y maneras de los componentes de las demás legaciones y establecer relaciones también con las personas que acuden asiduamente a los eventos diplomáticos»—. Cuando llegó el camarero y puso las bebidas sobre la mesa, cogió su taza y dijo a su interlocutor:

—Por cierto, tengo entendido que en breve la embajada de Inglaterra dará un baile para celebrar el aniversario del cumpleaños del duque de Essex, ¿es así?

—Sí, tiene usted razón. De hecho, estoy encargado de confeccionar la lista de asistentes para cursar las invitaciones. ¿Tiene usted interés en venir quizá?

—Sería muy agradable acudir a un baile; eso me distraería de mi trabajo en la embajada. Al no haber muchos enfermos, gracias a Dios, las horas se hacen largas y temo enfermar también de melancolía.

—No se hable más pues. No podemos consentir que el médico de la legación española enferme de aburrimiento. Le haré llegar al embajador las invitaciones para él y para el séquito que le acompañe.

—Es usted muy amable como siempre. Espero tener el placer de corresponderle pronto con una visita a nuestra casa. Así podrá comprobar de primera mano lo obsequioso que somos los españoles como anfitriones.

*****

Sentados en uno de los salones de la embajada, el embajador Luis de Fuentenebro, el coronel Amo y José degustaban sendas copas de brandy; el embajador tenía una tarjeta entre sus dedos y jugaba con ella moviéndola como si fuera un abanico.

—Entonces, coronel, ¿quiere usted que la embajada acuda formalmente al baile de la embajada inglesa?

—Sí, señor embajador. Nos interesa mantener buenas relaciones con el personal de la legación inglesa; además, nuestro médico ha ido haciendo contactos desde su llegada y nos vendrá bien captar a alguien de la propia embajada, si es posible.

José los miró y dijo:

—Pero, mi coronel, yo no estoy preparado para hacer

labores de espía; me invitan a los eventos por mi condición de médico, pero no tengo experiencia ni sé qué debo saber o preguntar.

El embajador le miró y, despreocupadamente, le respondió:

—Por eso no se preocupe joven, no tiene que hacer nada más que disfrutar de la velada y bailar con las jóvenes asistentes. Lo único que debe hacer, además, es tener las orejas bien abiertas para escuchar las conversaciones; luego ya hablaremos de las cosas que haya escuchado.

*****

El atardecer caía sobre Lisboa. El luminoso día daba paso a un crepúsculo bañado de tonos violáceos y rosados conforme el astro rey se ponía sobre occidente. Cerca de la basílica de la Estrella, en el parque del mismo nombre, los niños correteaban y jugaban bajo la atenta mirada de sus ayas e institutrices. Algunas jóvenes paseaban por los senderos abiertos entre los parterres seguidas de sus carabinas, mientras eran observadas con mirada ávida por jóvenes petimetres que las miraban como un rapaz observa a las palomas antes de lanzarse a por ellas.

Sus dos torres blancas e imponentes se erigían erguidas formando con el ábside cilíndrico un triángulo perfecto de armonía barroca. Al pie del edificio iban estacionándose los carruajes de las personas que acudían a la recepción que la embajada inglesa daba a los notables del país para festejar el aniversario de la liberación de la capital en manos de los franceses.

Los asistentes al evento, tras dejar sus vehículos, atravesaban los jardines de la Estrella hasta llegar a la plaza del explorador Cabral, junto al cementerio británico. Tras cruzar la misma, se acercaban a la embajada que se había engalanado para recibir a tan ilustres visitantes.

El acceso estaba señalado con antorchas que rielaban con la brisa marcando un camino desde el portón de entrada a la escalinata que llevaba al palacete. En la puerta, dos lacayos vestidos de librea con los colores de la bandera inglesa comprobaban las invitaciones y acompañaban a los recién llegados para anunciarlos en el vestíbulo que precedía al gran salón de recepción.

El embajador español, el coronel Amo y el joven capitán fueron introducidos y presentados por el chambelán. Ya en el salón, el embajador fue abordado por su homólogo francés con el que compartía su gusto por el oporto y la cocina portuguesa. El coronel de una manera discreta se retiró a uno de los laterales donde coincidió, como no iba a ser de otra forma, con el responsable militar de la embajada alemana. Este mostraba interés por las colonias españolas en Ultramar, y Nogales se dedicaba a desinformarle facilitando información que sólo era verdad a medias. Cada uno en su papel, obedecían las órdenes que emanaban de sus respectivos gobiernos.

Por su parte, José se desplazó a un lateral del salón y se encaminó despacio a una esquina en la que un lacayo atendía las necesidades de los invitados y los obsequiaba con bebidas. No tardó mucho en tener junto a sí a Don Carlos de Oliveira, el cual, con una sonrisa y un ligero levantamiento de la copa que portaba en la mano, brindó silenciosamente por la presencia de su amigo en la fiesta.

—Al final, ha venido, don José. No sabe cuánto me alegro.

—También yo, don Carlos, también yo —José correspondió a su brindis con un ligero asentimiento de cabeza—, creo que la velada va a ser espectacular. Es el centro de todos los comentarios de las legaciones.

—Nos gusta atender a nuestros compañeros diplomáticos como se merecen. Además, he oído que tendremos una sorpresa después de la cena.

Mientras hablaban, José miraba a su alrededor observando los movimientos de los jóvenes petimetres alrededor de las jóvenes que, ruborizadas, intercambiaban miradas entre sí mientras sonreían bobaliconas a sus pretendientes. De pronto, fijó su mirada en una joven. El mundo pareció detenerse al igual que su corazón.

De una gran belleza, rubia y de pequeña estatura, su cuerpo de líneas perfectas destacaba sobre todos los demás. Unos ojos castaños debajo de unas cejas delicadas; una nariz recta y fina; unos labios que enmarcaban bellamente una boca de forma perfecta. Su busto asomaba ligeramente sobre el corpiño de su vestido de seda color azul noche que resaltaba aun más el color de su piel, un talle fino y unas caderas esbeltas cubiertas por el miriñaque que portaba la hacían brillar como si el entorno, de pronto, se hubiera sumido en una niebla, no existiendo más luz que la que ella aportaba al ambiente.

La joven, apartó la mirada de la persona con la que estaba hablando y, como si supiese que la estaban observando, lo miró a su vez encontrándose sus miradas que, en seguida, se prendieron una de la otra.

El capitán, para no ser grosero, desvió la mirada retomando la conversación con don Carlos como si no hubiera pasado nada; este, con una ligera sonrisa, no pudo evitar decirle:

—Es muy bella, ¿no es así?

José, sintiéndose ruborizar, apenas pudo musitar:

—No sé a qué se refiere, don Carlos.

—No se preocupe, don José. A su edad, es normal que se fije en las jóvenes bonitas, y la señorita Jimena lo es. ¡Vaya si lo es!

—¿Se refiere a la joven que está frente a nosotros, junto al ventanal que da al balcón? Don Carlos, siguiéndole la corriente, aceptó el disimulo y continuó como si tal cosa:

—En efecto. Esa joven es Jimena, la baronesa viuda de Gonçalves. Era muy joven cuando enviudó. Su marido, bastante mayor que ella, murió en un accidente de caza; un jabalí le salió de un matorral y le clavó sus colmillos en el abdomen. Desde entonces no se prodiga mucho en sociedad; las esposas de los compañeros de su marido, de bastante más edad que ella, no la aceptan fácilmente. Hoy está aquí invitada por la mujer del embajador con la que coincidió en algunos eventos y que la tiene prácticamente ahijada.

José volvió a mirarla con discreción. Una vez fijada su vista en la joven, apenas podía dejar de contemplarla. No sabía cómo, pero deseaba conocerla y saber de ella. Un fuerte golpe en las escaleras atrajo

96

las miradas de los concurrentes. En lo alto de la misma, el mayordomo anunció:

—La cena está dispuesta.

Quizás por un albur del destino o porque la influencia de don Carlos de Oliveira era mayor de lo que suponía, José se vio situado entre la esposa del embajador francés y la joven baronesa Jimena de Gonçalves.

Mademoiselle Henriette era una señora afable, algo metida en carnes, de agradable conversación y sonrisa fácil. José tuvo la suerte de que tuviera como compañero de mesa al mismísimo don Carlos con quien, por las risas y animada charla que habían iniciado ambos, se veía que eran conocidos de antes y mantenían una buena relación. Esto permitió a José —sin descuidar atender de tanto en cuanto a su compañera de mesa— concentrar su atención en entablar conversación con la joven, la cual parecía igualmente estar satisfecha con el sitio que le habían asignado en la mesa.

La comida fue muy británica, pues celebraban el aniversario del duque de Essex. Era conocido de los asistentes que a sus anfitriones les gustaba alimentarse como si estuvieran en Inglaterra; José había conocido en Madrid a ingleses y sabía de propia mano por ello que, estuvieran en la parte del mundo en la que fuera, intentaban comer como si se encontraran en el país que los vio nacer.

A un gesto del mayordomo, los camareros salieron por una de las puertas laterales del comedor y comenzaron a servir la mesa de los asistentes; delante de cada comensal colocaron un plato de crema blanca de verdura mientras se disponía sobre la mesa platos de ensalada, de ahumados y mostaza.

Más tarde, comenzaron a servir el lenguado de Doven sobre una crema de espinacas; a aquellos que preferían carne se les sirvió venado con guarnición de verduras y *gravy*. La velada transcurrió animada durante casi dos horas; a un gesto del embajador, los camareros retiraron los cubiertos y comenzaron a servir los postres: platos de hojaldres, mantecados, flanes, *lemon pie* y natillas llenaron la mesa.

Terminada la cena, el embajador tocó ligeramente con su cucharilla su copa; el tintineo acalló la mesa y todas las miradas convergieron en él.

—Estimados amigos, quisiera agradeceros, en primer lugar, que hayáis aceptado nuestra invitación para compartir esta cena. Mi esposa les ha preparado una sorpresa, por lo que les agradecería que pasen de nuevo al salón.

Los comensales se fueron levantando y, comentando entre ellos las palabras de su anfitrión, se dirigieron hacia donde les habían indicado. Al entrar en él, observaron la manera en que se habían dispuesto las sillas frente a una pequeña tarima al fondo del salón sobre la que estaban sentados dos músicos con sus instrumentos. Junto a la tarima, un Steinway con otro músico completaba la escena. El embajador y su esposa subieron al estrado. A un gesto de su marido, lady Dowsett se adelantó y, juntando las manos frente a ella, comenzó a hablar:

—Buenas noches, amigos. Os hemos preparado una sorpresa antes del comienzo del baile. Mi amiga, la baronesa Jimena Gonçalves, nos va a deleitar con una canción, un ritmo nuevo que ha llegado a Europa procedente de Cuba, y al que llaman habanera. Pido a mi amiga que suba a mi lado. La joven, ruborizada, se levantó y subió a la tarima. Cogiendo la mano que le tendía su anfitriona que la sonreía infundiéndole ánimos, miró a los asistentes y dijo:

—Buenas noches. lady Dowsett, ha sido muy amable al expresarse de esta manera. Les voy a cantar una habanera escrita por el maestro Saumell que se llama "La amistad".

Mientras la joven hablaba, la esposa del embajador había descendido de la tarima y se había sentado junto a su esposo. Al momento, los músicos comenzaron a tocar.

«Si la amistad se

Pudiera perfumar

Como un pañuelo, o

Como de un ave en

Vuelo su belleza se

Sintiera.

Si la amistad

Floreciera como

Florece un jardín, y

Resonara sin fin

En ciudades y

Praderas..., al

Sentirla ver

Pudieras

De un confín a otro confín,

A cualquier lugar que fueras.»*

---

* Habanera titulada "La amistad" compuesta por Manuel Saumel

Capítulo 10
«Críspulo»
1892

El ambiente era festivo en La Habana durante los primeros días del año 1881. Comenzaba el año en Cuba sin guerras, y la gente, imbuida del espíritu navideño y feliz por el final de las contiendas, se lanzaba a las calles para festejar las navidades*. En la Vieja Habana, sin embargo, ciertos ambientes no cambiarían nunca; la taberna "La Caña de Azúcar " se encontraba, a esas horas, a rebosar.

El tugurio, pues no se le podía dar otro nombre, tenía el aspecto de las tabernas portuarias de las ciudades abiertas al mar. Después de bajar dos escalones tras abrir una vieja y desvencijada puerta, se abría ante los ojos de los parroquianos un salón lleno de mesas; a su izquierda, una barra de madera oscura, formada por barriles sobre los que habían colocado unos tablones procedentes de algún barco antiguo, no daba abasto atendiendo a vociferantes individuos que exigían sus derechos a ser atendidos los primeros.

---

*El autor se refiere a la Guerra Chiquita, conflicto que duró desde agosto de 1879 a septiembre de 1880, poco más de 12 meses.

En el salón, una muestra de la fauna habitual en los locales ocupaban las mesas: prostitutas, acompañadas de posibles clientes, sentadas a las mesas o moviéndose entre ellas buscando alguien con quien ganar unas monedas antes de acabar la noche; sus chulos, sentados en una mesa al fondo del local, vigilaban a sus protegidas cuidando que ningún borracho se propasara y, de paso, que las mujeres no les esquilmarán las monedas que creían tener derecho a cobrar por proteger a las mujeres; crápulas y vividores de la noche, que buscaban emociones fuertes y, si se terciaba, una buena pelea que comentar al día siguiente en su club.

Al fondo de la sala, un Román avejentado y desconocido asía con fuerza entre las manos una jarra de ron; parecía que en los últimos años hubiera envejecido treinta años de golpe. Su pelo largo y sucio se veía desgreñado y sin lavar; sus ropas habían conocido tiempos mejores: el cuello de su camisa roto y sucio; la levita, con marcas de desgarrones mal cosidos. Con un movimiento tembloroso de su mano, bebió un último trago de la jarra y, levantando la mano, pidió al camarero que le sirviera más.

Una persona seguía atentamente la escena. Acodado en una esquina de la barra, protegido de la vista de los demás por una columna, Críspulo observaba al que era su progenitor. Aunque en su interior se alegraba del fracaso de su vida, notaba esa rabia fría que le consumía desde aquella mañana en que, defendiendo a su madre, lo atacó con el cuchillo de la cocina y lo echó de casa. Desde ese día, su interior le pedía que saciara su necesidad de vengar a su madre con accesos de violencia que, además, le producían una honda satisfacción de carácter sexual. La excitación que crecía en su interior cuando se encontraba ante su víctima, matándola, era tal que le provocaba un orgasmo desgarrador que le llevaba a buscar otro objetivo con el que volver a disfrutar de esa intensa sensación de placer.

Vio que su padre y el camarero se enzarzaban en una discusión:

—¡Venga, hombre! ¡Ya sabes qué siempre te pago!

—¡Llevas casi un mes sin soltar una moneda! Si no pagas, no bebes. ¡Lárgate!

Con una mano grande como una pala, agarró a Román del hombro, lo levantó bruscamente de la mesa y lo llevó, medio arrastrando, hacia la salida.

—¡No vuelvas sin plata, vago!

Román trastabilló sobre los escalones y cayó, tendido cuan largo era, sobre el suelo. Dentro del local, Críspulo, que había observado la escena atentamente, sacó del bolsillo unas monedas y las dejó sobre el mostrador, se ajustó la levita y salió de la taberna.

En el exterior, contempló la espalda de Román que se encaminaba, tambaleante, al muelle.

«Seguramente se dirigirá al muelle de la Luz. Allí duermen mendigos» —pensó Críspulo mientras le seguía. Las luces que alumbraban el recorrido, escasas en esa zona deprimida de la ciudad, ofrecían grandes espacios de sombra. El mulato se aproximó a su progenitor y, cuando estuvo a un par demetros de él, le llamó:

—Hola, padre.

Román, al oír la voz detrás de él, se giró sorprendido. Contempló al hombre que le había interpelado frunciendo el ceño al intentar enfocar la imagen, borrosa a causa del alcohol.

—¿Te conozco? ¿Quién eres?

—¿No me reconoce, padre?

El viejo miró fijamente al hombre, dio un paso hacía él y farfulló:

—Críspulo. ¿Eres tú?

—Si, padre. Soy yo, tu hijo bienquerido.

A Román se le iluminaron los ojos; pensó: «Al fin y al cabo, la noche podría terminar bien».

—Hijo, te veo bien. Se nota qué has tenido suerte y que la vida te favorece. ¿No tendrás unas monedas para darle a tu viejo? A mí no me ha tratado tan bien como a ti.

Román dio un paso acercándose a su hijo; Críspulo hizo lo mismo. Cuando se encontraron frente a frente, el mulato extendió los brazos y le dijo:

—¡Ven a mis brazos, padre!

El viejo se le acercó y se abrazó a él. Al instante notó un intenso dolor en el abdomen; se apartó sorprendido y examinó su barriga. La sangre manchaba su ropa; incrédulo miró a su alrededor. Al fijar los ojos en Críspulo, pudo ver cómo sonreía, con una expresión lobuna; en su mano balanceaba una navaja larga. El mulato, mirándolo a la cara le dijo:

—Padre, esta noche será muy especial para los dos. —Sin dejar de sonreír, asestó otra puñalada, esta vez dirigida al pecho, que alcanzó a Román perforando su pulmón. El anciano se doblegó ante este nuevo ataque y sintió que no podía respirar bien; sus ojos se desenfocaron vidriosos y una debilidad intensa le alcanzaba las piernas no pudiéndose mover apenas. Con un seco puñetazo, Críspulo noqueó a Román, que cayó inconsciente sobre el suelo. El asesino se lo echó encima de los hombros y cargó con él a través de un callejón hasta llegar a la esquina de la calle; frente a ellos, al otro lado, se encontraban los almacenes de grano, ahora abandonados tras haber sido dejados de utilizar por causa de la guerra. Comprobó que no venía nadie y cruzó rápido, apoyó a su padre en el suelo y en unos momentos abrió la cerradura; volvió a cargar con el herido y entró en el tinglado.

Conocía bien el lugar pues había vivido cerca del lugar; era allí donde Román le compró la casa a su madre. Caminó hacia el fondo y dejó al viejo tendido en el suelo. Recordaba que se guardaban aperos en el depósito para cuando tenían que remover las montañas de grano; rebuscó por los alrededores y, finalmente, encontró lo que buscaba: una caja alargada, en cuyo interior quedaron tiradas sin orden palas, picos y azadas.

Cogió una pala y retornó al rincón donde había dejado a Román; el viejo apenas respiraba, sus estertores se escuchaban quedos en el silencio del almacén. Críspulo hizo palanca en unas tablas medio sueltas y levantó tres de ellas bajo las cuales se veía la tierra fresca; comenzó a cavar una fosa profunda. Cuando terminó, cogió al viejo hacendado y lo colocó, incluso con delicadeza, sobre el suelo de tierra al desgraciado y, en cuclillas sobre él, le musito con una sonrisa malévola:

—Ahora, padre, me vas a permitir que te muestre la manera con la que disfruto.

Con la navaja en una mano, cogió uno de los párpados y lo fue cortando despacio; Román, casi sin fuerzas por la pérdida de sangre, apenas sí se debatía; cuando terminó, apoyó la navaja en el suelo y sacó un pañuelo sobre el que puso sus trofeos, guardándolos después en el bolsillo de su levita. Volvió a asir la navaja y, sin previo aviso, la volvió a clavar con fuerza en la barriga de Román que se encogió de dolor, un gemido salió de su boca; Críspulo sonreía mientras seguía clavando la navaja en su progenitor hasta ocho veces.

Cuando acabó, exultante de gozo y excitado físicamente como la primera vez que agredió a su padre, contempló su obra. El cadáver sangraba por varios puntos en tórax y abdomen; Críspulo se levantó sobre el cuerpo y colocó los brazos de su padre sobre su regazo con las manos hacía arriba, acomodó sus piernas para que quedasen rectas y juntas en la fosa. Observó la composición y quedó satisfecho. Volvió a agacharse, esta vez con la navaja en la mano, y acercó la punta a los globos oculares; haciendo presión hacia dentro y en círculo, extrajo los ojos y los depositó sobre cada mano. Salió de la fosa y comenzó a tapar el cadáver con tierra, golpeando con la pala de cuando en cuando el montón para compactarla. Siguió así hasta que la tierra llegó casi hasta la altura de los tablones del suelo del almacén. Se levantó y dejó la pala; recolocó los tablones en su sitio y echó sobre ellos arena para disimular las juntas. Orgulloso de su trabajo, se limpió las manos con arena y se encaminó a la salida; comprobó con la puerta entornada que no pasaba nadie a esas horas por el lugar y salió cerrando la puerta.

Cruzó rápido la calle y, a través de la callejuela por la que había llegado, se alejó silbando las primeras notas de una habanera de moda en la capital.

Críspulo se acicalaba preparándose para acudir al teatro, como hacía siempre que se encontraba en la capital. Hacía mucho tiempo que no soñaba con la última vez que se encontró con su padre y se sorprendió al haberlo recordado la noche anterior. Las guerras pasadas no habían eliminado el gusto por divertirse de la gente, y parecía que no se hubieran producido dos conflictos que habían ocasionado numerosas víctimas de uno y otro bando. Él, particularmente, no se quejaba. Además de poder dar rienda suelta a sus instintos y combinar su ansia de violencia con la eliminación de los que consideraba sus acérrimos enemigos —los españoles—, se había enriquecido con el juego. Lo que irónicamente era una de las causas de las desgracias de las tropas expedicionarias invasoras a él le había reportado pingües beneficios.

Recordaba aquella partida cuando finalizaba la llamada guerra Chiquita, en la que un oficial de la revolución, pasado de años y bebida, le dio por apostar su casa en una partida de tresillo en la que, creyendo que se llevaría un buen pellizco, se dejó primero el dinero y luego la vida cuando, llevado por la rabia al haberlo perdido todo, siguió al mulato pensando que sus hombreras y su espada serían suficiente para recuperar lo perdido. Su última baza tampoco fue buena y terminó en una zanja con las tripas fuera del abdomen; tal fue el machetazo que Críspulo le asestó de abajo arriba y en diagonal.

«Por una vez —pensó mientras se ajustaba el lazo—, hice bien en no dejar mi marca en el cadáver; los mandos de la mambisería podían haber sospechado e investigado». Ya se habían escuchado comentarios sobre ciertos muertos de entre los españoles que habían visto los revolucionarios al volver a sus filas y sobre el aspecto que presentaban sus caras. Debía ser cuidadoso, y lo fue para enfriar la situación.

Cuando terminó de vestirse, salió del dormitorio y, en el salón, recogió su bastón y sombrero para encaminarse a la puerta y salir de la casa. Una vez en la calle se giró y miró la fachada de la vivienda donde se murió su madre; aquella casa en la que fue testigo de los atropellos, malos tratos y vejaciones a los que su padre la sometió; recordaba, y su corazón se aceleraba por el recuerdo, cómo su madre, cuando él aún era un niño, llorando tras abandonar el hombre la casa, le recibía en sus brazos y le cantaba suavemente canciones dulces; sólo así se calmaban sus miedos y, cuando fue creciendo, su rabia interior, esa rabia que, a día de hoy, no podía calmar si no la alimentaba con sangre y muerte. Volvió la vista a la calle y, mientras buscaba un carruaje que le llevara a La Lonja, pensó:

«Sí, la guerra me vino muy bien»

Capítulo 11
«Metamorfosis»
1864

Habían pasado unos años; las visitas de Román eran prácticamente un recuerdo del pasado. Regina sabía de él por terceros; comentaban que estaba desastrado y que había perdido el porte y donosura que lo caracterizaban.

Esa mañana, la mujer en la cocina preparaba la comida cuando unos fuertes golpes en la puerta principal la inquietaron. Se acercó y comenzó a abrirla. De pronto, un empujón a la puerta la hizo retroceder tropezando con la pared. En el umbral, un Román con claros signos de embriaguez se encontraba en el umbral de la puerta. Penetró en la casa y se acercó amenazador a la mujer; su ropa, que había conocido tiempos mejores, mostraba signos de remiendo y brillos en los codos. La camisa sucia y el chaleco descolorido completaban un aspecto desolador del *dandi* que ella conoció.

El hombre entró en la cocina y se sentó.

—Mujer, dame una copa de vino. Vengo sediento —la miró agresivo—, y tráeme también los papeles de la casa. Necesito dinero y quiero disponer de ella.

Ella lo miró temerosa pero resuelta.

—La casa es mía. Me la diste y aquí vivimos tu hijo y

yo.

—¡He dicho que me la des! Yo dispongo de todo lo tuyo. Te la compré y la quiero recuperar.

En ese momento apareció Críspulo en la cocina. El niño miraba con odio reconcentrado a su padre y, al mismo tiempo, observaba a su madre. Mirando de nuevo a Román, le dijo con voz contenida:

—Mi madre te ha dicho que no te va a dar nada. Es mejor que te vayas.

El hacendado miró al muchacho, y una sonrisa malévola apareció en su cara.

—¡Pero a quién tenemos aquí! ¡El hombre de la casa! Creo que nos vamos a divertir un poco.

Tambaleándose por la embriaguez, Román se puso de pie y comenzó a quitarse el cinturón. El niño se adelantó para ponerse entre su madre y él y cogió un cuchillo de la mesa. El padre lo vio y enseñó los dientes como un lobo antes de echarse sobre las ovejas.

—Así que vas a defender a tu mamá. Creo que te daré primero una paliza a ti y, luego, otra a tu madre. Tenéis que aprender a mostrar respeto.

Cuando avanzó con el brazo levantado dispuesto a descargar el primer cintarazo, el joven Críspulo lanzó un tajo en horizontal que provocó un corte profundo en el antebrazo. Román reculó contemplando asombrado la sangre que manaba de su cuerpo. Miró al niño y vio que este le observaba con una mirada de odio. El muchacho se adelantó con el cuchillo firmemente asido y dijo:

—Es la última vez que apareces por aquí. Si te vuelvo a ver amenazar o siquiera asomar por esta casa, te clavaré este cuchillo hasta el fondo de tus entrañas.

El hacendado palideció; lo que más le impresionó fue la claridad y tranquilidad con la que el joven había dicho esas palabras. Arrastrando los pies, fue retrocediendo hasta alcanzar la puerta, la abrió despacio y salió de la casa. Críspulo lo siguió hasta la entrada, y lo último que vio fue la espalda desu padre andando tambaleante por la calle. Cerró la puerta y, ya en la cocina, se acercó a su madre que estaba sentada en la silla llorando amargamente. La abrazó y le dijo:

—No pasa nada, mamá, ya se ha ido. Y no volverá más.

Críspulo sentía a su madre sollozar. Ese hombre horrible no volvería nunca a pisar la casa. Cuando lo hirió, sintió una excitación enorme, casi sexual al ver la sangre. Abrazando a su madre, pensaba:

«Ahora, mamá, sólo tendrás que cantar para mí».

*****

El joven era ya un muchacho grande. El estirón del año anterior le había hecho ser más alto que el resto de sus compañeros de colegio, lo que sumado a su delgadez le daba un aspecto algo siniestro. Su estatura le hacía parecer mayor de lo que era y, gracias a eso, entraba en los locales donde los prohombres cubanos se reunían en la capital para tratar el desprecio de lo políticos españoles hacía la isla.

Desde el altercado que terminó con la presencia de su padre en la casa, su situación había cambiado. La violencia con la que respondió ante su progenitor activó un algo en su interior que le hizo sentirse diferente. La vista de la sangre le excitó sobremanera y, cuando el episodio terminó, acabó el día en su habitación satisfaciéndose con urgencias por la adrenalina que su cuerpo había volcado en él. Sentía que una presencia creció dentro de él y, desde que apareció, le hacía sentirse diferente y, de alguna manera, parecía guiar sus pasos.

En el colegió al que asistía —aunque eran más las faltas que las presencias por considerar que no iba a aprender nada del centro—, había un joven al que odiaba profundamente. Su vestir correcto, su buen comportamiento y amabilidad, tanto con el profesorado como con sus compañeros, etc. lo hacía odioso ante sus ojos. Veía cómo llegaba acompañado de alguno de sus progenitores o de ambos; cómo iban a recogerlo para alejarse en agradable conversación. Su sola felicidad lo disgustaba de manera intensa y nada más ansiaba que hacerle daño.

Un día, aprovechando que el cuitado era aficionado a las aves, le comentó en el recreo que había encontrado unos nidos de tocororo y que, si quería, podría enseñárselos; el mejor momento para verlos es al final de la mañana por lo que deberían irse ya para volver antes de que terminaran las clases. El muchacho se apuntó rápidamente a la escapada y, saliendo de la escuela, se dirigieron por el sendero de la izquierda que conducía a la localidad de Matanzas. Una vez dejaron atrás las últimas casas de la ciudad, cuando habían avanzado unos dos kilómetros, se metieron por un camino que se abría a la izquierda y comenzaron a ingresar en una zona cenagosa al norte de la capital.

Avanzando las ramas bajas de los árboles y atravesando los matorrales, llegaron a un pequeño claro en el que dos viejos árboles se cruzaban formando sus troncos una "x"; un poco más adelante, la arena descendía hasta penetrar en el agua. La ribera estaba rebosante de cortadera, palmanaca y arraiján*. Cuando el joven aficionado a los pájaros, ignorante de las intenciones de Críspulo, se movía entre los arbustos buscando los nidos que había ido a ver, no vio que este se le acercaba con una rama que había cogido del suelo.

Un golpe seco en la base del cráneo hizo que el joven cayese desmayado entre las hierbas. Críspulo lo arrastró hasta los árboles aspados y, sacando una cuerda de su cartera, ató las muñecas del ingenuo muchacho a los troncos arbóreos. Cuando lo tuvo inmovilizado, le golpeó la cara para espabilarlo.

El chico abrió parpadeó desorientado; sus ojos se abrieron y cerraron varias veces intentando enfocar bien, no entendía qué le pasaba; intentó moverse, pero no pudo hacerlo por estar inmovilizado. Miró a Críspulo que estaba cerca de él hurgando en su bolsa; sacó un pequeño cuchillo y con él en la mano se le arrimó y, cogiendo su barbilla para encararlo, le dijo:

—Ahora vas a ver lo que hago con la gente que no me gusta. Vas a poder ver todos los pájaros que quieras sin perder detalle.

---

* Arbustos típicos del herbazal de ciénaga en la isla de Cuba.

Con una sangre fría impensable para su edad, cogió el párpado superior derecho del mozo entre sus dedos pulgar e índice y, estirando para separarlo del globo ocular, fue cortándolo, clavando primero la punta del cuchillo y después moviendo despacio este a lo largo de la órbita hasta quedar con la piel del párpado entre los dedos. El joven se agitó gritando de dolor, lo que provocó que el corte fuera irregular y sangrara profusamente. Críspulo, incómodo por las dificultades, le dio una violenta bofetada que lo dejó mareado; apoyó las herramientas en el suelo y movió el cuerpo para poder inmovilizar también su cabeza.

Por último, le metió un trapo en la boca y lo mantuvo dentro con otro que ató a la parte de atrás del cuello de su víctima. Se puso en pie para contemplar cómo había dispuesto el escenario y, satisfecho, se arrodilló para cortar el otro párpado superior.

Cuando terminó, la cara del muchacho estaba surcada de chorros de sangre que caían de los desgarros sobre las cuencas oculares; los ojos de su víctima le miraban fijamente con las pupilas dilatadas en una expresión permanente de terror. Al ver la expresión de su mirada, Críspulo se excitó y notó una erección bajo el pantalón. La euforia que sintió le llevó a empuñar el puñal y comenzar a clavarlo en el torso del chico; este se agitaba convulsamente con cada puñalada hasta que, de pronto, dejó de moverse. Al ver que lo había matado, Críspulo se irguió enfadado consigo mismo; su impaciencia le había impedido disfrutar del momento. Enojado, dio una patada al cadáver y, tras soltar las cuerdas que lo ataban a los árboles, cogió al joven por las muñecas y arrastró el cuerpo hasta el agua. Una vez que tuvo al muerto

114

dentro del pantano, salió ligero; sabía que los cocodrilos eran muy rápidos y acudirían prestos a la sangre. Nunca encontrarían al joven ni sabrían qué había sucedido.

Consolado por esos pensamientos de impunidad, el joven asesino recogió su cartera, metió en ella los materiales que había empleado y, por último, sacó un trozo de tela en los que depositó los dos párpados*. Los envolvió con cuidado, casi con delicadeza y, satisfecho por lo que había pasado, retrocedió por la senda que habían seguido una hora antes y se fue camino de casa tarareando una cancioncilla popular.

*****

Regina se dirigía al teatro montada en un quitrín. En su cara y cuerpo se apreciaban los malos tratos recibidos por Román. Su delgadez se manifestaba en unas ligeras ojeras que no enmascaraban su belleza, pero vestían a sus ojos de una capa de tristeza que antaño no mostraban; su cuerpo se había redondeado, pero sin perder la gracia natural que poseía. Aún eran muchos los hombres que se giraban al verla pasar para admirar su cimbreo de caderas y la soltura de sus gestos.

---

* El profesor Ángel Fernández Dueñas, en su publicación "La vida en los ojos (I). Los ojos en la historia y en la mitología de las antiguas civilizaciones", explica cómo en la antigüedad, después del combate, a fin de ahuyentar los espíritus de los muertos, extraían los ojos de sus víctimas y los preparaban con una parafernalia determinada para evitar que volvieran a ellos para hacerles daño.

Aunque Román la dejó en una situación económica precaria, cuidaba sus vestidos y ella misma arreglaba sus componendas. Su imagen era la que le abría inicialmente la puerta ante los empresarios musicales de Cuba, y su voz después conseguía darle actuaciones con la que salir adelante.

Cuando llegó al lateral del teatro, penetró por la puerta de artistas y, de camino a su vestuario, miró desde detrás de las cortinas para ver el ambiente en la sala. Con un ligero fruncimiento del ceño mostró su preocupación cuando oyó que las voces que anteriormente comentaban alegres las expectativas que los artistas creaban en el público ahora se dedicaban a hablar de política. Conocía por los comentarios de las calles que el ambiente en la isla estaba muy caldeado por la sensación insular de que en España no se les respetaba ni valoraba como se debía. El ambiente antiabolicionista de Madrid no facilitaba las cosas; muchos terratenientes españoles se acogían a la política esclavista para mantener sus negocios, sobre todo, los relativos a las plantaciones de caña de azúcar mientras que los hacendados cubanos y descendientes de segunda generación de españoles afincados en la isla deseaban dar la libertad a los esclavos y contratarlos mediante soldadas.

Con un cabeceo de desconsuelo se encaminó al camerino.

En el salón, Críspulo se había situado en uno de los fondos desde el que podía ver el escenario y escuchar las conversaciones de las mesas cercanas. Aunque no quería que su madre cantara para nadie, era consciente de que necesitaba el dinero que ganaba y, por ello, se contentaba con escucharlaen el teatro.

Una mesa algo alejada del escenario ocupada por tres hombres llamó su atención. Reconoció por los pasquines a Carlos Manuel de Céspedes, rico hacendado y declarado independentista; junto a él, Antonio Maceo, al que reconoció igualmente por los dibujos de los carteles, el tercer hombre le era desconocido. Sabedor del peso en la política actual del país, se acercó discretamente para escuchar la conversación.

En la misma, los hombres mantenían una encendida discusión sobre la ejecución de un levantamiento armado que, según palabras de Céspedes, no podía esperar más; el contacto con España era escaso y las concesiones que se hacían a los isleños pocas; por otra parte, los propios terratenientes, lejos de colaborar por el engrandecimiento de un país nuevo y próspero, insistían en su postura de mantener a los esclavos en las fincas a fin de mantener los niveles productivos de sus posesiones, y lejos de aportar parte de los beneficios para mejorar el país, se lucraban personalmente con las ganancias creando una especie de subestado dentro de la isla que, incluso en momentos puntuales, iban en contra de la propia España cuando esta quería acercar posturas para evitar conflictos.

En ese momento las luces del escenario se atenuaron y los cortinones empezaron a abrirse; Regina apareció sobre el entarimado y las voces comenzaron a disminuir. Algún idiota borracho se dirigió a la cantante con frases soeces y fue acallado en seguida por los que le rodeaban. Regina, parada en medio del escenario, comenzó a entonar la canción:

«El amor es un
Pájaro rebelde, que
Nada puede
Dominar, y es vano
Llamarlo si él prefiere
Rehusarse»*

El público escuchaba embelesado las dulces palabras que salían de la boca de la cantante. El ritmo, suave y cadencioso, casi íntimo, invitaba a oír en silencio y disfrutar de la letra de la habanera.

«De nada sirve
Amenazar o
Suplicar. Uno habla
Bien, el otro se calla;
Y es al otro al que yo
Prefiero; no ha dicho
Nada, pero me
Gusta»

Unas muchachas aparecieron en una esquina del escenario y comenzaron a entonar, siguiendo el ritmo de la canción, el estribillo:

«¡El amor!, ¡el amor!, ¡el amor!, ¡el amor!»

Cuando terminó la canción, el público se puso en pie aplaudiendo estrepitosamente y reconociendo la calidad de la intérprete.

---

* Habanera titulada "El amor es un pájaro rebelde", de George Bizet. 1875

Regina, con una ligera flexión de torso y piernas, saludó donosamente y seretiró del escenario.

Críspulo, después de echar una última mirada a la mesa donde se encontraban los políticos, salió por un lateral y se encaminó al camerino. Una vez allí, felicitó a su madre y se sentó para esperar a que se arreglara.

Al salir del teatro, y mientras se dirigían al carruaje, algunos de los paseantes felicitaron a su madre por su regreso a los escenarios. Madre e hijo montaron en el quitrín y, dando una voz al cochero, partieron y fueron a su vivienda.

Críspulo iba pensando que el ambiente en Cuba estaba muy caldeado y, al igual que una caldera rebosante, cualquier pequeño detalle la haría saltar por los aires.

Capítulo 12
«La incursión»
1868

La noche era oscura y la visibilidad apenas alcanzaba a un par de metros. En el cielo densos nubarrones propios del otoño no dejaban que la fría luz de la luna llegara al bosque. Escondido tras el tronco de un guayacán, esperaba la señal para avanzar.

Miró a derecha e izquierda; sus dos compañeros se encontraban agazapados, al igual que él, detrás de dos grandes árboles. Formaban el grupo de rastreadores a los que el coronel Avellanos había ordenado infiltrarse en las filas de los españoles para capturar a alguno de ellos y sonsacarles información sobre sus líneas.

Le vino a la memoria aquella actuación de su madre en el teatro de La Habana aquel mismo año. El haber visto allí al general Céspedes le parecía premonitorio puesto que, poco después, llegado el otoño, Carlos Manuel de Céspedes proclamó la insurrección y la independencia de la isla, con lo que los diarios habían bautizado como el Grito de Yara, desde su ingenio al que llamaba "La Demajagua". Allí, al grito de "¡Viva Cuba libre!", liberó a sus esclavos y declaró la libertad universal de los mismos.

Recordaba Críspulo cómo se levantó de un barril la hembra de don Carlos, a la que llamaban la *Cambula*, y la forma en que, enarbolando la bandera que ella misma había confeccionado, comenzó a cantar las primeras estrofas de una canción compuesta para la ocasión:

«Al combate corred,
Bayameses, que la patria os
Contempla orgullosa.
No temáis una muerte
Gloriosa, que morir por
La patria es vivir.

En cadenas vivir es
Vivir en afrenta y
Oprobio sumido. Del
Clarín escuchad el
Sonido.
¡A las armas, valientes, corred!»*

Recordó el alboroto que se produjo cuando la noticia llegó a la capital y, cómo en la cocina de casa le explicó a su madre que sentía la necesidad de acudir a la llamada, de defender Cuba de los opresores; en el fondo, y era consciente de ello, deseaba encontrarse en el fragor de la lucha porque quería sentir dentro de sí esa excitación que le producía la violencia extrema.

Salió de casa y se encaminó al oeste; en la calle se encontró con jóvenes exaltados que, al grito de ¡Cuba libre!, se encaminaban en su dirección contentos y alborozados.

---

* Habanera titulada "La bayamesa", letra y música de Pedro Figueredo. 1867

Llegó a Mariel unos días más tarde y se alistó en el ejército revolucionario cubano. Un negro enorme con unos galones de sargento bordados en una chaqueta de la fuerza expedicionaria española le puso su gran mano encima del hombro y le dijo:

—A partir de ahora, *chamaco**, estás en los exploradores del primer batallón de *mambises*** de Mariel —el sargento al sonreír mostraba una hilera de dientes amarillentos—. Esta será tu nueva familia, desde ya eres un hijo de la revolución.

Acompañó al adolescente a una tienda de campaña donde le presentó a otros jóvenes que, como él, habían acudido a la llamada del general Céspedes.

La mañana siguiente, en la reunión general que se realizó en la explanada, el coronel Avellanos transmitió a los presentes su enhorabuena por acudir a la llamada de la madre patria; tras desearles suerte y ánimo en su lucha contra el opresor, se retiró a su alojamiento, seguido de los sargentos de las unidades.

A última hora de la tarde, el sargento se acercó por la tienda y sacó de ella a los dos nuevos compañeros y a Críspulo; le acompañaron hasta un pequeño claro fuera del campamento y, después de sentarnos en unos troncos, les dijo:

---

* Traducido del cubano coloquial: "joven"
** Así eran conocidos los guerrilleros independentistas cubanos, dominicanos y filipinos. La palabra deriva del bantú, significando "insurrecto", aunque existen versiones populares en las que se dice que el nombre deriva del de un oficial negro que desertó del bando español y participó primero en la guerra de Santo Domingo y, posteriormente, en la guerra de los Diez Años.

—Mañana por la noche podréis, por fin, luchar por nuestra amada Cuba. El coronel me ha pedido voluntarios para que se infiltren tras las líneas enemigas y capturen a algún oficial y así poder interrogarlo; saldréis los tres a las diez de la noche, habrá nubes que dificultarán el que se os pueda ver fácilmente.

»Tenéis que dirigiros a la *trocha** que los españoles llaman de Mariel–Majana, cerca del ingenio de San Ramón. Hay una zona boscosa, penetraréis por allí y, cuando estéis seguro de que no hay riesgo, introduciros en el blocao e intentad capturar a uno de esos gachupines. A la vuelta, si se os cruza alguno, *darle cepillo**.*

Anochecía cuando se adentraron en el bosque para, desde allí, avanzar cubiertos hasta la línea defensiva de los españoles. Atravesando entre cedros, robles y guayacanes, se aproximaron al límite de la trinchera que marcaba la línea de la trocha. Una vez allí, cuerpo a tierra, estudiaron los movimientos de los centinelas que cubrían esa parte del terreno.

Aunque los españoles creían estar protegidos, lo cierto era que la línea era fácilmente penetrable; bastaba con apartarse un poco de la zona de influencia del fuerte y la vigilancia dejaba bastante que desear.

---

*Se llama trocha a los caminos de monte que trazaban los ingenieros del ejército para resguardar
partes del territorio de los asaltantes o para impedir el paso de las partidas a determinadas zonas. Durante las guerras de Cuba se hicieron trochas que cruzaban la isla de este a oeste y de norte a sur, llegándose a construir diez; las más grandes fueron la de Mariel-Majana, la de Júcaro-Morón y la de Bagá-Zanja, esta última inacabada. A lo largo de la línea se establecían fuertes o blocaos.
** Traducido del cubano coloquial: matarlo, asesinarlo.

Al rato, oyeron voces; un oficial llamaba a su subalterno para señalarle que iban a salir de avanzada por fuera de la protección de la trinchera. Como ello favorecía sus planos, reculamos hasta la linde frondosa del bosque para esperarlos. Sus dos compañeros sacaron los machetes y esperaron pacientemente. Críspulo, por su parte, buscó refugio a la sombra de un gran cedro y observó con atención los movimientos de los soldados intentando deducir por dónde avanzarían.

Muchas de las trochas, por su cercanía a terrenos cenagosos, provocaron que la mayor parte de la guarnición que prestaba servicio en las mismas enfermara de paludismo y disentería.

Después de unos minutos, la escuadra se había internado en la espesura; los ruidos de sus botas al pisar las ramas del suelo los delataba como si fuera de día. Se fueron distanciando uno de otro, lo que facilitó la labor que se les había encomendado. El mambí de la izquierda salió de detrás del tronco en el que se había apostado y, agarrando del cuello al oficial, lo atrajo hacia sí mientras con el mango del machete golpeaba fuerte la sien del sorprendido militar; este perdió el conocimiento sin que su oponente lo soltara. Con cuidado fue retrocediendo para esconder al oficial entre la maleza; el otro compañero, apareciendo bruscamente desde detrás de un caguairán, apuñaló por la espalda al soldado que cerraba la marcha, cayendo el soldado al suelo sin emitir un gemido. Críspulo, se acercó sigilosamente y, cuando tuvo a su enemigo sobrepasado, se alzó a su espalda y le golpeó secamente en el cuello; el soldado se desplomó sin emitir sonido alguno.

La voz ronca de un compañero, un ñáñigo al que conoció en el campamento, susurró:

—*Aseres**, ya tenemos la *papa caliente*** que queríamos. Vámonos prieto de aquí.

Un murmullo tras un árbol cercano confirmó que el otro mambí había escuchado. Susurró al viento:

—Id avanzando y ahora me reúno con vosotros.

Cuando oyó cómo se alejaban, se arrodilló junto al soldado. Por la herida de la nuca manaba un reguero de sangre tibia; lo giró hasta ponerlo boca arriba y, sin dejar de escuchar el entorno por si se acercaba alguien, sacó del bolsillo la navaja; cogiendo entre los dedos el párpado del militar, cortó primero el derecho y luego el izquierdo.

Cuando terminó, escondió los dos trozos de piel en un trapo y, mirando al soldado inconsciente, cambió la navaja por el machete. Con un golpe seco y tangencial, le cortó el cuello con tal fuerza que casi se le separó la cabeza del tronco.

Satisfecho y excitado por los nuevos trofeos, retrocedió siguiendo los pasos de sus compañeros. Esta noche sabía que iba a disfrutar durmiendo, recordando estos momentos.

---

*Traducido del cubano coloquial: "Amigo, compinche, camarada".
** Traducido del cubano coloquial: "Algo difícil de hacer, problemático".

Capítulo 13
«Jimena»
1892

Jimena Gonçalves observaba su reflejo en los espejos del camerino. Desde su llegada a La Habana había sido agasajada como una gran diva; cruzar el Atlántico le pareció, en su momento, una buena idea dado el enrarecimiento del ambiente en Lisboa tras el desagradable episodio del duelo y los comentarios posteriores.

Tiempo después de aquello, la atmósfera en la capital portuguesa se hizo irrespirable; ni siquiera la ayuda de su amiga Lady Dowsett consiguió que las viejas esposas de los nobles siguieran murmurando y malmetiendo con sus esposos para que no fuera admitida en el circulo —siempre estrecho y con continuos cambios de patrón según los devaneos y las conveniencias de las interesadas—. Como si de un aquelarre navarro se tratara, fueron excluyéndola de los actos sociales a los que por su posición debía acudir normalmente.

Finalmente, y tras una larga charla con la esposa del embajador británico, convino con esta en que lo mejor era que saliera de Portugal, aunque solo fuera temporalmente, hasta que las aguas y los chismes se fueran acallando.

La mujer del embajador le ofreció su casa en Londres, a lo que la joven accedió entendiendo que era lo mejor para ella; lejos de Lisboa podría comenzar de nuevo y plantearse si volver y, en ese caso, en qué condiciones. Así pues, cogió el primer barco hacia Inglaterra acompañada únicamente de su doncella.

Vivió durante un par de años en Europa viajando y recorriendo distintas capitales; descubrió que sus canciones eran apreciadas y que la invitaban para que cantase alguna de ellas al final de la velada. No tardó en recibir una invitación para cantar en un teatro las canciones procedentes de América, aquellas llamadas "habaneras" que estaban causando furor en el pueblo por su ritmo y letra.

De esta manera comenzó a trabajar como cantante y, al poco tiempo, descubrió —no sin un poco de pena y nostalgia— que cada día dejaba como opción más lejana la de volver a su tierra. Leyó mucho sobre la situación de la isla caribeña.

Las noticias que llegaban a Londres de la colonia española no eran halagüeñas; tras dos guerras seguidas, la situación no se había clarificado ni mejorado el ambiente. Cuba había quedado muy mermada en recursos y la población sufría las carestías posbélicas; aunque en España se aceptaba el fin de la esclavitud y la liberación y manumisión de esclavos, el daño sufrido no se podía subsanar fácilmente. La población rural seguía insatisfecha y los mambises no cejaban en su presión sobre las localidades rurales para captar nuevos adeptos a la causa buscando un tercer conflicto; voces disonantes con la política territorial que quería imponer el gobierno español sonaban en los salones de los locales donde asistían terratenientes de la isla. A todo ello, se unía la presión —más o menos directa— que los Estados Unidos ejercía, allí los escritos de José Martí publicados en diarios de toda Latinoamérica eran auténticas soflamas en favor de la independencia cubana.

Aun así, decidió dar un giro a su vida y embarcarse de nuevo, cuando conoció a Juan Blázquez, esta vez cruzando el océano, para intentar dar un paso adelante en su carrera como cantante; pensó:

«Si triunfo en la tierra donde nacieron las habaneras, tendré el mundo entero para mí». Tuvo suerte se dijo pensando en que durante el trayecto había conocido al que iba a ser el pianista del teatro, el señor Germán, quien le había mostrado su empatía durante el viaje y al que se había abierto contándole lo que le sucedió en Lisboa. El viejo músico le ofreció un oído para escuchar y un afecto parecido al de un padre; sus conversaciones durante la travesía le habían permitido descargar las penas que sobrecogían su corazón y le había infundido ánimos en esta nueva etapa que emprendía.

Con un cabeceo inconsciente para sacar de su mente aquellos recuerdos, se retocaba el cabello cuando, con unos golpes en la puerta, el ayudante de escenario le recordaba que era su turno de actuar. Un último recuerdo del joven oficial médico acudió a su mente antes de levantarse y salir del camerino.

Capítulo 14
«Germán»
1891

Con un leve gesto de la mano Germán indicó al camarero que llenara de nuevo el vaso de güisqui. En un rato acudiría al salón del hotel para deleitar a los clientes del Ritz con sus melodías y canciones.

Con el rostro marcado por arrugas junto a las comisuras de los ojos y boca, señales inequívocas de situaciones traumáticas vividas que han dejado su huella en él, mantenía, sin embargo, el brillo en sus ojos oscuros; el pelo corto, entrecano, mostrando el principio de una frente amplia y distinguida. El mentón, amplio, cerraba el óvalo de su rostro, con la boca enmarcada perfectamente por ambos surcos populares.

Pensaba, mientras terminaba con la bebida, cómo había terminado en Madrid cuando su destino, en principio, iba a ser muy diferente. Con una mirada al vacío, perdida en sus recuerdos, evocaba de qué manera, en su niñez, sus dos grandes pasiones le definieron desde pequeño: por un lado, la música. Germán recordaba pedirle insistentemente a su madre que le llevara a los conciertos dominicales que la banda municipal ofrecía en la pérgola de la plaza del Ayuntamiento. Pasado los años, y a fuerza de perseverar en sus peticiones al patriarca de la familia, que no lo veía nada claro, consiguió que un viejo profesor de música le diera clases de piano. Poco tiempo después, su padre, asombrado, exclamaba a su mujer:

—Va a resultar que tenías razón en que a nuestro hijo Euterpe lo ha acogido bajo su protección — su mujer lo miraba con una sonrisa de complacencia y satisfacción—. ¡El muchacho apunta realmente maneras!

Su otra gran pasión era la medicina; curioso por naturaleza, siempre estaba con un "¿por qué?" en la boca. Su afán por aprender no tenía fin; a eso se sumaba su talante tranquilo y bondadoso; cuando alguien de la casa enfermaba o se quejaba, acudía presto para cogerle la mano entre sus manitas y decirle con su voz de niño que se iba a poner bueno. Esperaba la llegada de don Jesús y, apartándose discretamente un par de pasos, seguía con atención los movimientos que el médico hacía, las preguntas que le dirigía al enfermo, etc. Al terminar la consulta, el galeno se levantaba y con voz firme y sentenciosa les decía a sus padres lo que opinaba de la enfermedad y cuáles deberían ser los remedios que tenían que aplicar.

Cuando terminó los estudios, se trasladó a Valencia para ingresar en la facultad de Medicina de la Universidad Literaria, entidad de mucho prestigio en España. Finalizó sus estudios brillantemente, sin descuidar por eso sus clases de música que continuó al buscar y encontrar un profesor retirado que impartía clases a un precio asequible.

La Subinspección de Sanidad le adjudicó una plaza de médico en Caudete para ayudar al titular de la plaza, don Remigio Serrato, el cual desarrollaba su actividad en la localidad desde hacía más de cuarenta años. Llegó a la villa y se presentó en casa del galeno, el cual le recibió con los brazos abiertos ya que, con los achaques propios de la edad, se le hacía difícil atender a los lugareños como se merecían, Durante unos felices años, aprendió junto a su maestro y fue ocupando de manera discreta su puesto en la sociedad caudetana, amenizando además las veladas en la casa de don Jesús con sus canciones en un viejo piano que el médico había heredado junto a la vivienda. De esa manera, enamoró a la hija del veterano doctor y, pasado el tiempo, contrajo nupcias, lo que lo entroncó más, si cabe, en el pueblo del que se sentía formar parte.

Por desgracia, las voces de la guerra clamaban a las puertas de su casa. Con motivo de las luchas fratricidas entre los herederos de la corona, en 1874 fue alistado —obligado sería un término más correcto— en el ejército del Reino de España; incorporado en la columna del brigadier Despujol, se trasladó, junto a un par de carros sanitarios, a la localidad de Culla; desde allí y, atendiendo una llamada de socorro del coronel Montero en la plaza de Morella, se dirigieron rápido a dicha villa.

Una vez llegado a las inmediaciones del lugar, el brigadier se vio rodeado por las tropas carlistas que querían cercar la unidad. Ordenó un repliegue apresurado al interior de la localidad, con la vanguardia atacando, las bayonetas enhiestas y la mirada enloquecida de los que saben que van a morir.

Tras arduos combates en los que él mismo y sus sanitarios no tuvieron un momento de respiro, atendiendo heridas de todos los tipos y gravedad, pudieron huir por la zona de la cañada y llegar, no sin apuros y mucho esfuerzo, a Ares de Maestre, donde pudieron montar un pequeño hospital de campaña para atender a los heridos.

Más de treinta horas sin descanso estuvo Germán amputando, curando, cosiendo y dando ánimos que ni él mismo tenía a los heridos por la batalla. En los escasos momentos de reposo que tuvo, se planteó el porqué de estas guerras sin sentido que enfrentaban a hermano con hermano y que sólo beneficiaban a unos pocos. alejados de la trayectoria mortal de los proyectiles, escondidos en la comodidad de sus palacios.

La infausta acción culminó, como no podía ser de otra manera, con el ascenso del brigadier, pese a su derrota, y el convencimiento firme de que nunca más volvería a combatir en una guerra. Finalizado el conflicto, en 1876, pudo regresar a casa donde, para certificar que las desgracias nunca vienen solas, recibió la noticia de que su mujer había fallecido a causa de unas fiebres cuyo anciano padre no había podido controlar.

Durante unos años intentó sobreponerse a su dolor y buscar refugio en sus dos pasiones: la música y la medicina, pero el dolor que sufría en su interior era tal que ni una ni otra le daban el sosiego necesario para enfrentarse a su situación.

Hastiado de todo, comunicó a la Subinspección de Sanidad su intención de dejar la plaza para atender asuntos personales y, en el ayuntamiento del pueblo, se despidió sentidamente de los que habían sido sus amigos durante muchos años. Con una pequeña maleta en la que metió el poco equipaje que tenía, se dirigió a Madrid para comenzar aún no sabía qué.

Cabeceando para quitar de su mente esos pensamientos aciagos que en nada le favorecían antes de su actuación, se levantó de la silla y se encaminó al gran salón del Ritz; en un lateral sobre una pequeña tarima le esperaba el piano, se sentó en el taburete y sus dedos comenzaron a desgranar un bailable. Al momento, algunas parejas se dirigieron al medio del salón para moverse al ritmo de la melodía.

Llevaba más de una hora tocando cuando vio acercarse a un señor entrado en años, orondo, de largo pelo blanco en cabeza y barba, luciendo un bigote hermoso con guías elevadas que sobresalían por los laterales del labio superior. Al llegar a la tarima, se encimó y, apoyando el codo en el instrumento, se dirigió a Germán, quien no dejó de tocar:

—Buenas noches, toca usted muy bien el piano.

—Muchas gracias —Germán no interrumpió la canción.

—Le parecerá extraño que me dirija a usted de esa manera, pero soy de la opinión que hay que ir directo cuando el asunto lo merece. Me llamo Juan Blázquez, soy empresario musical y el propietario del teatro La Lonja, el más famoso y popular de Cuba, en la ciudad de La Habana. Me he detenido unos días en Madrid para ponerme al día en lo que respecta a atracciones musicales y *varietés*.

Germán seguía tocando, ahora un pasodoble que llenó de inmediato la pista de baile. El empresario continúo hablando:

»¿Conoce usted las habaneras?

Esta vez Germán lo miró con más atención. Sin responder y, cuando terminó el popular bailable, pasó su dedo por el teclado para indicar al público un cambio de melodía y comenzó a tocar mientras con voz ronca cantaba:

«Yo soy
Guajira, nací
En Melena,
En el ingenio de
Curugey, tengo quince
Años, me llamo Elena,
Soy dulce y
Buena como el
Mamey»*,**

Las personas del salón dejaron de bailar y se pusieron a escuchar la canción. Cuando esta terminó, prorrumpieron en una ovación ensordecedora. Blázquez se sonrió y exclamó:

—Se lo dije. Esta nueva música va a cambiar el devenir de la canción en los próximos años. Ha venido para quedarse. Pronto se escuchará en todos los rincones de Europa.

---

*El mamey es un árbol que da unos frutos de 15 centímetros de diámetro, de corteza verdusca y delgada que se desprende fácilmente, con la pulpa amarilla, muy aromáticos y sabrosos y un par de semillas del tamaño y forma de un riñón de carnero. Se dice en Cuba de las personas simpáticas, amables y comprensivas

** Habanera titulada "Yo soy guajira", de autor anónimo del siglo XIX.

136

Germán acabó la melodía, se puso en pie y agradeció con un gesto los aplausos de la gente. Comunicó que habría un descanso de diez minutos y se encaminó a la barra del bar fuera del salón. El productor teatral le siguió.

Sentado en su taburete, el músico hizo un gesto al camarero. Mientras el barman preparaba la bebida, el empresario le dijo:

—Ponga dos de lo mismo. Yo pago.

El barman miró al pianista. Este asintió y el camarero siguió con las bebidas.

»Voy a estar en Madrid unos días, pero creo que lo que le ofrezco le convendrá —empujó un pequeño papel hacia Germán. El músico cogió y abrió la nota—. Creo que la cantidad del contrato le parecerá satisfactoria. Le aseguro que Cuba es el trampolín al éxito. Su música va a sonar con fuerza por todo el mundo y usted puede ser el elegido para llevarla a donde le apetezca.

Como quiera que pareciese que el empresario esperaba una respuesta, Germán le respondió:

—Tengo que pensar en su proposición. Ahora mismo no tengo claro qué voy a decidir.

No se preocupe, hombre, no tenga prisa. Como le he dicho, volveré por aquí antes de marcharme para que me pueda dar una respuesta. Medítelo con la almohada ya me contestará.

Juan Blázquez apuró el resto de su copa de un trago y, con un leve gesto de saludo echando mano al ala de su sombrero, se despidió con una seña de Germán y se encaminó a la salida del hotel. El músico vio cómo se marchaba bordeando las mesas. Miró de nuevo la cifra que había apuntado el empresario en el hotel y, comentando para sí mismo, exclamó:

— ¿Por qué no? Podría funcionar.

Terminó su copa y se dirigió al salón de baile para continuar con su trabajo. Sabía que la noche se le haría muy larga pensando qué decisión debería de tomar.

*****

Llevaba dos días en Lisboa y el músico se había dedicado a recorrer las calles de la ciudad imbuyéndose de ese ambiente tranquilo que transmitían sus habitantes; por las noches se acercaba al barrio de Alfama y se sentaba en la terraza de un local para degustar un buen vino y escuchar fados, esas canciones tristes y melancólicas que trataban de sinsabores y lecciones que la vida daba a sus desafortunados protagonistas. Esa noche, Blázquez le había recordado que cenaban en el hotel y que allí conocería a la cantante de la que le había hablado tanto durante el trayecto en tren desde Madrid.

Estaba sentado en el comedor cuando vio entrar por la puerta al empresario acompañado de una bella joven, que llamaba la atención de los comensales cuando pasaba a su lado acercándose a la mesa; las mujeres la miraban con envidia mientras los hombres mostraban en sus facciones los pensamientos que tenían sobre la joven. Al llegar a la mesa, el músico se levantó y esperó:

—Germán, le presento a Jimena Gonçalves de Guimarães. Ella nos acompañará en la travesía de pasado mañana.

El pianista cogió con delicadeza los dedos de la mano que se le ofrecía por parte de la cantante y los acercó a su boca haciendo el gesto de depositar un beso en ellos.

—Encantado señorita Gonçalves. Es un placer conocerla. Juan me ha hablado mucho y bien de usted durante todo el viaje.

—El placer es mío; también me ha señalado lo maravillosamente bien que toca el piano.

—Entonces, convendremos en que es un adulador incorregible y sólo le haremos caso a medias —respondió Germán.

Todos se rieron y tomaron asiento. El empresario, con un gesto, pidió al camarero que comenzara a servir.

—Jimena y yo hemos conversado sobre las grandes posibilidades que tiene de triunfar en la isla interpretando el ritmo que se ha puesto de moda en Europa, nuestras habaneras. Será interesante, pues, que tú, Germán, busques canciones para que podáis preparar un repertorio con el que, indudablemente, seréis la sensación de La Habana.

—Seguro que encontramos temas que podamos llevar al escenario —el pianista miraba a la joven—. Si me permitís el comentario, sois muy joven para llevar en el mundo del espectáculo tanto tiempo; me habían comentado que habíais cantado en Londres y Paris.

La joven se sonrojó y con una discreta sonrisa en el rostro le respondió:

—Una amiga mía, inglesa de nacimiento, me ofreció

su casa en Inglaterra y allí, después de oírme en un par de recepciones, me ofrecieron la posibilidad de cantar en el teatro, cosa a la que accedí por razones personales.

El músico, dándose cuenta de que la conversación tomaba un derrotero que podía incomodarla, intervino de nuevo:

—Pues me alegro de que podamos compartir su lanzamiento musical en Cuba. Será para los dos una experiencia nueva.

Blázquez, viendo que la conversación transcurría por buenos cauces y que la pareja sintonizaba bien, se relajó y disfrutó de la cena pensando que pronto llegarían a La Habana y harían de La Lonja el mejor teatro del mundo.

Capítulo 15
«La travesía»
1891

Embarcaron en el vapor que los trasladaría a Cuba; sabían por el capitán, que el buque haría escala en Madeira para reponer alimentos y combustible para la caldera, y se pasaban las mañanas practicando canciones con unas partituras que Germán había podido conseguir en Lisboa antes de partir, y por las tardes paseaban por la cubierta. Jimena, de natural introvertida, se mostraba amable siempre en sus respuestas a las preguntas que, educadamente, le hacía el músico para conocerla. Sabía de ella que le encantaba la música e intuía que algo había pasado en Lisboa. Lo que fuera le afectó tanto que decidió salir de su país.

El cuarto día, el oficial de cubierta se les acercó y después de saludarlos les señaló el horizonte.

—Buenos días. Si se fijan allí, a la izquierda, verán la isla de Madeira, nuestro destino. Llegaremos al puerto a media tarde.

Se despidió de ellos y retomó sus quehaceres. Los dos se acercaron a la barandilla para observar a lo lejos el perfil montañoso de la isla.

—Durante un par de días podremos estar en tierra —observó la joven.

—Sí, será agradable variar la rutina. He oído de la isla cosas preciosas.

Sin más palabras, siguieron contemplando la isla que se acercaba sumidos cada uno de ellos en sus pensamientos y recuerdos.

Los tres prestaban atención desde el piso de cubierta las maniobras de atraque del vapor, el movimiento incesante de los marineros, tanto en tierra como en el barco obedeciendo las órdenes del capitán mientras la nave se acercaba al muelle. Se soltó el ancla del buque y los cabos se recibían en manos del personal de tierra para atarlos a los noráis y ayudar a la fijación de la nave.

Después de tender la rampa, bajaron por ella. En el muelle esperaba el gobernador de la isla acompañado de un militar.

—Bienvenidos a Funchal, señorita, caballeros. Tenemos mucho gusto en invitarlos durante su estancia al fuerte de San Lorenzo.

Juan dio un paso al frente y le respondió:

—Muchas gracias, señor gobernador. Estamos muy agradecidos por su ofrecimiento; sabemos por el capitán que la escala durará dos días por lo que, con mucho gusto, aceptamos su ofrecimiento.

Con una sonrisa el gobernador giró y, señalando los carruajes que esperaban en el paseo, se puso junto a ellos y comenzó a caminar.

—Vamos a los coches. Mi nombre es Diego de Oliveira —miró a Jimena con una sonrisa—, soy primo de don Carlos, a quien creo que usted conoce, señorita.

La joven se sonrojó ligeramente y, con aplomo, respondió:

—Sí, don Diego. Su primo y yo éramos amigos y compartimos recepciones y eventos en Lisboadurante una temporada junto a otros amigos.

—Y creo que lo sigue siendo. Supo de su estancia en Lisboa y me hizo llegar el mensaje de que, si le necesitaba para algo, no dudara en acudir a él.

—Muy amable por su parte. Transmítale, a su vez, mis mejores deseos y gratitud por sus palabras.

Después de cruzar algunas frases más de cortesía, continuaron en silencio hasta el pontón del palacio. Una vez descendieron de los carruajes, los invitados fueron acompañados por el servicio a sus habitaciones. El gobernador les despidió anunciando:

—Espero que me permitan obsequiarles con un vino de bienvenida en el salón principal —miró a la señorita—. ¿A las siete le vendría bien, doña Jimena?

La joven con una sonrisa en la cara asintió. El gobernador hizo una seña a los criados para que reanudaran la marcha hacia los aposentos de los recién llegados y se retiró.

*****

La mañana apareció límpida y clara. Los rayos del sol se reflejaban sobre el bruñido de los cañones, que apuntaban al mar desde la terraza de la planta superior del fuerte; algunas palmeras pequeñas crecían entremezcladas con las mortíferas armas captando la atención del empresario, el cual se mostraba interesado y preguntaba al oficial sobre el uso de las piezas y si estas se utilizaban con frecuencia; con paciencia y una sonrisa en la boca, el capitán respondía a las preguntas y provocaba con sus respuestas exclamaciones de admiración o sorpresa. Tras ellos, Jimena y Germán conversaban uno junto al otro:

—¿Ha descansado bien, Jimena?

—Sí, Germán, muchas gracias, Ha sido agradable pisar, aunque solo sea por un par de días, tierra firme; sobre todo, pensando en que aún nos quedan casi dos semanas más de viaje por mar.

—Pues, entonces, aprovechemos la ocasión para conocer la isla y cojamos fuerzas para el viaje. De paso, si le apetece, podemos practicar con alguna de las canciones que hemos ensayado en el barco. El gobernador me comentó que sería muy agradable oírla; no es habitual recibir a una cantante de su nivel, y de esa manera agradecemos las atenciones que nos deparan.

—Muy bien, Germán. Se lo comentaremos a don Juan y, si no tiene inconveniente, podemos actuar mañana noche. Creo que esta tarde recorreremos la isla.

Después de la conversación continuaron caminando, observando a través de las almenas el paseo marítimo y la zona del malecón donde los niños jugaban a tirarse desde las rocas al mar; las olas rompían suavemente contra las piedras con un ruido suave y mantenido que invitaba al recogimiento y la meditación. Las parejas paseaban en la alameda bajo la sombra de las palmeras que se alineaban paralelas al paseo; las ayas llamaban a los niños para advertirles de los riesgos de los saltos, En lo alto, las gaviotas volaban en círculos con su graznido

144

característico. El conjunto ofrecía un lienzo a la imaginación en la que se respiraba paz y tranquilidad, como si estuviéramos contemplando un cuadro de Gauguin.

A la tarde, el asistente los recogió después de la comida y los acompañó a los carruajes que esperaban frente al portalón del fuerte. Recorrieron la isla hacía el oeste atravesando un paisaje rodeado de montañas; en terrazas naturales que se superponían una tras otra, llenas de bananeros que se mezclaban con higueras, cerezos, manzanos y otros árboles frutales; junto a ellos, se podían reconocer laureles, viñátigos y barbusanos. A sus pies los helechos y el musgo daban sensación de una inmensa alfombra verde pardusca que cubría la isla. Llegando a la localidad de Cámara de Lobos, la expedición paró junto a la casa de unos pescadores que los estaban esperando. Frente a la puerta de la vivienda habían preparado una mesa de madera, alargada, sobre la que se disponían platos de trocitos de pescado y cuencos con fruta ya pelada. Ante la vista de tan gustoso ágape, los visitantes se apearon encantados y se sentaron para compartir con los dueños de la vivienda la improvisada cena.

*****

El día siguiente transcurrió de la misma manera, paseando por el centro de la ciudad, donde se deleitaron con una visita a la catedral de la isla y al monte Palace, un inmenso jardín de estilo oriental con infinidad de especies arbóreas que se entrecruzaban en distintas terrazas naturales desde lo alto de la montaña hasta la parte alta de la capital; a los visitantes les informaron que al terreno se le había bautizado como la *Quinta do placer*, y era realmente excepcional pasear por su interior y cruzar los riachuelos entre los que se escondían miradores exóticos señalados con puertas *torii*.*

Terminado el paseo, se dirigieron de nuevo al puerto para almorzar en el fuerte. El gobernador losesperaba a la puerta y, al ver descender de la calesa a Jimena, se le acercó y dijo:

—Doña Jimena, esta noche hemos preparado una cena en su honor y en el de sus compañeros. Querría pedirle que, si le parecía bien, nos deleitara con alguna de sus melodías.

—Por supuesto, don Diego, será para mi un auténtico placer —la joven se sonrojó—; espero no defraudarles.

—Estoy seguro de que no. Mi primo me habló muy bien de sus dotes musicales y esta noche triunfará como sé que lo hará en Cuba.

Se despidió de sus invitados con un gesto amistoso y les dejó dirigirse a sus habitaciones y prepararse para el almuerzo.

La cena había resultado muy entretenida y amena; el gobernador había invitado a algunos terratenientes y a sus esposas, y la comida se componía de productos de la tierra, siendo el plato principal: pescado.

---

* Un *torii* es una puerta japonesa tradicional, que suele hallarse a la entrada de un santuario sintoísta. Simbólicamente, marca la transición de lo mundano a lo sagrado, por ello también se encuentrandentro del mismo.

Los sirvientes trajeron bandejas de dulces que colocaron sobre la mesa para finalizar el ágape.

—¡Cómo me gustan los pasteles de Belem! —exclamó el empresario cogiendo un pastelillo—. No los he comido nunca como en Portugal.

El gobernador sonrió y cogió otro dulce de la bandeja.

—Los hacen aquí con la misma fórmula que en la península. Un día vinieron unos monjes del monasterio de los Jerónimos y, cuando los probaron, nos comentaron que les parecía estar de vuelta en casa —miró al productor—. Ya sabe usted que estos dulces nacieron en una pequeña panadería junto al monasterio.

—No, desconocía el dato —Juan Blázquez le miraba asombrado.

—Pues sí, así es. Coja otro y disfrútelo, amigo mío.

Siguieron disfrutando de la sobremesa hasta que el gobernador sugirió que los hombres se dirigieran al salón de fumadores mientras se preparaba la habitación donde la joven cantante iba a realizar su actuación.

Mientras las señoras se dirigían a otra sala a tomar un licor, los hombres se dirigieron, hablando en grupos, al salón donde encendieron sus cigarros y pipas y se pusieron a conversar, cómo no, de política. El gobernador se incluyó en una conversación con el empresario, Germán el pianista y su ayudante.

—Don Juan, ¿cómo ve el ambiente en Cuba después de estas dos guerras?

—Lo cierto, don Diego, es que no se ha recuperado la isla lo que era de prever. Sigue habiendo un clima de agitación, sobre todo en el medio rural, y siguen llegando al extrarradio dominicanos y haitianos que apoyan la sublevación del pueblo cubano.

—Sí, es realmente una lástima, pero creo que el final de este desacuerdo será desafortunado para los intereses españoles.

—Esperemos que, sea el desenlace el que sea, no se pierda la afición por el teatro y la música —el empresario suspiró entristecido—. La mayoría de las personas que conozco solamente desean vivir en paz y con expectativas de un futuro mejor.

—En fin, Dios proveerá.

Un lacayo se acercó al gobernador y le susurró unas palabras al oído. Este se dirigió a los asistentes y anunció:

—Nuestra invitada está lista y preparada para deleitarnos con sus canciones. Pasemos al salón.

Los invitados entraron y tomaron asiento en las sillas preparadas. Al fondo, Jimena, de pie junto al piano al que se dirigía Germán. Cuando llegó, se colocó frente al teclado y le comentó a la joven:

—¿Practicamos el repertorio que hemos ensayado en el barco?

—Como quiera, Germán.

La música sonó y Jimena comenzó a cantar:

«Por la calle La Muralla
Paseaba usted y yo con
Sombrero en mano la saludé.
Volvió la cara sin responder...

¡Ay! Carolina, mulata linda, cuánto desdén!
¡Ay! Qué desdicha dar a una ingrata tanto querer!»*

---

* Habanera titulada "La Carolina", obra de autor anónimo del siglo XIX.

La velada había terminado con brillantez; el público aplaudió exaltado los distintos temas que presentaron los artistas y, cuando se dio el acto por concluido, se fueron retirando a sus residencias. En el exterior del fuerte quedaron el músico y la joven contemplando cómo refulgía la luna sobre la bahía de Funchal; la noche, sin nubes, se mostraba plácida y serena con una miríada de estrellas titilando en el cielo, las olas golpeaban suavemente contra las quillas de los barcos; el ambiente, en su conjunto, ofrecía una serenidad tal que ambos se encontraron mirando el mar, perdidos cada uno en sus pensamientos. El devenir se presentaba incierto, pero la búsqueda de algo que diese valor a sus vidas los impelía a proseguir el viaje. El mañana les demostraría si habían acertado en sus decisiones, o no.

Capítulo 16
«Una reunión en Nueva York»
1889

Desde la ventana de la habitación del apartamento donde se encontraba, José Martí apreciaba el embrión de la gran urbe en que se convertiría esa ciudad.

Le habían contactado desde la editorial Appleton, con la que colaboraba desde hacía más de tres años. Su trabajo como editor le permitía a su vez escribir crónicas que podía publicar en diversos periódicos de Sudamérica, haciendo llegar al pueblo hispanoamericano sus opiniones sobre la situación de los cubanos. Incluso se animó el año anterior a remover los antiguos cimientos de un partido propiamente cubano e independiente de España, contactando con dos lideres de las anteriores guerras, Gómez y Maceo, para unificar criterios; lamentablemente, las directrices y el curso de los acontecimientos que ambos jefes de la guerrilla querían mantener no era lo que él esperaba. Martí deseaba sobre todo la independencia de la isla de España, pero no a cualquier precio; era absolutamente contrario a que los norteamericanos entrasen en el juego pues creía que eso tendría consecuencias sobre el pueblo cubano.

Desde la oficina, le habían pedido que acudiera al apartamento número 42 de la 22 West con la 23

Street. Cuando llegó, se dio cuenta de que se encontraba ante uno de los edificios más altos que había visto antes; situado en la parte baja de Manhattan, en lo que llamaban el barrio de Chelsea. Desde la ventana, se observaba el río y la parte continental de Nueva York.

Se sentó y reflexionó mientras miraba el río con las barcazas que lo surcaban; desconocía quién o quiénes serían sus interlocutores. A los pocos minutos oyó manipular la cerradura de la puerta; esta se abrió y entraron dos hombres vestidos con trajes y abrigo sobre el brazo. Martí se puso en pie para recibirlos y extendió la mano, que fue estrechada por el que parecía el jefe.

—Don José, me llamo Samuel Jackson y este es mi compañero, Isaías Conway. Le agradecemos que haya acudido a la cita sin saber con quién se iba a encontrar. Es un detalle que le honra.

—Mis ideas y trabajo son conocidos en este país. No pensé que mi editorial me preparara un mal encuentro, pero no puedo negar que siento curiosidad e interés por el motivo de la reunión.

—Se merece una respuesta clara. Pertenecemos al servicio secreto de los Estados Unidos; estamos aquí porque sabemos que se reunió con el señor Maceo y el señor Gómez la última vez que estuvo en el país.

—En efecto. Entonces, sabrá también que nos hemos distanciado porque nuestros planteamientos con respecto al país al que amamos son diferentes.

—Bien. Querríamos hacerle llegar a usted la intención de los Estados Unidos de colaborar con su movimiento en todo cuanto necesiten: armas, logística,...

—Agradezco su ofrecimiento, de verdad. En estos momentos necesito reflexionar sobre lo que puede convenirle a Cuba. Si precisase de su ayuda, no tengo la menor duda, visto lo visto, de que puedo localizarlos mediante la editorial para la que trabajo.

—Así es. Le agradecemos su amabilidad al acceder a vernos y querríamos transmitirle también de parte de nuestro presidente los mejores deseos para usted.

José Martí se levantó y los dos hombres sentados frente a él hicieron lo mismo, se estrecharon las manos y con un leve gesto de la mano en el sombrero se despidieron y le dejaron solo.

Cuando se quedó solo, volvió a sentarse en el sillón frente al Hudson. Esta visita era inquietante por cuanto mostraba que el gobierno norteamericano conocía parte de sus planes y, muy seguramente, habían contactado con Gómez, Maceo o ambos, ya que compartían los intereses en organizar la revuelta de una forma que a él se le antojaba prematura y encaminada a un fracaso precoz si no se medían bien los actos a realizar a partir de ahora. Desconfiaba de los americanos y sabía que su participación en el conflicto no haría sino hacer a Cuba más dependiente de estos y supeditarse a corto plazo a su voluntad.

Vio en el reflejo del cristal cómo su cara mostraba el desánimo que le embargaba. Cabeceó triste y con un movimiento lento, pausado, de quien lleva encima el peso de todo un país a sus espaldas, se levantó y abandonó la habitación.

Capítulo 17
«Viaje inesperado»
1892

Críspulo deambulaba malhumorado por el muelle. La noche se había cernido sobre la bahía, negra y oscura con densos nubarrones que no dejaban ver bien la luna y que presagiaban la llegada de una fuerte tormenta; las aguas rompían con violencia sobre las piedras y descargaban gotas de agua fría que golpeaban su cara. El mulato, ensimismado en sombríos pensamientos hacía caso omiso de las inclemencias meteorológicas. Terminaba de volver de un encuentro con José Martí, al que le habían llevado los líderes de la resistencia en la provincia de Matanzas.

Hacía tres noches, mientras asistía al espectáculo del teatro, un camarero le dejó una nota sobre la mesa cuando le servía la consumición; en ella leyó:

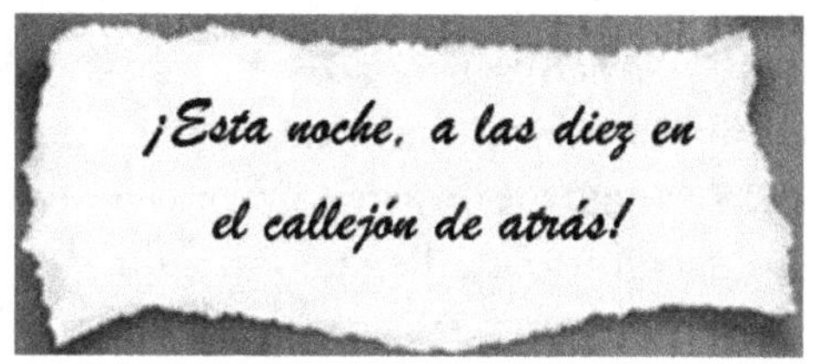

Observando a su alrededor para comprobar que nadie le veía, estrujó la nota y la escondió dentro de la mano mientras probaba la bebida; luego, con un gesto displicente, se arregló el chaleco mientras ocultaba disimuladamente el papel. El resto del tiempo hasta la hora acordada se le pasó sin percibir siquiera lo que sucedía en el escenario, pensando en quién le habría citado y con qué fines.

Cinco minutos antes de la hora, dejó el dinero sobre la mesa y se levantó; mientras sorteaba las mesas del local, miraba su entorno por si detectaba algún movimiento anómalo. Llegó a la parte lateral del teatro y por una puerta disimulada entre cortinones salió del mismo.

En el callejón caminó unos pasos y se alejó de la luz cenital que alumbraba la puerta por la que había salido; se colocó junto a unas cajas en un punto donde las sombras se hacían más profundas y esperó. No oyó ni notó la manera en que se le pudo acercar, pero una mano se apoyó en su hombro mientras una voz queda le susurraba:

—¡Vámonos! ¡Nos están esperando!

Con el vello de la nuca erizado por el temor, miró hacía donde había escuchado la voz. Un negro enorme del que en la negrura del callejón sólo destacaba el blanco intenso de sus dientes sonrientes le señalaba la salida de la callejuela; sus ojos no reían, se mostraban fríos, lo que incluso a él le provocó un escalofrío. Al llegar a la calle, un carro los esperaba; subido al pescante, estaba un mulato con una camisa gris abierta hasta el pecho, al que un sombrero de paja tapaba la frente y los ojos; de la boca colgaba una pajita que masticaba de forma relajada. El negro que le guiaba subió a latrasera del carro y le indicó por señas que hiciese lo mismo. Cuando estuvieron encima del vehículo, el conductor giró el cuello y dijo:

—Me llaman *botero**. Túmbense en el carro y no haga ruido. Soy *ambia*.**

Restalló el pequeño latiguillo que llevaba en la mano y se dirigió sin prisas por la calle principal hacia la salida de la ciudad.

*****

Ya eran más de las nueve de la tarde cuando llegaron a Matafuegos; después de traquetear por los caminos durante unas horas tras salir de La Habana, llegaron a Matanzas. Allí se detuvieron para comer; mientras el conductor guardaba el carro en un viejo granero y, de forma indolente, se sentaba apoyado en su pared con el sombrero volteado sobre su cara como si durmiera, el guía y Críspulo fueron a una cabaña que se vislumbraba entre los árboles un poco más adelante.

Dentro de ella les esperaban una pareja de ancianos; ella, sin decir nada, se dirigió al fuego para remover lo que fuera que se estaba cociendo en la olla; introdujo un cucharón desportillado de madera, probó lo que estaba al fuego y asintió con la cabeza.

---

*Traducido del cubano coloquial: el que transporta personas en un vehículo privado.
** Traducido del cubano coloquial: persona de confianza.

Con el cucharón rellenó dos boles de una especie de estofado y los puso delante de los visitantes; el aroma llegó enseguida a sus narices, lo que provocó que los recién llegados segregasen jugos gástricos por los aromas que impregnaban sus pituitarias.

El viejo, desde la balance* en la que se hallaba sentado, los observaba en silencio con tal detenimiento que parecía que estuviera memorizando cada una de sus posturas y gestos.

Comieron en silencio durante un rato en el que no se escuchaba en la cabaña otra cosa más que el ruido de las cucharas al chocar en los cuencos y el borboteo de la olla dentro del hogar. Cuando terminaron, dejaron las cucharas en la mesa y agradecieron a la vieja la comida; esta cabeceó aceptando sus palabras y, sin decir nada, siguió ocupándose de sus quehaceres en la cocina.

El viejo los sorprendió al hablarles de pronto:

— ¿Ustedes son *abakúas***, mis *aseres*?

Los visitantes lo miraron extrañados; un par de minutos pasaron antes de que el guía, que se llamaba Braulio, le respondiera:

—Yo soy *abakúa;* mi *asere* está conmigo porque tenemos que realizar un encargo importante.

El viejo sonrió y al hacerlo mostró una boca con dientes amarillentos en la que los huecos eran más grandes que las piezas que aún conservaba; se llevó una mano al chaleco y sacó un pellizco de tabaco que se metió en la boca y comenzó a masticar.

---

*Traducido del cubano coloquial: mecedora. Viene del francés *balançoire*.

**Traducido del cubano coloquial: miembros de una hermandad secreta compuesta por negros inicialmente. Cada uno de sus miembros se denomina ñáñigo.

—*M'han* avisado de que vendrían. Se quedarán aquí hasta la tarde. Luego los llevarán a otro lugar.

Miró a la mujer y chasqueó los dientes; ella se giró y, al ver la expresión de él, dejó lo que hacía para dirigirse a la puerta.

»Mi *jeba** los acompañará al granero. Se quedan ahí hasta que se les llame, ¿entendido?

Los dos asintieron en silencio y se pusieron en pie siguiendo a la ,mujer, que ya salía por la puerta abierta. El viejo siguió masticando, mirando al frente como si ya estuviera solo en la habitación.

Cuando llegaron al granero, entraron en él y se tumbaron sobre dos montones de paja que vieron en un lateral; sin decir nada, cada uno se quedó callado sumido en sus propios pensamientos.

*****

Un par de horas más tarde el botero fue a buscarlos al granero; subieron al carro y avanzaron una hora más hasta llegar a Matafuegos. Sobrepasaron la ciudad y se dirigieron al noreste en dirección a una zona pantanosa; una vez llegados a las inmediaciones del lugar, dejaron el carro y caminaron entre bejucos y maleza sintiendo el modo en que la arena quería succionarles e impedirles el paso. Al rato, el guía levantó la mano para parar; señaló frente a él unas chozas de paja y madera que se levantaban en medio de la ciénaga.

---

*Traducido del cubano coloquial: mujer, generalizado.

Algo más adelante, el terreno se despejaba y descendía en una pequeña ondulación hasta el mar abierto. Allí las olas rompían contra las rocas y peñascos que se erguían en el mar. Palmeras, solas o en grupos de dos o tres, se alineaban a lo largo de la pequeña bahía; el paisaje era idílico con la luna llena iluminando con su luz fría y blanca el entorno. La voz del botero los sacó de su ensimismamiento:

—Seguidme en silencio.

En fila, caminaron en dirección a las chozas; la voz del guía había borrado todo lo que de espiritual y emotivo tuviera la visión de la playa y, en cambio, se había cernido sobre ellos una ominosa sensación de peligro. Con cautela llegaron a la primera choza; Braulio, el compañero de Críspulo, miró el interior desde el borde de la ventana y, tras quedar satisfecho con lo que vio, abrió la puerta y entró con el grupo a su zaga.

El interior apenas tenía una mesa y unos taburetes toscos de madera para sentarse a su alrededor. Una cocina diminuta al fondo con el hogar apagado acrecentaba la sensación de frialdad del lugar. A un gesto de él todos se sentaron; Braulio los contempló y dijo:

—Esperaremos aquí a que sea la hora.

—¿La hora de qué? —preguntó Críspulo.

— De la reunión —le respondió Braulio. Después se volvió de espaldas y le ignoró.

Al rato la puerta se abrió. La gente en el interior se sobresaltó; Braulio giró la cabeza hacia la puerta, vio quién entraba y volvió a sus asuntos. Entraron cuatro ñáñigos, negros como la brea que, sin decir una palabra, se acomodaron en el suelo apoyándose en las paredes.

El que encabezaba la comitiva, tan alto como Braulio, se colocó junto a él y comenzaron a hablar en susurros utilizando la jerga rural cubana; Críspulo no acertaba a entender todo lo que decían, pero estaba atento por no estar seguro de lo qué iba a suceder a continuación. Transcurrida media hora, los dos guías se levantaron, lo que propició el mismo movimiento del resto del grupo. Braulio los miró a todos y exclamó:

—*Aseres*, hoy vais a asistir a un hecho histórico. Se os ha traído porque en las guerras anteriores luchasteis como tigres y ahora cubriréis el perímetro de una reunión que tendrá lugar en el poblado. ¡Seguidme en silencio!

Salieron de la choza y se dirigieron hacia la playa que ya habían visitado cuando llegaron; al alcanzar la línea de árboles, se agazaparon aprovechando la sombra que sobre estos proporcionaba la luna. Invisibles a otros ojos, esperaron en silencio, como se les había dicho. Braulio musitó quedo:

—¡Ahora *pónganse las pilas** y no se me duerman!

Media hora después Críspulo notó cómo su compañero de la izquierda se removía y fijaba su atención en el mar; siguió su mirada y pudo ver que un bote de remos llegaba a un par de metros de la orilla, prácticamente no hacia ruido porque habían envuelto las palas de los remos con trapos.

---

*Traducido del cubano coloquial: En el contexto de la novela quiere decir mantenerse alerta, avisparse.

Del bote saltaron ágilmente dos negros ñáñigos, enormes que, cogiendo cada uno de un lado de la proa de la canoa, la envararon sobre la arena, luego ayudaron a bajar a otro hombre más bajo y delgado y,tras él, saltaron dos negros más. De manera natural los negros dejaron al hombre en medio y caminaron sobre la arena hacia las palmeras, dos delante y los otros dos cubriendo su espalda; de detrás de una palmera cercana, salió Braulio haciendo una serie de gestos con las manos, lo que frenó el impulso que cogían los dos ñáñigos de delante que se lanzaban a por él; al parecer, reconocieron el lenguaje de signos que hacía y con una serie de gestos similares dejaron acordado que se había producido el encuentro que esperaban. A un chasquido de Braulio, los que se ocultaban tras los árboles salieron y se unieron al grupo. El hombre delgado se adelantó y tendió la mano a Braulio, gesto que fue correspondido por este con una gran sonrisa. Se giró y dijo a sus compañeros:

—Aseres, os presente a nuestro líder, al jefe de la revolución, al camarada José Martí.

Capítulo 18
«Una reunión clandestina»
1892

Críspulo vigilaba la cabaña desde la linde del bosquecillo, junto al que se habían erigido las chozas; Tanto él como los que llegaron de otros lugares habían sido colocados para vigilar el perímetro; las órdenes eran claras: *cepillarse* a quienesquiera que asomasen la cara por la zona.

Antes de ocupar su posición, pudo observar cómo, además de José Martí, entraban en la choza algunos de los generales que habían luchado en las dos guerras anteriores. Martí ocupaba una silla en la mesa y a sus dos lados se encontraban el general Alcázar y el coronel Yuste, dos de los acérrimos seguidores del ideólogo. Frente a él, un general mambí con el que Críspulo coincidió en una de las ofensivas de la Guerra Chiquita.

En el interior de la cabaña, el ambiente se caldeaba, y no porque el hogar de la cocina estuviese encendido. El jefe mambí, de nombre Abasí, como su dios supremo, insistía en que habría que comenzar los ataques de nuevo a las trochas que los militares españoles tenían trazadas. Los insurgentes estaban recibiendo refuerzos de la isla hermana y seguían captando adeptos entre los españoles que trabajaban los campos y que apoyaban sus pretensiones; de hecho, pensaban incorporar a su hermandad a los blancos merecedores de pertenecer a la misma por su lucha contra el imperialismo. José Martí le escuchaba con los dedos de la mano pellizcándose la barbilla sin interrumpirle.

El general Alcázar, que miró al mambí añadió:

—Debemos tener en cuenta además a Polavieja*, que ya ha demostrado con anterioridad su fuerte carácter represor; si hacemos algún movimiento que nos destaque prematuramente, cortará de raíz nuestras ansias de libertad. Hay que actuar con cautela y preparar bien el momento en que demos el golpe.

Cuando Alcázar terminó, Martí le señaló con el dedo y le respondió:

—Te entiendo hermano, te entiendo, pero quiero que sepas también que no todo es sangre y fuego, que no se puede iniciar una guerra sin tener los medios para ganarla y haber sopesado primero todas las opciones. Yo soy el primero que quiere una Cuba libre y grande, sin las imposiciones y obligaciones a las que nos someten desde España —Alcázar y Yuste asintieron—, pero también quiero hacer las cosas bien. Lucharemos contra los españoles para conseguir nuestro objetivo, que es la independencia, pero sabiendo que nos enfrentamos a unos soldados con los que compartimos muchas cosas. He tenido una reunión curiosa en Nueva York, por no definirla de otra manera.

En ella, los norteamericanos nos ofrecen su apoyo tanto material como con soldados. Esa ayuda, sin embargo, nos haría deudores de por vida para con ellos.

---

*Camilo García de Polavieja y del Castillo-Negrete (1838-1914) fue gobernador y capitán general deCuba entre 1890 y 1892.

164

Su objetivo actual es el expansionismo y no les importa para ello la voluntad de los pueblos a los que quieren "ayudar", y yo no quiero una Cuba deudora que sea un anexo o provincia de los Estados Unidos.

»Quiero un país que sea capaz de valerse por sí mismo, orgulloso de sus orígenes. Estos también incluyen a los españoles con quienes nos hemos mezclado durante muchísimos años.

»Por ello, debemos ser cautelosos a la hora de aceptar ayudas exteriores; ya tenemos, como has señalado, el apoyo de la isla hermana, de la que van llegando cada vez más y más hombres, y hay muchos españoles que apoyan nuestra causa y que se pondrán de nuestro lado cuando nos alcemos. Debemos, pues, seguir reuniendo efectivos y pertrecharnos bien. No es mala idea que se produzcan sabotajes en las trochas, sobre todo en la línea este y oeste.

»¡¡La táctica de tierra quemada que utilizamos en las dos últimas guerras no acabó de funcionar bien porque nuestros hermanos sufrieron la hambruna de la quema de las cosechas; hay que reunir víveres y esconderlos de las tropas españolas, ocultar depósitos de armas para sacarlas al exterior cuando estemos dispuestos y, sobre todo, aleccionar a la población, animarlos a que mantengan su espíritu en lo alto, ¡¡porque será ese espíritu de lucha el que nos llevará a la victoria!!

Todos los miembros de la mesa comenzaron a golpear la mesa en señal de asentimiento. Desde el exterior, los vigilantes presintieron que algo importante se había planteado en la cabaña e intuyeron que nada sería lo mismo de ahora en adelante.

En el muelle, el mulato recordaba de qué manera había vuelto a la capital con los ánimos encendidos por las soflamas de libertad de la reunión clandestina que había presenciado; sin embargo, al llegar a La Habana, su ardor se enfrió y su humor osciló peligrosamente.

Dispuesto a festejar las buenas nuevas acudió al teatro para ver cantar a la nueva atracción de laisla. Desde el primer día que la oyó, se fijó en ella recordando las noches que había escuchado a su madre cantar esas mismas melodías; intentó con donosura y simpatía granjearse la confianza de la recién llegada haciendo y comportándose como su madre le comentaba que hizo su padre: mandó flores a su camerino, la invitó a tomar champán, etc., pero la joven, por la causa que fuera, mantenía la distancia e, incluso, percibía que desconfiaba de él. Eso lo frustraba sobremanera y hacía empeorar su humor, por ello, había terminado paseando por el final del muelle.

Volviendo a la realidad y saliendo de sus oscuros pensamientos, se dio cuenta de que había llegado al comienzo de la zona portuaria, donde solamente quedaba algún marinero rezagado que terminaba de atar las pacas de carga bajo las lonas apoyadas en los tinglados; un pequeño local con una luz roja sobre la puerta señalaba el lugar donde los más trasnochadores podían encontrar un último vaso para emborracharse o una mujer con la que acabar el día

166

con una sonrisa que al día siguiente se transformaría en una mueca de asco y cansancio. Se encaminó al antro y penetró en él.

El espeso humo de los cigarrillos y de una chimenea, cuyo tiro no funcionaba adecuadamente, no dejaba ver mucho más allá de tres o cuatro metros; frente a la barra, en taburetes se encontraban bebiendo un par de marineros; en una mesa al fondo junto a la chimenea un tipo enorme, con barba larga y canosa, magreaba a una mujer ajada, con la cara excesivamente pintada, que simulaba resistirse mientras se reía con una risa alta, falsa y estridente. En una mesa junto a un ventanuco, dos soldados, bastante embriagados para la hora que era, vociferaban sobre quién tenía más éxito con las mujeres; por la mirada de las pocas de estas que poblaban el local en ese momento, fue consciente de que no eran del gusto de ninguna de ellas.

Un marinero pasó junto a ellos y, sin querer, golpeó el hombro del más cercano y derramó su bebida; el soldado se levantó y, sin una palabra, le propinó un puñetazo que lo envío trastabillando a la mesa vecina, donde chocó con otros marineros. Al momento, se inició una trifulca que terminó con un intercambio de golpes entre todos los presentes; las mujeres gritaban asustadas y se apartaban a las paredes alejándose de la pelea para no recibir ningún golpe.

Críspulo se apartó discreto a un rincón para desde allí observar cómo se desarrollaba la riña. Esta terminó con el dueño de la taberna tirando a uno de los soldados que, ebrio todavía, vociferaba sin parar contra Cuba, los cubanos y todo el que se interpusiese frente a él; el otro soldado permanecía inconsciente como resultado de un certero puñetazo que le había alcanzado la mandíbula. Al oír sus expresiones, los ojos del mulato brillaron con ese fulgor animal que señalaba que pronto calmaría sus ansias de venganza.

Siguió en silencio y a unos pasos de distancia al borracho militar que iba culebreando de un lado a otro del camino en dirección a la ciudad. Cuando se alejó de la escasa luz que iluminaba las cercanías del local, apretó el paso y sacó el estoque que llevaba en el bastón. Una certera estocada en la pantorrilla acabó con el soldado en tierra, más asombrado por la caída que por el dolor de la pierna, tal era la cogorza que portaba; al momento, Críspulo lo cogió del cuello del uniforme y lo arrastró al lateral de una atarazana donde, a la sombra del alar, lanzó una segunda estocada, esta vez sobre el pecho del soldado, que murió sin saber siquiera qué le había pasado. Mientras lo mataba, el mulato exclamó con odio:

— ¡*Guanajo** español, yo te cepillo! ¡Nunca volverás a tu tierra!

Observó satisfecho que no se había manchado la ropa; miró a su alrededor para comprobar que no le había visto nadie y que nadie venía por la zona, recostó el cuerpo como si estuviera sentado, apoyado en la pared del almacén y colocó las manos del cadáver juntas en su regazo. Cuando terminó, sacó su pequeña navaja y se puso a trabajar en los ojos de la víctima.

*****

---

*Traducido del cubano coloquial: dicho de una persona boba, tonta

Eran más de las doce cuando regresó a casa, más sosegado tras haber dado rienda suelta a sus instintos y con sus nuevos trofeos en el bolsillo de la levita. Sabía que pronto entrarían en guerra y podría satisfacer sus apetencias más secretas, pero por ahora debía controlarse. En la capital se formaban corrillos para hablar de casi todo y había oído que el ejército había dispuesto una investigación por el muerto del teatro; si ataban cabos con el incidente de esta noche, podía tener problemas.

«¡Bah! —pensó eufórico—, si se acercan a mí, correrán el mismo fin que todos aquellos que me han molestado».

Capítulo 19
«Una ardua investigación»
1892

José desembarcó de nuevo en el pequeño puerto desde el que se ascendía al depósito de convalecientes y se dirigió a una cita que hubiera deseado no tener.

A primera hora de la mañana, después de desayunar con don Benigno y doña Marisa, se despidió rápido de estos por haber sido convocado en la Subinspección de Sanidad, lo que no presagiaba nada bueno. Quería corresponder a las atenciones de la agradable pareja que le acogió en su casa y aprovechó la ocasión para invitarlos por la noche al teatro; sus compañeros del hospital le habían comentado que la nueva cantante, venida desde Europa, estaba causando furor con sus habaneras.

La reunión con el teniente coronel Ortigüela fue tensa; no había podido avanzar aún mucho en la investigación, pues seguían recabando información sobre los muertos ya que el período a cubrir era extenso e incorporaba las dos contiendas. A los ocho expedientes encontrados, se han añadido tres más con un perfil de lesiones más dudoso por las circunstancias en las que fueron hallados los cuerpos, deteriorados y maltrechos.

—Quería solicitar permiso para desplazarme a la trocha y hablar con el sanitario; al parecer y según los informes del doctor Moreno sigue destinado en el fuerte.

Ortigüela lo miró fijamente y exclamó:

—¡Vaya, vaya! ¡Este caso puede ser una bomba si se corre la voz en la tropa! —Con un pequeño carraspeo continuó:

»Terminan de pasarme el parte de incidencias. La policía portuaria ha encontrado al amanecer el cuerpo de un soldado muerto a cuchilladas y con los ojos arrancados. He ordenado que no toquen nada y que acordonen la zona porque nosotros nos haremos cargo del cuerpo. Cuando han llegado los sanitarios, han levantado el cadáver y lo han trasladado al depósito. Espero que pueda avanzar en la investigación porque esto nos puede estallar en las manos en cualquier momento.

—Sí, mi teniente coronel. Iré ahora mismo a hablar con el forense y mañana a primera hora partiré para la trocha de Mariel a entrevistar al sanitario.

»También se podría emitir un boletín acordando un toque de queda temporal con la excusa de las últimas asonadas que se han producido en distintos puntos de la isla, con ello, al menos, evitaremos que los soldados pululen por la ciudad de noche. Hasta el momento no consta ninguna agresión llevada a cabo a plena luz del día.

—Me parece correcto. Llamaré al ayudante del general para solicitar una reunión y exponerle el asunto. Le reitero, doctor, ¡el general querrá pronto novedades!

—Sí, señor. A la orden, señor.

Con un saludo formal, José se despidió de su superior y se dirigió a la salida de la Subinspección;

allí le aguardaba un carruaje que le conduciría al puerto.

Como en la anterior ocasión, Ignacio fumaba su sempiterno cigarro, apoyado en las puertas de entrada; al ver aparecer a su amigo, no pudo sino comentar con ironía:

—Tu presencia no presagia nada bueno, como un ave de mal agüero.

—Yo también te estimo, Ignacio —respondió sin un asomo de humor en la frase—. Tenemos que encontrar algo o esto se va a poner muy difícil.

—¡A mí me lo vas a decir! Tu teniente coronel me ha mandado recado para que le llame ¡tres veces! desde la madrugada.

— Vamos entonces a ver si resolvemos algo y te lo saco de encima.

Se encaminaron a la sala de autopsias donde un nuevo cuerpo estaba en el lugar que hacía unos días ocupaba Martín. Ignacio destapó la sábana que cubría el cadáver y comenzó a explicarle a su amigo los hallazgos observados hasta entonces:

—Nuestro finado amigo se llama Tomás Rocafort Semper y era natural de Tarragona; llegó a Cuba hace menos de seis meses, de lo que deduzco que no era todavía muy conocido de la población en general ni por sus compañeros.

»Como verás, hay una herida en la parte posterior de la pierna derecha —señaló con el índice la zona en cuestión—. No había en Martín ninguna herida infligida por la espalda, ni tampoco en los informes que he recibido de Sanidad Militar, lo que hace que este sea distinto de los demás; me atrevo a conjeturar que Tomás iba por delante de nuestro asesino, y que este le asestó la estocada para que no pudiera alejarse de él.

»Digo estocada porque la incisión es pequeña, de unos dos centímetros de longitud, lo que coincide con las heridas encontradas en Martín, por lo que podemos presuponer que se ha utilizado la misma arma: un estoque que puede ir enfundado en un bastón normal y corriente.

»Las demás heridas punzantes de mayor y menor profundidad, sí mantienen un patrón parecido a nuestra anterior víctima, aunque creo que, en este caso, se hicieron cuando el soldado aún vivía, por la sangre que rodea los tejidos; al menos, la que le ha partido el corazón, las demás se infligieron inmediatamente después. En cualquier caso, en el informe de la policía portuaria no habla de gritos o alertas, por lo que Tomás no pudo gritar ni pedir socorro; tampoco muestra señales defensivas en las manos.

A nuestro amigo aquí presente le han extraído los ojos, como a Martín, y al igual que a él, los cortes de los músculos oculares y la sección del nervio óptico son bastante limpias. Asimismo, el corte de los párpados de la víctima es preciso y neto, sin mostrar duda en el manejo del arma con el que se ha hecho, que no ha sido el estoque del que hablamos porque la forma del filo es distinta según el corte de la piel.

»Eso nos dice que nuestro sujeto es o se ha vuelto muy ducho en la extirpación. El resto de los detalles que plasma el informe son idénticos al muerto encontrado en el callejón del teatro: las manos en posición de recoger sobre el regazo, los ojos sobre

174

ellas, etc.

»Al hilo de esto último te quería comentar una cosa...

El forense se acercó a una mesa lateral y cogió un legajo de papeles que se encontraba sobre la misma; con ello bajo el brazo salió del depósito y se acercó al murete sobre la bahía, encendió un cigarro y, cuando José se le acercó siguió explicándole:

»Este es el expediente del primer muerto que presentaba lesiones parecidas a las de los dos muertos que hemos recibido en el depósito en las últimas fechas. Respondía al nombre de David Giner y la fecha del legajo es de 1868, al comienzo de la primera guerra de Independencia. El fallecido fue hallado después de una incursión de los mambises en la trocha; dada la rareza de las lesiones, el sanitario mantuvo el expediente en su poder y en 1874 un compañero tuyo, el capitán Ramón y Cajal, fue informado de las peculiaridades del caso. Ordenó exhumar el cuerpo enterrado en la misma trocha y realizó un exhaustivo análisis del cuerpo. Las lesiones se corresponden con las actuales en lo que a las zonas se refiere; sin embargo, la extracción de los globos oculares y el corte de los párpados fue mucho más grosera que los de ahora. Eso me hace sospechar que, quizás, fuera este el primer caso, si es que hay un asesino en serie y que aún no tuviera definido su modo de matar. El corte del nervio óptico es mucho más imperfecto, con desflecamiento de las fibras, prácticamente lo arrancó de las cuencas; mientras que ahora lo seccionó limpiamente y lo extrajo, casi diríamos, con delicadeza.

»Eso establecería una edad aproximada del asesino; si en la primera guerra en 1868 con el grito de Yara se apuntaron como voluntarios un montón de chavales de entre quince y dieciocho años, ahora estaríamos hablando de una horquilla entre 39 y 44 años.

José le miraba atento a la explicación. Al terminar la frase apuntó:

—Eso tampoco nos resuelve gran cosa ahora.

—Bueno, nos permite eliminar combatientes mambises de edades superiores o inferiores que aún siguen peleando contra las tropas; por otra parte, la aparición de casos en distintas ciudades de la isla, incluso en período de postguerra, nos orienta a un individuo que reside en las ciudades con una movilidad entre ellas, lo que quiere decir que no es alguien especialmente significativo, sino que convive mezclado con la población, probablemente, con una ocupación laboral y vida social propia.

—Estamos hablando de alguien que se encuentra entre nosotros, que no participa abiertamente en el conflicto, como sucede, sin embargo, en la tensión prebélica que sufre el ejército en las aldeas.

—Eso es. No es mucho, pero ten por seguro que no es un ñáñigo porque se significan mucho y se encuentran orgullosos de ser de su etnia; yo diría que tampoco es uno de los españoles que apoyan a los independentistas porque en los crímenes hay mucho odio hacia España y lo español, y los residentes en Cuba que simpatizan con los rebeldes no olvidan su patria aunque sean partidarios de la independencia de Cuba; es más, leyendo a José Martí, incluso él preferiría una independencia sin derramamiento de sangre.

José ironizó con las últimas frases de su amigo:

—Bien, entonces buscamos a alguien con un perfil

que se parece a unos cientos de personas en las grandes ciudades de la isla.

Siguiendo la argumentación pertrechada de sarcasmo del capitán, Ignacio le respondió:

—En efecto, y hemos eliminado a miles de labradores y campesinos que se salen del perfil. Convendrás conmigo en que ambos hemos avanzado en la investigación.

José le miró y, al ver su cara, se dio cuenta de que se estaba burlando amistosamente de él; sonrió y le golpeó cariñosamente en el hombro.

—Sí. Algo hemos adelantado. A ver si conseguimos algo más y cogemos a ese hijo de p...

—¡Otra cosa más! —Ignacio rebuscó en el bulto de papeles y cogió un legajo sobre la misma y lo abrió para que José viera el interior—, hay otro tema del que tenemos que hablar, me refiero a las monedas encontradas en los dos últimos cuerpos que cubrían las cuencas de los ojos. De los muertos en época de guerra, ha sido imposible encontrar información sobre esto, pero hay dos casos sucedidos después de la Guerra Chiquita en que se reportaron muertes violentas de soldados con estas características; al equipo médico que intervino le llamó la atención la escena del crimen y la existencia de monedas tapando las cavidades donde habían extraído los ojos —señaló con el dedo una línea del escrito para que José se acercara un poco más y pudiera leerlo—. Hasta apuntaron la fecha de acuñación de las monedas.

—¿Y cuál es tu opinión sobre esto?

Ignacio meneó la cabeza con gesto dudoso antes de responder:

—Mira, en confianza, cuando hablas de asesinatos

sádicos, con una parafernalia ritual en la que intervienen monedas colocadas a propósito sobre el cadáver, siempre te viene a la cabeza el mito griego de Caronte el Barquero.

—Pero para Caronte la moneda era un pago por entrar al inframundo y se le depositaba al muerto debajo de la lengua —José lo observó esperando la respuesta del forense.

—Eso es; además la posición y, sobre todo, la extirpación de los ojos debe querer significar algo más personal para el asesino, parece una respuesta que sale de su subconsciente, como si quisiera castigar o purgar una actitud de alguien en el pasado.

»Hablé también, para no dejar de contemplar todas las posibilidades, con un anciano de origen africano que es muy adepto al vudú —vio cómo José le miraba con escepticismo—. Sí, puede que tú te muestres escéptico a este ello, pero te puedo asegurar que los cubanos sí profesan este tipo de creencias; me habló del muerterismo y de los ritos que acompañan a su fe, y me aseguró que en ninguno se utilizan monedas. Prácticamente, su religión se basa en un culto a los muertos, y estos cadáveres no están siendo honrados, sino más bien vilipendiados, ofendidos, humillados.

»Quiero con esto decirte que, probablemente, estamos buscando a un hombre de entre treinta y muchos y cuarenta y pocos años, negro o mulato, que profesa un odio feroz a los españoles y a los militares como representación opresiva de España en la isla, y ese aborrecimiento trasciende del puro independentismo que estamos percibiendo ahora y que ha costado ya dos conflictos Es un rencor más personal seguramente dirigido hacia alguien y

178

trasladado a las víctimas por algún gesto o acción que desencadena la necesidad del asesino de atacar violentamente y matar a los sacrificados.

Ignacio buscó otra página del expediente que tenía apoyado en el muro, la encontró y se tomó unos momentos para encender otro cigarro. José le contempló.

—Ignacio, eso te va a matar.

—Amigo mío, todos vamos a morir. Al menos, yo elijo de qué forma hacerlo disfrutando del momento —miró la página, encontró lo que buscaba y le dijo al médico:

—Lo último, hasta ahora. Los dos asesinados después de la última guerra se produjeron en las localidades de Güines y en Río Seco; las dos se encuentran en lo que se denomina el valle de Güines, al suroeste de la isla. Me ha llamado la atención la proximidad geográfica de las dos muertes; podría tener relación con donde vive el asesino o puede que tenga relación de alguna manera con la zona en cuestión.

—Eso, Ignacio, nos deja de todas formas un territorio grande —observó la a cara de su amigo y sonrió—, pero es mucho mejor buscar en una zona más definida que en toda la isla. ¡Bien hecho!

El forense agradeció el comentario con una sonrisa y una palmada amistosa en la espalda de José; recogió los papeles del muro y, tras despedirse de él, se encaminó de nuevo al depósito mientras el militar descendía al muelle para buscar el medio de transporte a la capital.

Ya en tierra, al otro lado de la bahía, se dirigió a la Subinspección; confiaba en que los últimos datos calmasen los nervios de los mandos en la isla. Esta noche iría con Benigno y Marisa al teatro para despejar la cabeza y mañana a primera hora se encaminaría a la trocha Mariel.

Mientras caminaba por las calles de la ciudad hacia el oeste, pensaba de qué manera tan fortuita y azarosa se había torcido su vida y había terminado en la isla en una época tan insegura; sólo el destino dispondría de su vida y, al final, sabría qué sería de ella.

Capítulo 20
«Fin de semana en Sintra»
1887

La muchedumbre se apiñaba en la plaza del Rossio y sus calles aledañas. En pequeños grupos los asistentes al evento comentaban las últimas noticias sobre lo que se celebraba hoy. Las farolas, balcones y ventanas estaban así mismo engalanadas, luciendo las banderas de la casa real y del reino de Portugal.

Una fila de soldados formaba una línea frente a la doble puerta de la estación central para permitir el acceso de las personalidades que acudían a la inauguración. El público se apretaba contra ellos intentando acercarse a la entrada para ver mejor a los invitados.

La elegante fachada se abría a la vista con su imagen de Sebastián I entre las dos entradas que semejaban las herraduras de su caballo, creando un acceso doble según la leyenda que decía que el monarca, llamado por el pueblo "El deseado" y muerto prematuramente en el campo de batalla, regresaría montado a lomos de su caballo para reclamar el trono de Portugal. La obra de Monteiro se remataba con las palabras "estación" y "central" sobre cada una de las puertas.

El motivo del feliz acontecimiento era que, tras haber finalizado con éxito el largo túnel que comunicaría, por fin, la capital con la localidad de Sintra, el rey Luis I había decidido dar una alegría al pueblo y realizar un viaje inaugural en el ferrocarril a dicha localidad donde tenía el Palacio da Penas, residencia del verano del rey y su familia. De esa forma celebraban la importante mejora del transporte en el país y, al mismo tiempo, se trasladaba con su familia para pasar los meses de estío.

Fueron llegando los invitados a pie, tras bajar de sus carruajes y calesas en la plaza de Restauradores; lady Dowsett había invitado a Jimena a acudir a Sintra con ellos, y la joven accedió gustosa, quizás porque pensaba que, probablemente, un joven oficial de la legación española acudiera también.

En el vestíbulo previo a los andenes, se iban reuniendo aquellos que iban a acompañar al monarca en el viaje inaugural, conversando animadamente entre ellos, formando corrillos y transmitiéndose las últimas novedades y cotilleos de la corte. Jimena vio aparecer a José detrás del embajador español y su mujer, que hablaban con el omnipresente don Carlos de Oliveira y con el coronel Amo. Su rostro se iluminó.

Lady Dowsett se encaminó hacia el grupo de españoles y entabló conversación con don Carlos y la mujer del embajador español; José y Jimena se saludaron y se pusieron a conversar en voz baja, y el coronel Amo, enarcando las cejas, se giró hacia el embajador inglés para iniciar una conversación intranscendente sobre el acto al que acudían.

Unas voces en el exterior les previnieron que la comitiva real terminaba de llegar; formaron dos líneas a ambos lados de unos postes unidos por una cinta con los colores rojo y verde de la bandera del país. Delante de ellos, el alcalde de Lisboa y el presidente de la compañía de ferrocarriles portugueses esperaban a los reyes.

Cuando estos hicieron su aparición, tras haber subido las escalinatas que comunicaban la entrada en el Baixo portugués con la plataforma de andenes, se hizo un silencio sepulcral en el recinto; el alcalde dio un paso al frente y saludó a los monarcas agradeciéndoles el honor que suponía para la ciudad esta nueva línea de ferrocarril y cuánto la disfrutarían sus súbditos; a continuación, el presidente del ferrocarril agradeció las palabras del monarca sobre sus transportes y explicó las características de los nuevos vagones que también iban a ser estrenados.

Luis I saludó a los dos cortesanos y, cogiendo de las manos del alcalde unas tijeras de ceremonia, se acercó a la cinta y cortó la misma con un gesto grandilocuente. Los asistentes al acto aplaudieron y dieron vítores al monarca y al país. A continuación, el rey, dando el brazo a su esposa, pasó entre los postes y se encaminó siguiendo a su edecán, que abría la comitiva hasta el vagón real donde efectuaría el viaje acompañado de los elegidos de su corte.

Los demás asistentes al acto, en comitiva detrás de los monarcas, fueron siguiendo las indicaciones que les hacían los jóvenes oficiales distribuidos a lo largo del convoy e iban subiendo a los vagones asignados; por alguna extraña cabriola del destino —o, quizás porque don Carlos de Oliveira hubiera utilizado sus influencias—, Jimena y José se encontraron en el mismo vagón junto a las legaciones inglesa y española.

Cuando todo el mundo estuvo ubicado en sus respectivas localidades, los oficiales descendieron y el jefe de estación, con dos toques de silbato potentes, ordenó al maquinista que saliera de la estación hacia su destino.

La pequeña estación de Sintra estaba a reventar de gente, los lugareños habían acudido en masa para ver a su rey y a las personalidades más sobresalientes del reino. El color rojo y verde de las banderolas aparecía por doquier se mirara, desde las ventanas y balcones de los edificios colindantes hasta la cornisa de la terminal de ferrocarril cubierta por unos bandós soberbios de color verdirrojo alternando con el blanco de la enseña real.

Los carruajes, precedidos por el de la casa real, que habían llegado por carretera esperaban a la comitiva; los caballos piafaban inquietos como sabedores de que estaban a punto de partir de nuevo en cuanto sus ilustres ocupantes ocuparan sus asientos.

Con una serie de pitidos cortos el tren anunció su entrada en la estación de ferrocarril; los ciudadanos prorrumpieron en gritos de júbilo y vítores, el convoy disminuyó su marcha hasta parar, definitivamente, junto a la puerta de salida, mientras la máquina soltaba el vapor acumulado en la caldera y, por un momento, llenaba de una especie de niebla gris el andén de la estación.

Los monarcas descendieron en primer lugar, seguidos de todo el séquito. Guardando las formas que recomienda el protocolo, se mantuvieron en una más o menos acertada línea que traspasaba las puertas para salir donde eran recibidos con salvas atronadoras de aplausos.

Los invitados al palacio esperaron educadamente a que Luis I y su esposa subieran a su carruaje; a continuación, fueron subiendo a sus respectivos vehículos, despreocupándose de dar órdenes a los cocheros por cuanto los carruajes se desplazarían en comitiva hasta las mismas puertas del castillo.

Don Carlos, como buena celestina, había dispuesto el transporte combinando las delegaciones de Inglaterra y España de forma tal que, cuando hubo que ocupar el sitio en el carruaje, Jimena y Carlos pudieron ver que compartían vehículo. El médico miró a don Carlos, el cual se sonrió discretamente cubriendo parte del rostro con la mano.

Una orden dada desde el interior del carruaje real movilizó a la guardia montada que escoltaba el vehículo y abrió la marcha; a continuación, la carroza real y el cortejo que la acompañaba se puso en movimiento. El público volvió a rugir animadamente gritando arengas patrióticas y de apoyo a la monarquía y acercándose a los coches; la línea de soldados se mantuvo firme y, por fin, el convoy enfiló la salida de la localidad.

*****

Los días transcurrían plácidos en el castillo da Penas; los reyes organizaron excursiones matutinas para las damas, y siempre había algún caballero que quería compartir el paseo. De esta manera pudieron conocer el castillo do Mouros, una auténtica joya incrustada entre la arboleda a media montaña. Los caballeros se dedicaban a afinar su puntería disparando al plato o saliendo de cacería por los montes colindantes.

Por las tardes se entretenían jugando a las cartas y, después de cenar, algún voluntario de entre los invitados amenizaba la sobremesa cantando o tocando alguna pieza musical. La reina, a petición de la embajadora inglesa, le pidió a la joven Jimena que cantase alguno de los temas que tan de moda estaban en Europa y que llegaban del nuevo continente.

José, sentado entre los miembros de su delegación, disfrutaba de esas veladas aprovechando, cuando podía, para conversar con la joven con la ayuda del siempre omnipresente don Carlos, quien favorecía dichos encuentros.

Una tarde salió a pasear un pequeño grupo que, al poco rato se fue repartiendo por las diferentes sendas del parque y los bosques que rodeaban el castillo; José y Jimena se encontraron solos, acompañados a unos pasos de distancia por Leonor, la dama de compañía de la joven, De pronto, el cielo se oscureció brutalmente; densos nubarrones confluían unos con otros amenazando con descargar una gran tormenta. Sin tiempo para volver, comenzó a descargar una tormenta colosal, como, según comentaron los lugareños después, pocas veces habían visto por aquellos lares; los relámpagos y truenos se sucedían sin parar, la visibilidad disminuyó a tal punto que era difícil visualizar algo a poco más de un par de metros. Comenzaron a correr para ponerse a cubierto y, de alguna manera, perdieron el contacto con la dama de compañía. Empapados y casi sin ver entre el aguacero, fueron moviéndose por los senderos hasta que el joven médico creyó vislumbrar a la luz de un relámpago una estructura delante de ellos.

Se acercaron a ella y, junto al camino tras una curva, vieron un refugio de caza, Corrieron hacia la puerta y penetraron en el interior. Mirando la tormenta, uno junto al otro, jadeando por el esfuerzo e impresionados por el ambiente, sentían cómo su corazón latía apresuradamente; los dos jóvenes se miraron al mismo tiempo, y sintieron cómo sus cuerpos se atraían sin que su voluntad quisiera evitar lo que en ese momento parecía inevitable. Abrazándose, sus bocas se buscaron con ansia, sus manos se acariciaban sintiéndose, notando cada uno el cuerpo del otro junto a sí. José cogió a Jimena entre sus brazos sin dejar de besarla, ella envolvió el cuello del joven con sus brazos y se dejó llevar. El joven oficial se dirigió hasta el dormitorio que vislumbraba frente a él; cuando traspasó el umbral, con el pie cerró lapuerta tras de él.

*****

Jimena se estiró sobre la cama; el encuentro había mostrado cuán tierno era el joven médico y había permitido, a su vez, que sus sentimientos afloraran dándose a él por completo, sin trabas ni vergüenza. Lo buscó con la mirada y se inquietó al no verlo, pero un ruido fuera de la habitación le hizo saber dónde estaba; bajó de la cama y se vistió rápidamente pues la tormenta hacia poco que había terminado y pronto comenzarían a buscarlos.

Salió del dormitorio y vio al joven mirando a través de la ventana; cuando llegó a su lado, con un gesto cómplice, puso su mano sobre el hombro. Él se giró y le sonrió; ella, con un gesto que denotaba la unión que se había establecido entre ellos, se giró mostrándole su espalda para que, sin que mediara una palabra, entendiera lo que quería y le ayudara a cerrar el vestido. Una vez arreglados, el médico dijo:

—Deberíamos encaminarnos al sendero principal. La tormenta ha parado hace poco y comenzarán a buscarnos, y a cualquiera al que le haya pillado fuera de refugio.

Salieron de la cabaña y comenzaron a caminar por el camino. Minutos después, oyeron voces y ruidos de carruajes a la izquierda del follaje; poco más adelante el sendero se curvaba hacia la izquierda y, al llegar a ese punto, pudieron ver cómo a cierta distancia una calesa y dos personas venían en su dirección. El oficial salió a mitad del camino y con un gesto llamó su atención. Cuando se reunieron, Leonor exclamó aliviada:

—¡Por dios, señorita! ¡Qué susto me ha dado! ¡Pensaba que les había ocurrido algo!Jimena la miró dulcemente y le respondió:

—Siento haberte asustado, Leonor. Cuando comenzó la tormenta, empezamos a correr, y creí que venías tras de mí; al no verte al cabo de un rato, te buscamos, pero no se veía prácticamente nada. Tuvimos suerte de encontrar una cabaña en cuyo soportal nos refugiamos hasta que amainó la lluvia. ¿Estás tú bien? ¿Dónde te refugiaste?

—Encontré a un mozo al poco de romper a llover y me acompañó al castillo, pero en el camino no pudimos localizarlos. Hasta ahora no hemos podido salir. Otros grupos están buscando a un par de invitados que también siguen extraviados.

José intervino en la conversación:

—Entonces, señoras, igual es mejor que me una al grupo de buscadores por si precisan ayuda médica mientras ustedes vuelven al castillo y descansan.

El oficial miró a los lacayos que venían con Leonor y les dijo:

—Uno de ustedes, venga conmigo para unirse a la búsqueda, mientras que el otro acompaña a las damas.

Saludó con un ligero gesto de la cabeza a las señoras y se dio la vuelta para sumarse a otras voces que se percibían entre el bosque. Leonor indicó al conductor del carruaje que emprendiera la marcha,y se dirigieron a la residencia real.

Capítulo 21
«La carta»
1887

El dispensario de la embajada española en la capital lisboeta se encontraba situado en la planta baja del pabellón de invitados, en la parte trasera de la legación. José atendía a un funcionario que se había caído y sufría por una inflamación del tobillo cuando llamaron a la puerta. Esta se abrió y un soldado de la guardia de la embajada entró, saludó y estiró el brazo hacía él.

—Mi capitán, acaban de traer esta carta para usted.

El médico miró el sobre que le ofrecía el militar. El nombre del remitente le llamó la atención: «Carlos de Oliveira». Despidió al soldado y terminó de atender al herido. Cuando este se fue, volvió a su mesa y, sentándose en su sillón, cogió el papel y pensó: «Qué extraño. Hace un mes que volvimos de Sintra y en este tiempo no he sabido nada de él ni lo he visto en los locales donde solemos acudir». Con el cortaplumas abrió la misiva y de esta sacó una tarjeta que leyó con atención.

"Don Carlos de Oliveira tiene el gusto de invitarle a tomar un café en la *praça do Carmo*, frente al convento del mismo nombre, esta tarde a las seis. Le agradecería que pudiera acudir".

Repasó el mensaje buscando alguna clave oculta en él. Al final decidió que lo mejor sería presentarse a la cita; no obstante, antes de acudir comentaría con el coronel Amo el asunto por si él tenía alguna cosa que decir al respecto.

La plaza del Carmen lucía esa tarde radiante; el buen tiempo había sacado a las gentes de sus casas y observaba cómo las parejas paseaban entre los jardines con los niños correteando a su alrededor. José tomó asiento en el café y esperó la llegada del portugués; al cabo de unos minutos, vio aparecer por la esquina a Oliveira, el cual, al llegar a su lado, se sentó a su lado y levantó la mano para requerir al mozo. Cuando pidieron las bebidas y se quedaron solos, tras unas frases intrascendentes, Carlos tomó la iniciativa:

—Buenas tardes, don José. Le habrá extrañado mi tarjeta después de no vernos desde hace casi un mes.

—Buenas tardes, don Carlos, sí me ha llamado la atención; primero, que no lo haya visto por los lugares que solemos frecuentar, y, segundo, la entrega de la carta cuando quizá lo más normal es que hubiera entrado en la embajada y hubiéramos podido hablar allí mismo.

—En realidad he alargado la entrevista porque quería aclarar algunas circunstancias, ya que el tema es delicado. Recordará la visita que hicimos a la residencia de verano de sus majestades; el asunto es que, desde hace algunas fechas, se han esparcido ciertos rumores relativos a cuando usted y la joven baronesa se perdieron por los bosques del castillo. He oído en algunas reuniones que pudo haber algo entre ustedes y sabe que las palabras maledicientes y las calumnias se expanden con más facilidad que un virus respiratorio en invierno.

El joven oficial empalideció y un ligero temblor se percibió en la mano que sostenía la taza de la que iba a beber.

—No pasó nada de lo que una dama o un caballero tengan que arrepentirse...

—Lo sé, y no le he interpelado sobre lo que pudo pasar o no. He intentado por mi cuenta atajar los rumores y recordar a quien correspondiese que fueron sus majestades los que los invitaron. Quería decírselo porque sé que el viernes hay una recepción en la embajada francesa a la que está invitado junto con su embajador, y también sé que la baronesa acudirá acompañando a la legación inglesa. Quería pedirle que, si por un casual, oye o ve algo que no es de su agrado, se contenga y mantenga la compostura. Simplemente, hágamelo saber y yo intervendré.

—Pero, por qué dicen esas cosas de...

—La envidia nunca ha sido buena compañera de viaje, y a algunos jóvenes de la nobleza les incomoda que uno de los mejores partidos del país pueda tener relación con un extranjero. No es tanto un odio visceral a lo extraño, a lo de fuera, sino una muestra de esnobismo y envidia de nuestra clase noble.

Quedaron un momento en silencio mientras terminaban sus cafés observando a la gente que entraba y salía del convento. José, indignado, sabía en su interior que don Carlos no quería hacerle pasar un mal trago a él ni a la joven, y que su único propósito era evitar males mayores. El veterano diplomático le miraba con simpatía y bondad, entendiendo qué pensamientos cruzaban por la mente del médico.

—¡Ea, no le dé más vueltas al tema! En la recepción tomaremos una copa, disfrutaremos del ambiente y dentro de unos días habrán encontrado otro motivo o persona a la que criticar.

Cuando terminaron la consumición, se levantaron, se despidieron con un amistoso apretón demanos y se encaminaron cada uno por su calle a sus respectivos domicilios.

*****

La embajada francesa estaba engalanada para celebrar el cumpleaños de la mujer del emperador. Los lacayos, con sus mejores libreas recibían a los invitados y los acompañaban al gran salón donde tendría lugar la recepción y el brindis de honor. Fuera del palacete, los carruajes se alineaban con los cocheros fumando, esperando a ser requeridos de nuevo; algunos oficiales con el uniforme de coraceros franceses se movían elegantes por el salón, buscando deslumbrar a las señoras como si fueran aves del paraíso luciendo sus plumajes entre las hembras, compitiendo por ver quién era el más observado y valorado.

Los miembros de la embajada española se encontraban en uno de los laterales del salón tomando una copa y conversando entre ellos, observando quién había acudido y quién no a la recepción. Nogales prestaba atención a cómo sus homólogos inglés e italiano departían entre sí y se les acercó poniendo
194

una sonrisa en su cara al tiempo que los saludaba y se quedaba con ellos.

José buscaba con la mirada a don Carlos, y a quien vio fue a Jimena, que entraba acompañada de lady Dowsett. Las dos mujeres, junto al resto de los miembros de la embajada británica, se encaminaron hacia ellos; las dos embajadoras se saludaron, se apartaron junto a la joven y dejaron a los embajadores para que se enfrascaran en conversaciones más prosaicas y propias de sus cargos; José, aislado de ambos grupos, recorrió el salón con una bebida en la mano buscando uniformes reconocibles o alguien conocido junto al que quedarse; al pasar junto a un grupo de jóvenes portugueses, oyó un comentario que le hizo pararse en seco:

—Lo que les cuento es verdad, caballeros. Lo sé de buena tinta.

Quien hablaba era un joven alto y desgarbado, bien vestido con ropa cara y encajes en las mangas de la levita; su media sonrisa mostraba que estaba disfrutando con los comentarios que estaba haciendo, le escuchaba un pequeño grupo cuyos miembros hacían gestos señalando rechazo y sorpresa por los comentarios del petimetre.

—Joao, eso que dices no es posible. La baronesa no incurriría en un exceso de ese calibre, y menos en la residencia de los monarcas.

—Te aseguro, amigo mío, que lo que te he contado debe ser cierto. Una doncella de mi prima Elvira, que acudió ese fin de semana a Sintra, lo había escuchado de boca de una de las doncellas de la embajadora de Inglaterra y esta, por un comentario privado de la propia dama de compañía de la baronesa.

Al leer entre líneas los comentarios y entender sobre quién estaban hablando los jóvenes, José no se contuvo y les espetó interrumpiendo la conversación:

—Entiendo caballeros que están hablando de una dama, y eso no es cortés ni correcto ni, por supuesto, caballeroso.

Los nobles miraron al joven oficial y, reconociendo el uniforme, el que llevaba la voz cantante ledijo:

—Lo que no es correcto, señor, es interrumpir una conversación a la que no ha sido invitado.

—Mi caballerosidad es razón suficiente para participar en ella cuando se está ofendiendo a una dama —el joven médico sentía que la indignación que le recorría el cuerpo iba en aumento—. Puede que en este foro no haya ningún caballero que pueda defender el honor de una dama y se requiera que alguien de fuera vele por su virtud.

El petimetre, al oír esa frase, se puso pálido y encarándose con el oficial, le dijo:

—Soy el conde de Aveiro-Martos y me plazco en poder decir lo que crea conveniente cuando lo considere oportuno. Probablemente, se haya usted equivocado, ya que aquí no hay ninguna dama a la que defender.

Ante la ofensa implícita en esas palabras, y antes de que la razón contuviera su mano, cogió uno de los guantes que llevaba prendido en el cinturón del uniforme y con un gesto de revés cruzó la cara del noble lusitano. Este dio un paso atrás mientras el resto del grupo contuvo un grito de estupor y sorpresa. Recuperando su sitio frente al español, el conde le dijo:

—Caballero, su acción no tiene más que una

respuesta posible.

—La espero con anhelo —José le miró a los ojos—, sólo dígame cuándo y dónde.

—Dentro de dos días, al amanecer, en los jardines del castillo de San Jorge.

—Allí nos veremos —miró a su alrededor a los demás jóvenes y con un ligero gesto de cabeza saludó—. Señores.

Se apartó del grupo y se encaminó a las terrazas del salón. Una vez fuera, se quedó mirando las estrellas mientras pensaba que no había hecho caso a don Carlos, y que el embajador y el coronel Nogales tampoco iban a quedar muy satisfechos con lo que había sucedido.

Capítulo 22
«El duelo»
1887

Aún no había amanecido cuando el portón de la embajada se abrió y pasó el carruaje. En su interior, José iba acompañado de Rubén, un joven oficial de tercera, hijo del marqués de Covalvilla, que hacía sus pinitos en el cuerpo diplomático, ayudado por las influencias de su padre. Lisboa era su primer destino y, por edad, pronto hizo amistad con el joven médico del coronel.

Transitaban por la avenida Libertade en dirección a la Baixa. José meditaba sobre lo que iba a suceder cuando llegaran a su destino. Tenía claro que no podía haber actuado de otra manera; la ofensa que se le infligió a la joven duquesa era de tal magnitud que cualquier caballero hubiera intervenido intercediendo en su favor. El que los caballeros portugueses que oyeron el insulto omitieran su intervención le ratificaba en que era la envidia la que motivó la afrenta por parte del mequetrefe al que se iba a enfrentar, y que sólo la cobardía de sus acompañantes impidiendo que la joven fuera afrentada hizo que el asunto siguiera el derrotero que tomó. Sabía que los duelos estaban prohibidos en el reino, pero también conocía por sus contactos en la capital que estas situaciones se solían arreglar discretamente y al amanecer en el Castelo do São Jorge. El joven oficial intentaba distraer al médico contándole anécdotas del trabajo, pero este se mantenía serio, mirando al frente, con la cabeza ocupada en otras cosas.

Tras pasar el Rossio, entró en la parte baja de la ciudad reconstruida y reforzada según las directrices del marqués de Pombal tras la destrucción acaecida en 1755*. Pasaron a través de la *rua* Augusta y, antes de llegar a la Praça do Comercio, giraron a la izquierda para iniciar el ascenso.

Dejaron atrás la Sé de Lisboa y siguieron subiendo hasta llegar a la arcada del castillo, donde llegaron justo antes del amanecer. En la plaza previa a esta, bajaron del vehículo; junto a un árbol cercano tres sombras se despegaron de este y se encaminaron hacia ellos; el conde de Aveiro-Martos y sus acompañantes se destacaron y, cuando llegaron a su altura, se detuvieron. El pomposo portugués le espetó:

—Veo que ha venido, al final. Entiendo, pues, que no se arrepiente de haberme lanzado el guante.

—Si usted, señor, no se disculpa por las palabras vertidas sobre la duquesa Gonçalves de Guimarães, no veo de qué otra manera podemos resolver la situación sino es batiéndonos por el honor de la dama.

---

*El suceso al que se refiere el autor es el terremoto que asoló la ciudad matando entre 60.000 y 100.000 personas cuando reinaba en Portugal José I. Su primer ministro, Sebastião José de Carvalhoe Mello, conocido como marqués de Pombal, decidió eliminar el estilo de ciudad medieval de la parte baja y reconstruirla con una estructura moderna, lineal y con edificios reforzados para evitar que otro seísmo pudiera volver a destruir la zona. A la parte Baixa central se la llama por eso *Baixa pombalina*.

Sin cruzar más palabras, se encaminaron los cuatro hacia el interior del castillo. Continuaron ascendiendo por un camino empedrado hasta que cruzaron una arcada. Tras pasar por ella, giraron a la derecha por el interior de un túnel que les condujo a una pequeña plaza con un árbol en el centro.

El padrino del conde de Aveiro y su acompañante se acercaron al padrino de José mientras el conde se mostraba apartado del grupo.

Le mostró un estuche largo y de poca anchura. Lo abrió y lo mostró para que pudiera ver su interior. Dentro, dos espadas brillantes con el guardamonte repujado de pedrería. Mirando a su homólogo dijo:

—Como el ofendido ha sido el conde, ha tenido a bien elegir armas. Ha optado por la espada. Se combatirá a la primera sangre. —Puso la caja al alcance de Rubén quien, tras observar las armas detenidamente, cogió una de ellas de la caja; el padrino del conde cogió la otra y entregó la caja a su acompañante. Mirando a Rubén siguió hablando:

»El doctor será el encargado de atender a quien sea menester. Él ejercerá de juez. El señor conde ya ha tenido a bien abonar sus honorarios.

Tras decir eso, ambos se separaron y se dirigieron hacia el conde. Rubén giró y buscó con lamirada a José; viéndolo cerca del árbol, se aproximó a este y le entregó la espada.

—¿Seguro que quieres seguir con esto?

—No tengo otra opción. Está en juego el honor de una dama. Ese mequetrefe la ofendió y, si no se corta ahora y aquí, las habladurías la perjudicarán.

—Como quieras. Todo está preparado.

Se encaminaron a la explanada donde ya esperaban

las otras personas. Los padrinos dieron un paso al lado y se situaron detrás del doctor. Este, mirando a los oponentes, les preguntó:

—Caballeros, ahora es el momento de solucionar esto sin derramamiento de sangre. ¿Alguno tiene algo que decir?

Los dos jóvenes permanecieron en silencio. El doctor continuó:

»Como gusten. Junten las puntas de sus espadas, ¡ahora! Ambos contendientes lo hicieron. El juez siguió:

»A mi voz, comenzará el duelo. Cuando se produzca una herida, deben separarse enseguida. ¿Entendido?

Los dos jóvenes respondieron afirmativamente a la vez.

—Sea, pues. Comiencen, ¡ya!

Al momento se inició el combate con los luchadores en guardia. El conde inició el combate un paso adelante intentando hacer un corte en el pecho de su adversario; José, que había iniciado la lucha en posición idéntica a su contrario, rompió atrás parando el golpe y respondió lanzando a fondo sobre el brazo de su oponente. El conde reculó sorprendido por la velocidad del ataque y apenas pudo responder levantando el sable para intentar cortar el ataque de su oponente; sin dar tiempo a su contrincante, José volvió a atacar a fondo con una estocada dirigida esta vez al pecho. Aunque llegó a rasgar la tela, los reflejos del conde impidieron que el combate finalizara allí mismo. Este se repuso y, corrigiendo su posición, se dispuso a reanudar la lid. Avanzando con cautela, fue cruzando la punta de su espada con la de José buscando una debilidad; de pronto, amagó a la izquierda y tiró un fondo buscando el abdomen del médico; este paró la espada de su contrincante y se acompañó de un floreo para desviar el arma de su oponente. A continuación, se lanzó a su vez respondiendo con un giro de muñeca y atacando el lado izquierdo del pecho de su adversario, lo alcanzó tras vencer su defensa y clavar el acero bajo la clavícula del portugués.

El conde lanzó un grito de dolor y soltó la espada. José se apartó de él y se retiró junto al árbol donde estaba su padrino; el doctor con su maletón y el padrino del portugués se acercaron a atender al herido. Al cabo de un rato, José y Rubén vieron cómo incorporaban al herido y se acercaban a donde ellos estaban; al llegar, el conde, con el rostro crispado por el dolor dijo:

—Quiero presentarle mis disculpas por lo que dije de la señorita Gonçalves de Guimarães. Mis palabras estuvieron fuera de lugar.

—Es usted todo un caballero —respondió José—. Acepto sus disculpas —miró a sus acompañantes—. Si les podemos ayudar en algo...

—No se preocupe, señor —el padrino le miró—. Nosotros acompañaremos al conde al carruaje. Es mejor que salgamos separados porque pronto será totalmente de día.

*****

Había pasado una semana desde el duelo y el joven médico casi no había salido de la embajada enfrascado en su trabajo. Esa mañana, el ujier entró en el dispensario y le entregó una tarjeta. Cuando lo despidió, abrió el sobre y leyó su contenido. En él se le ordenaba presentarse en el despacho del embajador. Sorprendido por el protocolo y porque nunca había ido convocado de dicha manera, se levantó, se arregló el uniforme y se encaminó al piso superior.

Después de tocar dos veces a la puerta y recibir autorización, entró y se cuadró frente a la mesa del embajador. Este no se encontraba solo en el despacho, en un sillón lateral se encontraba sentado el coronel Amo; el embajador, serio, tenía unos papeles en la mano que parecía consultar con interés, con un gesto le indicó que se sentase frente a él.

—Hemos recibido una interesante nota de don Carlos de Oliveira. En ella nos recuerda nuestra próxima cita a la invitación cursada por los marqueses de Carballino; nos indica amablemente que, si fuera posible, usted se abstuviera de acudir al evento. Por último, nos señala que el conde de Aveiro se encuentra mejor de su afección, lo que le congratula por la parte que a todos nos puede interesar.

»El coronel Amo y yo estábamos comentando cuán amable ha sido el señor Oliveira al ponernos al día del estado de salud de Aveiro, y nos preguntábamos por qué deberíamos preocuparnos de su situación médica. Además, siendo usted amigo de don Carlos, nos ha extrañado, igualmente, su consejo señalando la conveniencia de que usted no acudiera. ¿Hay algo que debamos saber antes de continuar esta conversación?

José se estiró en el sillón y, mirando al embajador, dijo:

—El señor Oliveira les informa del estado de salud

del conde porque ese señor y yo tuvimos un intercambio de parecer con respecto al tratamiento de la virtud de una dama.

El coronel intervino desde el lateral; con voz baja y en un tono suave que, viniendo de él aconsejaba mucha prudencia en la respuesta, preguntó:

—¿Y ese intercambio de parecer se dilucidó quizás con un enfrentamiento con espadas? El oficial le miró y respondió:

—Si, mi coronel. Le pedí que rectificara una frase ofensiva para una dama, que dejaba en entredicho su honor, y él se rió y mantuvo su opinión, Ante eso, no me quedó más remedio que cruzarle la cara.

El embajador volvió a participar en la conversación:

—¿Y no creyó importante comunicarnos lo sucedido cuando pasó? ¿Creyó que en un círculo tan estrecho como es este en el país no se sabría lo que habían pensado hacer?

—No lo pensé, señor embajador.

—Déjese de formalismos. Ahora nos vemos en una situación incómoda. Esta no es la única carta que hemos recibido. Si bien el conde de Aveiro no ha dicho nada malo sobre usted y ha considerado zanjado el incidente, el Ministerio de Asuntos Exteriores portugués nos pide que, amablemente, solicitemos un cambio en el servicio médico de la legación; le agradecen sus atenciones durante el tiempo que ha trabajado en Lisboa, pero creen conveniente que cambie de aires; don Carlos, por otra parte, lo ve como la mejor solución a corto plazo, al menos, hasta que esto se olvide. Durante un tiempo tendremos que remar todos contra dirección para recuperar lo que este incidente nos ha hecho perder.

El embajador se levantó y dio una vuelta por el despacho a espaldas del oficial; este se mantuvo rígido en su sillón. El responsable de la legación continuó:

»Saldrá usted hacía Madrid cuando tenga dispuesto todo para el relevo que hemos pedido esta mañana. Hasta nueva orden, no debe salir de la embajada bajo ningún concepto. ¿Está claro?

—Sí, señor embajador.

—Retírese.

José se levantó, saludó al embajador y al coronel y, dando media vuelta, se encaminó hacia la puerta. Tras cruzar el umbral, bajó al dispensario. Aún tenía una carta que escribir antes de salir del país.

Don Carlos de Oliveira salió como todas las tardes a tomar café al Martinho. Cuando se sentó, un solícito camarero le trajo su consumición junto a una carta. Él, extrañado, le preguntó:

—Matías, ¿qué es eso?

—La han dejado esta mañana para usted, de parte de su amigo el médico, ese joven con el que toma café algunas tardes.

Don Carlos, después de despedir al empleado, abrió el sobre y leyó la nota que venía en su interior. Cuando terminó, apoyó el sobre encima de la mesa y se puso a cavilar. Un rato después se levantó y se encaminó paseando hacia la basílica de la Estrella.

Cuando llegó a la embajada inglesa, solicitó hablar con lady Dowsett. El funcionario desapareció tras la puerta y, al cabo de unos minutos, regresó y le acompañó a una sala de visitas. Se sentó paciente y algo más tarde la embajadora apareció con una sonrisa en los labios.

—¡Mi querido don Carlos, me alegro de verle! No habíamos quedado en vernos hoy, ¿verdad?Don Carlos besó la mano que le tendía la dama y, sonriendo, respondió:

—No, milady. Venía para solicitarle un favor.

La señora le miró extrañada. Esperó en silencio a que continuara.

»Recordará lo acaecido en Sintra y el incidente relacionado con aquello que se produjo tras la recepción de la embajada francesa —ella asintió—. Nuestra joven amiga, aun siendo debidamente defendida, ha quedado en entredicho y, por desgracia, ya sabemos cuán crueles son los jóvenes de nuestro círculo social —ella siguió en silencio—. Pues bien, al parecer, el ministerio ha solicitado que nuestro joven amigo regrese a España; agradeciéndole sus servicios, pero dando a entender que estarían más aliviados con él fuera del país. Me ha hecho llegar una carta para que se la entregue a cierta joven a la que nosotros conocemos bien, ya que a él se le ha ordenado no salir de la embajada.

Lady Dowsett asintió y, con gesto triste, dijo:

—En efecto, había oído algunos comentarios maliciosos inevitables en estos casos. Sé también que nuestra joven amiga lo está pasando mal: no se la invita a reuniones en las que, por su posición, tendría que ser aceptada, y aun deseada, su presencia; algo ha escuchado también que la ha dejado en un estado de ánimo bajo, muy bajo diría yo.

»No se preocupe, don Carlos, déjeme la carta, que yo se la haré llegar con sus mejores deseos. Esperemos que esto no sea más que una tormenta y que pase pronto.

—Esperémoslo, querida amiga. Sin más, me despido de vos. Saludad al embajador de mi parte.

Con un gesto elegante se despidió de la noble y acompañó al lacayo hacia la salida. Una vez en el exterior, deambuló por las calles en dirección a la plaza Pombal mientras pensaba en lo cruel que el destino se mostraba con el amor de estos jóvenes.

Capítulo 23
«El reencuentro»
1892

Terminaba el día cuando José llegaba a casa de don Benigno después de comunicarle al teniente coronel Ortigüela los avances obtenidos tras haber hablado con Ignacio. Las noticias que llevó al subinspector calmaron sus ansiedades y le dejó un margen para poder investigar en condiciones; después de tantos años desde el primer asesinato, no quería precipitar la investigación ni sacar conclusiones equivocadas.

Al llegar, vio que doña Marisa y don Benigno se encontraban ya vestidos y preparados para la ocasión; ella luciendo una amplia sonrisa y él mirando contento el disfrute de su esposa ante el acontecimiento que se avecinaba. José los saludó sonriente y exclamó:

—Buenas tardes, doña Marisa, se la ve muy sonriente —puso cara seria y continuó—. ¿Sucede algo que yo deba saber?

Ella, al pronto, se quedó callada mirando a su marido sin comprender. Don Benigno, no se pudo aguantar más y soltó una estrepitosa risotada que confundió aún más a su bienamada.

—Está bromeando contigo, cariño, porque te ha visto muy arreglada y peripuesta. Marisa se giró hacia José que, esta vez, sonreía abiertamente.

—¡Ay, don José, cómo es usted!, ¡pensaba que me

quedaba sin teatro!

Al oír esa sincera exclamación, los dos hombres prorrumpieron en sonoras carcajadas.

Después de subir a su cuarto para arreglarse y cambiarse de ropa, salieron los tres a la calle, pararon un carruaje y le dieron la dirección del teatro.

Al llegar, dejaron los sombreros en la guardarropía y siguieron a un atento camarero que los llevó a la mesa que José, previamente, había reservado para agasajar a sus caseros, y amigos. Tras sentarse, el capitán pidió una botella de champán.

—Don José, no debería mal acostumbrarnos tanto —Marisa estaba emocionada por el trato que recibía mientras que su marido levantaba con deleite la copa que le habían servido para brindar por la ocasión—, luego mi Benigno querrá siempre que lo traten así.

—Tú, cariño, te mereces esto y más —miró a José—. Le agradezco mucho esta invitación; ya ve que mi esposa está en la gloria. Hasta ahora no nos habíamos permitido el venir porque anteponemos el trabajo al placer; y hoy, gracias a su invitación, vamos a ver en un lugar preferente la actuación de esta señorita que tan buenas críticas está recibiendo desde su llegada a Cuba.

—Lo que tienen que hacer, si me permite decírselo, es disfrutar del momento. Se merecen esto y más. A mí también me gusta la música y quiero ver a esta cantante que tan buenas referencias trae.

Siguieron bebiendo y conversando del día a día hasta que el empresario del local salió al escenario; las luces del techo se atenuaron y las que bordeaban el proscenio brillaron para dar importancia a lo que iba a suceder sobre el tablado.

210

—Señoras y señores, me complace en presentarle a la persona a la que todos ustedes han venido a ver hoy, la cantante de habaneras más importante de Europa y, pronto, la más importante aquí, en Cuba, donde nació este género musical.

»¡Con todos ustedes, Jimena Gonçalves!

En el pequeño foso comenzó a sonar una melodía; José pudo ver que un hombre de pelo blanco movía sus dedos sobre el teclado desgranando el principio de la canción. En el escenario apareció la cantante. El médico, al contemplarla, casi deja caer la copa de la que bebía; don Benigno, al observar la palidez de su rostro, preocupado le preguntó:

—Don José, ¿se encuentra usted bien?

Asintiendo con la cabeza, el capitán no podía dejar de observar a Jimena, ¡su Jimena!, que después de este tiempo aparecía de nuevo en su vida.

La joven, que aún no había reparado en él, empezó su canción:

«Después de un año de

No ver tierra

Porque la guerra me lo

impidió

regresé al puerto donde

se hallaba

la que adoraba mi

corazón».

El público, ya entregado desde las primeras notas, se arrancó a aplaudir sin ni siquiera terminar la canción; la cantante levantó una mano con una sonrisa en la boca y pidió calma a los asistentes. Cuando se calmaron los aplausos, continuó cantando:

«Ay, qué placer sentía
yo,
cuando en la playa
sacó el pañuelo y me
saludó.
Luego después vino
hacia mí,
me dio un abrazo y en
aquel acto, creí morir»*

Bajando el tono, fue retirándose del escenario mientras la gente se levantaba para aplaudirla con fervor; José la miraba sin reaccionar, perdido en sus pensamientos.

Desde que la vio en el escenario, José sólo deseaba poder hablar con ella y saber de su existencia; ¿por qué estaba en la isla? ¿qué había sido de su vida desde que él tuvo que salir de Lisboa?

Jimena volvió a acercarse al borde del escenario y saludó gentilmente sonriendo y mirando a su alrededor; cuando sus ojos se encontraron con los del joven médico, se quedó parada, atónita; sin pensarlo, se llevó una mano al pecho y exhaló bruscamente. Recomponiéndose, siguió saludando a los asistentes y se retiró al camerino.

---

*Habanera titulada "La bella Lola", autor anónimo. Siglo XIX.

Una persona había observado lo sucedido entre la cantante y el joven de la mesa delantera; Críspulo, sentado en su mesa habitual en una esquina del salón, se dio cuenta de que ambos se conocían y, sin ningún motivo aparente, se predispuso contra el joven, lo intuyó como una amenaza para él y sus intenciones con respecto a Jimena.

Con ese convencimiento se propuso saber quién era y qué relación tenía con la mujer. ¡Jimena sólo sería de él, de nadie más!

*****

La joven entró en el camerino con una mano en el pecho; se sentó frente al espejo y contempló su imagen pálida y agitada.

—¡No puede ser...!, ¡pero era él!

Estaba segura de haber visto un fantasma, pues la persona que vio en la sala le trajo a la memoria días felices y amargos al mismo tiempo. No, no se había confundido; ella pudo ver que José palidecía también al verla; luego, no sabía que se encontraba en Cuba.

«¿Qué hacia él en la isla? ¿La habría seguido?» «No», se respondió a sí misma; si no, no se habría sorprendido al verla.

«¿Y qué tenía que hacer ahora?: ¿salir a buscarlo? ¿esperar su llegada?

Inmersa en un mar de dudas y de preguntas sin respuestas, se levantó y, saliendo del camerino, llamó al de su amigo Germán. Una voz respondió:

—Adelante, está abierto.

La joven entró y el pianista, al verla, supo que había pasado algo. Le acercó una silla y sirvió una copa de güisqui en un vaso que alargó con un gesto a Jimena. Esta, con mano temblorosa, lo cogió y bebió un trago.

—Jimena, ¿qué te sucede?

—Acabo de ver un fantasma del pasado. ¿Recuerdas al joven del que te hablé y de lo que aconteció en Lisboa?

—Me acuerdo, sí.

—Pues lo termino de ver en la sala mientras actuábamos. Lo he reconocido y él también a mí, hasta ha perdido el color —le miró angustiada—. Ahora mismo no sé qué hacer.

—Bueno, lo primero tranquilizarte un poco. La pregunta que ahora se me antoja más importante es: ¿quieres tú verlo ahora?

—Estoy nerviosa —le respondió la joven—. Quiero saber de él y de lo que le ocurrió, pero cuando me encuentre más sosegada.

—Si te parece bien, me acerco a la sala y hablo con él.

—¿Lo harías?

—Por supuesto. Tómate la bebida y espérame aquí.

Ya en el salón, Germán observó a su alrededor al público que permanecía en sus mesas asistiendo al espectáculo; al momento se percató de la presencia de un joven con las características que le describió Jimena, acompañado de una pareja mayor que parecían estar animándole. Se acercó a ellos y, cuando llegó a su altura, les dijo:

—Perdonen ustedes —miró al joven—, ¿es usted José Sánchez?

El médico le contempló con una mirada extraña. Germán siguió hablando:

»Perdone, usted, sé que no me conoce, pero vengo a hablarle de Jimena, Jimena Gonçalves.

José volvió a perder el color, aunque se mantuvo estirado sobre la silla; con un hilo de voz preguntó:

—¿Está bien?

—Sí, no se preocupe. Lo ha reconocido, al igual que usted a ella, y en estos momentos no se encuentra en condiciones de verle, pero me gustaría contarle algo de sus peripecias antes de llegar a Cuba —contempló a los tres con una sonrisa—. ¿Permiten que me siente con ustedes y les cuente?

En una mesa cercana a ellos, Críspulo, que no se había movido ni perdía de vista la mesa dónde se encontraban el joven y sus acompañantes, contempló cómo la pareja de ancianos animaba, o eso parecía, al joven que parecía indispuesto. Cuando llegó el pianista del teatro, Críspulo se extrañó al ver que el recién llegado se sentaba con los tres y comenzaba a hablar mientras sus interlocutores le escuchaban con atención.

Eso no era normal, y barruntaba que este petimetre le traería problemas. Si conocía a Jimena, era un riesgo para él porque no quería que nadie la rondara; afortunadamente, él sabía una forma de terminar definitivamente con ese tipo de problemas.

Al cabo de un rato, el pianista se levantó y, saludando con afecto al médico y a sus acompañantes, se despidió de ellos y se marchó. Estos se levantaron después y, tras pasar por la guardarropía, se encaminaron a la salida.

Críspulo se levantó estirando el chaleco bajo su levita y con indiferencia fue caminando despacio tras ellos hasta la salida del teatro; allí observó el gesto que el joven hizo para llamar una calesa cercana; cuando se montaron, se acercó a un quitrín en cuyo pescante iba un ñáñigo, y subiendo le indicó:

—Sigue a ese carruaje y mantén la distancia.

Los dos carruajes recorrieron las viejas calles durante unos minutos hasta que la calesa paró delantede una casa que hacía chaflán. Críspulo ordenó a su conductor que no se detuviera y se fijó en el portal cuando pasó por delante de los tres. Poco más adelante mandó parar su carruaje y le dio unas monedas al conductor. Desanduvo el camino hasta la esquina de la vivienda y, escondiéndose en la sombra de un portal, se acomodó a pasar la noche «ese *mongo** no se me augura para nada bueno»

Con sombríos pensamientos rondándole la cabeza se dispuso a esperar.

---

*Traducido del cubano coloquial: tonto, falto de entendimiento o de razón.

Capítulo 24
«Puerta de la Güira»
1892

José se había reunido con el teniente coronel Ortigüela para planear las acciones a acometer; su superior creía que la mejor opción era que saliera, discretamente, de la capital acompañado de otro oficial de su confianza, y que ambos hicieran el viaje a caballo por ser un movimiento habitual en el ejército el de desplazarse de trocha a trocha. No quería que llamaran la atención, no al menos hasta que hubieran comprobado si sus sospechas se confirmaban y estrechaban el cerco del asesino de militares.

Dado que querían entrevistarse con el sanitario que documentó los expedientes, Ortigüela propuso que se desplazaran a Mariel y, desde allí, cabalgaran en dirección sur hasta llegar a Artemisa, donde les informarían del paradero del sanitario. Según resultasen las pesquisas, los oficiales se podrían trasladar de una u otra manera e, incluso, solicitar ayuda de cualquiera de los destacamentos desplegados a lo largo de la trocha. Para ello, el teniente coronel firmó un salvoconducto que les abriría las puertas de los cuarteles poniendo a los responsables de estos a su disposición.

El día de la marcha, José fue recogido en su casa por Esteban, un oficial con quien tenía buena relación y con el que había practicado esgrima de cuando en cuando tras su llegada a La Habana; cabalgaron en silencio durante horas en dirección suroeste hasta llegar a la localidad de Guanajay, dejando Mariel al norte; una vez llegados al primer puesto de control, hablaron con un teniente que les informó que el sanitario que buscaban se encontraba en el blocao de Puerta de la Güira en dirección sur. Continuaron la galopada, pues José quería llegar y resolver cuanto antes lo que venía a hacer.

Cruzaron a lo largo del eje de la trocha atravesando las diferentes fortificaciones que los ingenieros habían diseñado para establecer un núcleo de fortificaciones en la isla; se sucedían en su recorrido las trincheras, los parapetos de madera y las secciones de alambradas, distribuidas alternativamente y enfiladas hacia la maleza, que era la antesala de la jungla que se abría frente a la línea de comunicación de las tropas españolas. Periódicamente, se veían estructuras circulares, casi selladas, por las que asomaba la negra boca de un cañón.

A última hora de la tarde llegaron a Puerta; allí un pelotón de soldados salió a su encuentro. Un sargento veterano, armado con un gran mostacho y con una barriga prominente que indicaba que no sufría las penalidades por escasez que mostraban el resto del personal militar les dijo:

—¡Alto ahí! ¿Quién va?

José, estirando de la brida del caballo, frenó su montura y se paró al lado del suboficial; inclinándose para acercarse a su cara le comunicó:

—Soy el capitán médico José Sánchez. Preciso hablar con el sanitario Faustino Palomo, del que me han informado que se encuentra destinado en esta línea y aquí.

218

El sargento se irguió intentando meter la tripa para parecer más marcial y, levantando la mano, llevándola al sombrero y esbozando un saludo militar no muy logrado, cambió el tono y lo suavizó cuando le respondió al oficial:

—A la orden, mi capitán. El sanitario Palomo se encuentra desplazado atendiendo el botiquín de Artemisa. Volverá mañana.

Reprimiendo un gesto de contrariedad, José inquirió:

—¿Dónde podemos descansar esta noche?

—Si me lo permite, mi capitán, los acompañaré a una cabaña habilitada para descanso de la oficialidad. —El sargento hizo un gesto y dos soldados movieron la barrera de alambre que cortaba el paso; se puso delante de los oficiales y abrió el camino para que lo siguieran hasta un conjunto de chozas y cabañas que se veían a la izquierda de la carretera.

Sin ellos darse cuenta, habían sido seguidos desde el amanecer por el mulato Críspulo. Desconfiado y taimado por naturaleza, intuyó rápidamente que existía alguna especie de vínculo entre el militar y la cantante por la que se sentía atraído, por eso decidió ir tras ellos a la salida del teatro y vigilar toda la noche para conocer su rutina. Veía en el joven una amenaza para sus planes de conquista de la cantante y quería estar preparado para lo que pudiera acontecer.

Cuál fue su sorpresa cuando nada más amanecer apareció en la puerta de la vivienda un oficial del ejército con dos caballos. Este descabalgó y golpeó la puerta; cuando se abrió, cruzó unas palabras con la doncella y volvió a la acera junto a los animales. Pocos minutos más tarde, aparecía el joven militar y, tras ser saludado y corresponder militarmente, montaron a caballo y se alejaron al paso.

Rápidamente, ideó un plan. A una cuadra de allí un simpatizante mambí regentaba un establo; llegó corriendo y, al verlo, exclamó:

—¡Ya me conoces! ¡Necesito un caballo, ya!

El negro, grande y de pocas luces, sabía quién era él y el carácter que tenía, y no se lo pensó. Dio un par de pasos hacia una de las cuadras y sacó un caballo ya ensillado. Le tendió las riendas mientras le preguntaba:

—¿Me lo traerá pronto...?

Críspulo, con los ojos enrojecidos, le miró fijamente, el mozo de cuadra retrocedió un paso al ver su mirada.

—¡Ya te lo traeré! ¡Quítate ahora de en medio! —De un salto se aupó al lomo del animal y lo golpeó en los ijares azuzándolo; el noble equino salió del establo y el mulato manejó las riendas para girar hacia la izquierda y seguir el camino que habían tomado antes los jinetes. «Eran militares, el saludo los delata. ¿Dónde irán?» —con un montón de pensamientos cruzando por su cabeza buscó con la mirada al frente y a los lados para encontrarlos y no perderlos de vista. Al final, los vio girando por una calle; sabía que esa dirección conducía a las afueras de la ciudad «¿Hacia dónde se dirigirían?». Frenando un poco el caballo mantuvo la distancia con los perseguidos.

Poco más adelante se acomodó al ritmo que marcaban los jinetes para no ser descubierto por ellos; contempló a lo lejos el dialogo que mantuvo el

220

gachupín con un sargento y la manera en que les hizo entrar en el fuerte y los acompañó hasta una cabaña. Escondido entre la maleza, pudo observar con detenimiento la estructura del blocao, sus trincheras y demás elementos defensivos. «Sería complicado entrar» pensó dubitativo y, al momento, recordó que en un palenque* cerca de Lavandero vivía uno de los ñáñigos que hizo con él labores de vigilancia durante la visita de Martí. Se alejó despacio de su punto de observación y, montando de nuevo, se dirigió al oeste.

La actividad en el poblado mostraba que el lugar era importante dentro de la sociedad libertaria negra; la mayor parte de las mujeres y hombres, por igual, trabajaban unos campos que rodeaban el sitio mientras que algunas se dedicaban a preparar la comida en grandes calderos. Al fondo, en una pequeña choza abierta por los lados, un anciano contaba historias de su pueblo a unos cuantos niños que escuchaban embelesados las palabras que salían de la boca del viejo.

Un negro enorme le salió al paso sin que él se hubiera percatado de su cercanía. Preguntó por Olorun. El cimarrón lo miró de arriba abajo y, como aceptando al visitante, se giró y gritó al grupo de niños:

—Chamaco**, ¡ven aquí!

Uno de los chicos se levantó y se acercó a la pareja. El guardia le indicó:

---

*Se denominan así a los lugares o concentraciones organizadas de esclavos cimarrones que se emancipaban de la esclavitud y construían en lugares con fuentes de agua y cuevas, con un sistema de autogobierno propio. También se les llama quilombo, rochela o cumbe.
** En cubano coloquial, "niño".

—Acércate a la cabaña de Olorun con este asere.
Luego vuelve a las clases.

El niño miró al recién llegado y, haciendo un gesto con la mano para que le acompañara, emprendió la marcha; Críspulo descabalgó y, llevando al animal de las riendas, le siguió hacia el interior del palenque.

Sentados uno frente al otro, con una jarra de madera toscamente tallada llena de ron, se miraban en silencio. El líder del asentamiento comenzó:

—Me alegra verte por aquí, *ecobio**, ya ha pasado tiempo desde que nos vimos la última vez.

—Sí, cuando nuestro bien querido Martí pisó de nuevo estas tierras para darnos ánimos e instrucciones. Dentro de poco podremos liberarnos del yugo de esos gachupines.

—Si así lo quieren nuestros *Orishas***, así será. Y bien, ¿qué te trae por aquí ahora?

—He venido siguiendo a un oficial del ejército que se encuentra ahora en la Puerta de la Güira; debemos eliminarlo porque creo que puede ser un obstáculo para nuestros planes de independencia.

Críspulo mostraba seguridad ante el ñáñigo para hacerle ver su punto de vista; el negro no cambiaba su expresión y necesitaba engañarlo y convencerle de que lo que le contaba era la idea compartida de los mandos revolucionarios.

---

*En cubano coloquial, "hermano".
** Nombre que se le da a las deidades politeístas de la santería cubana.

»Este es un buen momento para realizar un ataque rápido y deshacernos de él en el fragor de la lucha.

—Pero en la reunión se dijo que todavía no era el momento...

—Mira, asere, yo ya estoy *mamao** esperando que alguien tome alguna decisión importante cuando nos encontramos con escollos que pueden dificultar nuestros planes. Este hombre es peligroso, y ahora, lejos de La Habana, tenemos la posibilidad de eliminarlo.

«Tengo que convencerlo de que lo que quiero es bueno para sus ideales» —pensaba Crispulo mientras desarrollaba sus argumentos para convencer al mambí.

»Podemos preparar un asalto para mañana mismo y en la refriega matarlo. ¡Vamos, me conoces! —le miraba con los ojos incandescentes por el odio—, ¿acaso no estoy yo en la capital sacando información y luchando lo que puedo por la independencia de nuestra patria?

Olorun lo contempló con detenimiento durante unos instantes; finalmente, asintiendo, dijo:

—Bien, *ecobio*, tendrás mi ayuda. Mañana haremos una incursión a la trocha. Tú te encargarás de decirles a dos buenos tiradores que tenemos quién es el blanco. Y si no es de un balazo, ¡lo mataremos a machetazos!

Chocaron las toscas jarras y brindaron juntos. Crispulo pensaba en su interior que había conseguido quitarse un rival; algo en su interior le decía que, mientras viviera, su misma existencia correría peligro.

____

* En cubano coloquial, "persona aburrida o cansada de algo".

Faustino llegó al final de la tarde al puesto de entrada del fuerte de Puerta de la Güira; en ella le dijeron que lo esperaban en la cabaña que servía de botiquín. Al entrar, vio a dos oficiales que se levantaron a saludarle.

—Buenas tardes. Imagino que Faustino, ¿no? —Un oficial con las insignias de capitán del cuerpo de Sanidad Militar le tendía la mano afectuosamente. El otro oficial, después de saludarle, se retiró de la habitación. El capitán continuó:

»Es mejor que hablemos nosotros solos.

—A la orden, mi capitán. Soy Faustino Palomo, sanitario del blocao de Puerta.

—Llámeme José, soy José Sánchez. Creo que le informaron de las indagaciones que estaba realizando con respecto de una muerte que aconteció en esta zona a principios de la Guerra de los Diez Años.

—Sí, mi... Sí, José. Me llamó el doctor Ignacio Moreno para preguntarme por las circunstancias que rodearon la muerte de un soldado de esta guarnición; permítame... —el sanitario frunció el ceño haciendo memoria—. Sí..., espere un momento.

Se levantó y se encaminó a una mesa auxiliar junto al pequeño quirófano de campaña instalado en el habitáculo; del cajón extrajo unos papeles, con ellos en la mano se acercó y se sentó junto al médico.

»El capitán Ramón y Cajal, extrañado por el carácter de las lesiones que presentaba el soldado, elaboró un informe exhaustivo; no es corriente que en un

224

enfrentamiento armado se produzcan heridas que parecen más propias de un asesinato ritual que de un enfrentamiento entre adversarios de ejércitos distintos. No fue una simple muerte por arma blanca o a tiros, no. Fue un crimen tapado por el conflicto en el que nos encontrábamos —contempló a José con mirada triste—. José, vine a Cuba muy joven y he sufrido las dos guerras; me he enamorado y casado con una nativa y moriré aquí cuando Dios quiera. Sé que hay compatriotas que están luchando por la independencia de la isla: campesinos venidos de Asturias, Canarias, Castilla, etc. que sólo desean vivir en paz con sus familias porque es lo único que tienen, y que batallarán contra su propio país, si es menester, porque su corazón lo tienen aquí. Eso me entristece sobremanera; yo lucharé por España; pero, sobre todo, lucharé por mis compañeros.

»No sé si ha leído algo de las memorias de don Santiago. Cuando llegó aquí, lleno de juventud y salud, se encontró con que nuestros soldados enfermaban y morían más por la enfermedad de Venus, la disentería y la malaria y por los problemas que acarreaba el juego que por los combates. Esta tierra es dura; cariñosa y mortal a la vez, te atrae y se te mete en el cuerpo y no puedes dejarla ir; pero, al mismo tiempo, para nosotros es el arma más letal de la isla: las condiciones insalubres de humedad y calor, los mosquitos provocan enfermedades contra las que, malamente, podemos combatir. El mismo capitán tuvo que ser dado de baja en la isla y repatriado a España a causa de un ataque de malaria tan fuerte que casi lo mata.

»Quiero con esto decir que nuestra existencia en las

trochas tiene poco de idílicas; el soldado asesinado se llamaba David Giner y era valenciano, casi un recién llegado al destacamento. Estaba enbuenas condiciones físicas y no lo mató una incursión del enemigo, sino un criminal que, aprovechando el ataque de los mambises, lo apuñaló y luego lo ultrajó —estiró el brazo y le dio los documentos al médico—. Le preparé esto porque don Ignacio ya me adelantó que vendría parahablar del caso. Me dijo que habían encontrado algún caso parecido en la capital.

—Sí, tenemos dos casos más y dudas sobre otros dos.

Si es así, José, hay un asesino de militares suelto en la isla, que lleva matando desde hace más de veinte años.

Capítulo 25
«Batalla en la trocha»
1892

El amanecer pilló a José y Faustino tomando café sentados junto a la puerta de la enfermería. El toque de diana activó el campamento; los soldados se encaminaban, solos o en grupos, algunos hacia la choza que cumplía labores de comedor, y otros en dirección a sus quehaceres respectivos diarios.

El sol despuntaba con fuerza y prometía un día soleado y caluroso; las escasas nubes que cubrían el cielo se iban disgregando merced a la brisa que soplaba del oeste.

—Hoy hará mucho calor, y con los mosquitos y la humedad tendremos muchas visitas en el dispensario —sentenció Faustino observando el astro de reojo.

— Si puedo ayudar en algo el rato que esté aquí, dímelo.

—Esperemos que no haga falta. El viaje de vuelta hasta La Habana es largo —agradeció con una sonrisa el ofrecimiento y siguió tomando su bebida en silencio.

Al otro lado de las trincheras del fuerte y más allá de la maleza, justo donde comenzaba el bosque, Olorun desplegaba a los hombres que había traído consigo del palenque; aunque las consignas eran no significarse en demasía, las palabras de Críspulo y la importancia, según el mulato, de deshacerse de ese oficial, le animó a dar el golpe de mano.

No disponía de buenos tiradores de fusil ni tampoco, aunque fuera una obviedad, de armas largas; la mayor parte de su gente iba armada con machetes, horcas y cuchillos, algunos, incluso, habían aguzado cañas de azúcar para transformarlas en lanzas, aunque dudaba de su eficacia en combate. Su idea era crear la distracción necesaria para que alguno de los tres o cuatro tiradores en los que confiaba alcanzasen al objetivo señalado por Críspulo con un disparo certero.

La sección de la trocha diseñada por los españoles en la zona hacía difícil el acercamiento; tendrían que sortear líneas de alambrada, además del personal que defendía el complejo desde las trincheras. Por otra parte, el fuerte disponía de muchas líneas de tiro abiertas en todas direcciones.

Había enviado a los suyos divididos en dos grupos; uno de ellos se fue acercando al amparo del bosque que quedaba al oeste de la carretera; desde allí, cuando atacasen, tendrían que avanzar a campo descubierto a través de la maleza hasta llegar a la primera línea de defensa. Algunos de ellos se desviarían a la izquierda para posicionarse en dos pequeños bosquecillos a ambos lados de la carretera al norte del fuerte.

El segundo grupo, al amparo de los árboles, llegaría al ingenio de El Pilar y sin levantar sospechas, se prepararían para el asalto desde el oeste. Confiaba en que el número de atacantes y el asalto por tres frentes distintos compensaran la impericia de sus tropas; si uno de sus tiradores o algún valiente cruzaban las líneas y acababa con el oficial, su misión habría valido la pena.

Echó una ojeada a derecha e izquierda para comprobar el despliegue del grupo; vio a Críspulo a su izquierda listo para desplazarse a los bosquecillos al norte del objetivo. Levantó la mano y ordenó el ataque.

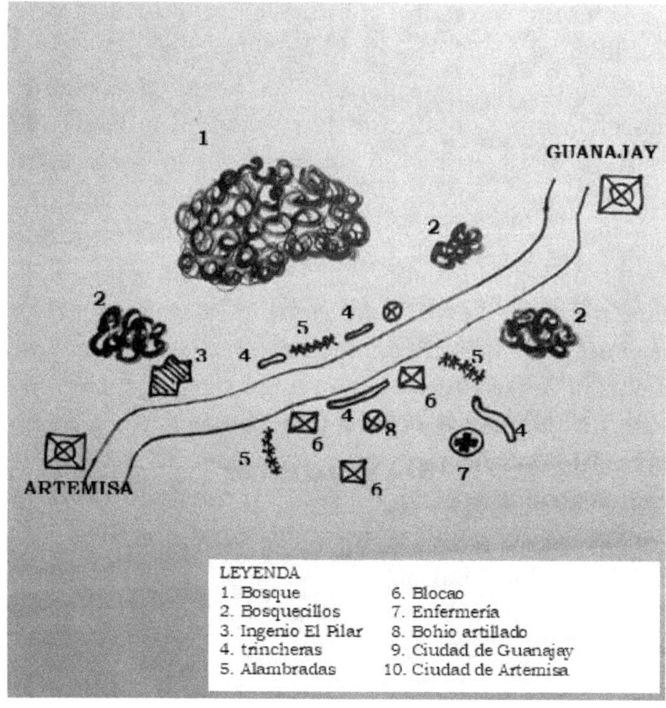

Unos gritos sacaron de sus pensamientos a José y Faustino.

—¡Nos atacan! ¡A los puestos! —gritaron enfervorizados los españoles.

Los soldados salían de la choza donde terminaban el rancho para incorporarse a la carrera a las trincheras y blocaos; tres de ellos se dirigieron al bohío y se aprestaron con la munición del pequeño cañón.

Desde el linde del bosque sonaron algunos disparos que, afortunadamente, no causaron víctimas. Desde la espesura salió un grupo numeroso de negros vociferando, enarbolando horcas y machetes mientras gritaban para darse ánimos y amedrentar a la tropa.

El veterano sargento, inmune al griterío que se le avecinaba, se giró a sus hombres y les gritó:

—¡Señores, hora de ganarse la paga! ¿No querían conocer mundo y disfrutar de su vida en la isla? Aquí nos llega el divertimento principal de la zona. Cada tiro, un blanco. ¡No disparen hasta oír mi orden! ¡Dos filas: la primera en la trinchera; la segunda, arrodillados! ¡¡Apunten!!

Los militares, espoleados por la arenga, tomaron posiciones por delante de la carretera. Los insurgentes se abrían en abanico para cubrir la extensión del frente de ataque, y ya se encontraban a unos veinte metros de la primera línea de defensa del fuerte. Algunos disparos aislados seguían sonando desde la espesura, pero no alcanzaban sus objetivos; los soldados esperaban nerviosos la voz del sargento, quien observaba el avance impertérrito. Un momento más tarde gritó con voz clara:

—¡¡¡Fuego!!!

Una andanada de muerte salió de las trincheras y, tras de ellas, los atacantes caían sobre el campo como la mies segada en época de cosecha; algunos de ellos gemían mientras se tapaban sus heridas; otros, inmóviles, con los ojos abiertos sin ver nada, nunca sabrían de qué manera acabaría el día y por qué ellos no podrían contemplarlo.

Tras la descarga, los soldados se replegaron al otro lado de la carretera y volvieron a tomar posiciones; los ñáñigos persistían en sus gritos; a los que seguían en pie se le sumaron, desde los bosquecillos situados al norte y desde el ingenio, dos grupos más de vociferantes y fieros negros que, mientras corrían, gritaban soflamas independentistas.

El sargento redistribuyó a algunos de sus hombres para reforzar los flancos y ordenó a los tres blocaos que concentrasen sus disparos por las arpilleras hacia los laterales; orientó el cañón del bohío al frente y esperó. Cuando los mambises estaban llegando a la primera línea defensiva, ordenó a los soldados resguardarse en las trincheras y cuerpo a tierra; con el cañón apuntando en ángulo bajo, ordenó:

—¡¡¡Fuego!!!

La pieza tronó con estrépito escupiendo fuego y muerte; la primera línea de ataque recibió la carga y los ñáñigos se desmoronaron como alcanzados por un rayo ardiente y mortal; los cuerpos saltaban en la maleza, destrozados en pedazos que golpeaban a los que venían detrás y les provocaban gritos de pavor y espanto.

Olorun, detrás del frente principal, observaba la carnicería y pensaba si no se habría equivocado al escuchar al mulato; de todas formas, a estas alturas de la confrontación, ya no podían echarse atrás. Ordenó seguir el avance:

—¡Vamos, aseres, vamos! ¡No es el momento de *apencarse** ahora! ¡Por una Cuba libre!

---

*En lenguaje cubano coloquial, "acobardarse".

Y corrió para ponerse al frente del grupo que todavía seguía en pie. Con un machete en la mano y ya cerca de la carretera, ordenó la carga:

—¡A por los gachupines!

Los ñáñigos que acompañaban a Críspulo llegaron desde los bosquecillos al norte de las posiciones de los españoles e iniciaron el asalto; fueron frenados por el fuego condensado, dirigido desde los dos pisos de la torre situada frente a ellos.

Aunque los caídos eran numerosos y sólo se oían gritos de dolor y lamentos, algunos negros llegaron a las alambradas. Los soldados, a una orden vociferada por el sargento desde su puesto, se prepararon para la embestida.

Los disparos de los insurgentes ya estaban causando bajas entre los soldados al haberse posicionado más cerca de las defensas y haber podido afinar la puntería. Faustino y José se encontraban en la enfermería preparados para intervenir cuando oyeron lamentarse a un cabo, al mismo tiempo que lo veían girar sobre sí mismo al ser alcanzado por un proyectil; sin pensárselo un instante, Faustino salió con un morral en la mano, llegó hasta el herido y comenzó a vendarle el hombro herido. A su alrededor saltaban trozos de tierras por los disparos que le dirigían; uno de ellos le alcanzó. José pudo ver que el sanitario se encogía y dejaba de curar a su compañero. Al momento, y con grandes gestos de dolor, se incorporó y tiró del cabo hasta protegerlo detrás de un blocao. José salió de la enfermería y corrió hacia ellos a tiempo de ayudar a Faustino a trasladar al militar detrás de la construcción.

—¡Te han herido!

—¡No es nada! ¡Ayúdame a vendar al cabo Ramírez!

Entre los dos terminaron de curar al herido y, después de colocarlo sentado con la espalda recostada en la pared a salvo de otros disparos, José se dedicó a atender la herida de Faustino.

—Te han alcanzado en el costado.

—¡Ha sido un rasguño!

—¡Déjame verlo!

Faustino claudicó y se levantó la camisa. Un orificio con los bordes enrojecidos por la sangre que iba manando del interior ocupaba el costado del sanitario; echándole hacia delante, José comprobó la espalda de su compañero.

—Hay agujero de salida, y parece que el proyectil no ha interesado ningún órgano vital.

—Ya te lo he dicho —Faustino le miraba con los ojos brillando por el ímpetu—; déjalo y vete a atender a los otros compañeros.

—Primero taponaré la herida. —Lavó con agua de su cantimplora la herida y sacó del morral polvos antibióticos que espolvoreó sobre la misma; luego aplicó presión y comenzó a vendar el costado de su amigo mientras este lo dejaba hacer sin proferir queja alguna. Cuando terminó lo acomodó sobre la pared junto al cabo y le dejó la pistola al lado.

—Aunque seas sanitario, si vienen...

—Ve.

José se reincorporó y ojeó a su alrededor; algunos soldados yacían en tierra o eran arrastrados por sus compañeros para ponerlos a cubierto; el resto de la guarnición aguantaba bien la embestida de los mambíes. Desde los flancos, los atacantes habían llegado a las trincheras y se combatía machete contra bayoneta.

Corrió hasta un soldado tendido boca abajo y se arrodilló junto a él, lo giró y, moviendo la cabeza, apesadumbrado, lo dejó de nuevo en tierra y corrió a auxiliar a otro combatiente que había caído algo más allá.

Críspulo se había escondido tras dos árboles, junto al comienzo de la alambrada; desde allí observó cómo sus tiradores intentaban alcanzar al objetivo que les había marcado, pero no lo conseguían. Habían herido al compañero del oficial, aunque este seguía con vida atendiendo heridos; los demás soldados, viendo lo que hacían, lo cubrían con un fuego intenso que impedía que nadie pudiera acercarse para terminar con él a machetazos.

No habían transcurridos ni veinte minutos desde el comienzo del ataque, y ya vio que no tendrían éxito en su misión. Las bajas sufridas eran muchas; la maleza se encontraba sembrada de cuerpos, muchos de ellos inmóviles. Sabía que, al volver, tendría una discusión con Olorun, pero eso era un asunto del que se ocuparía más tarde.

Oyendo unos gritos, observó que el líder mambí, que había valorado la situación como él, ordenaba el repliegue de su gente, sabiendo que no podrían conseguir lo que habían ido a hacer. Los mambíes se fueron retirando desordenadamente, cayendo algunos más heridos o muertos por los disparos que seguían efectuando desde el complejo los soldados españoles.

José atendía a los heridos y los ponía a cubierto; estaba taponando la herida del abdomen de un soldado junto al bohío, mientras un par de disparos levantaban polvo y tierra a su alrededor cuando sintió una sensación extraña. Terminó la cura y arrastró al militar al amparo de la pared; desde allí ojeó el entorno sin perder esa impresión ominosa que le incomodaba. Frente a él, medio agazapado detrás de un árbol, vio a un mulato que, de alguna manera, le recordaba a alguien, aunque no ubicaba su cara, difuminada por la distancia y el follaje. De alguna manera, vislumbraba que la presencia de ese hombre allí no era coincidencia. Se quitó con un cabeceo la sensación de incomodidad y siguió buscando a quién atender.
Cuando la refriega terminó, Ramírez pasó lista a su destacamento. José le vio la cara y se le acercó.

—¿Cuántos hombres hemos perdido, sargento?

—Hemos tenido dos bajas y quince heridos —Ramírez le miró sonriendo con tristeza—. Gracias a usted y a Faustino no hemos sufrido más bajas. He visto su comportamiento y ha sido ejemplar.

—Hemos cumplido con nuestro deber, pero estaría bien que el buen hacer de Faustino quedase registrado en la orden del día. Tiene usted un buen sanitario.

El sargento Ramírez asintió y se alejó en busca del sanitario para felicitarle y ofrecerle ayuda de la guarnición en lo que necesitase. José observó el campo de batalla mientras lamentaba la pérdida de vidas que el irracional egoísmo de los hombres provocaba en las personas de vida sencilla a la que manipulaban con falsos discursos vacíos de contenido y de intereses espurios.

Se encaminó al centro de mando para buscar al oficial que trajo con él; juntos recogerían la información de la enfermería que con tanto celo había guardado Faustino y él, y volverían a La Habana para comunicar al subinspector las novedades del caso.

*****

Críspulo y Olorun estaban enzarzados en una fuerte discusión en la choza del jefe del palenque. El mulato intentaba convencer al mambí que procuró, desde su incursión por el flanco, acercarse al oficial para acabar con él, pero que el intenso fuego proveniente del fuerte de la zona le impidió conseguir su objetivo; el ñáñigo arremetía contra el plan que había costado tantas vidas del poblado y que, probablemente, le enfrentaría a los supervivientes para mantener el liderazgo. Fuera se oían los llantos y gemidos de las mujeres que habían perdido a sus hombres; mirando a través de la ventana podía ver cómo algunos niños se abrazaban a sus piernas llorando también, aunque no entendiesen, lacausa del llanto de sus madres.

Finalmente, Críspulo consiguió, no sin antes prometer que se iría en seguida del lugar, que dos hombres designados por Olorun lo acompañaran para seguir vigilando al oficial. Él sabía que no lograría nada más y sentía que era importante eliminar ese obstáculo de su vida.

Se levantó en silencio y extendió su mano. El cimarrón la estrechó con renuencia, y con un gesto de desprecio, salió de la choza para dirigirse hacia dónde

236

se encontraban las mujeres y consolarlas. El mulato, frustrado y furioso, salió también y fue a buscar su caballo; allí le esperaban dos negros altos con el ceño fruncido «dos más que me odian —pensó mientras los miraba a la cara—. Es lo mismo; mientras hagan lo que les diga...».

Con un gesto les indicó que montasen, él hizo lo mismo; azuzó su montura y, sin volver la vista atrás, galopó en dirección a la carretera seguido por sus compañeros de viaje.

Capítulo 26
«Quivicán»
1892

Salía el sol en el campamento cuando ya estaban montando José, su acompañante y cuatro soldados que el sargento Ramírez había designado como escolta.

La tarde anterior, cuando terminaron de ayudar a Faustino a atender a los heridos, vieron que no llegarían a ningún sitio en condiciones; tras el ataque era muy aventurado salir sin protección, pues no sabían si los mambíes se habrían resguardado en las cercanías. De ser así, supondrían un blanco fácil para ellos.

Ramírez los invitó a cenar a su mesa en la choza-comedor para hablar sobre lo acontecido y para conocer qué planes tenían. José había estado cavilando sobre qué hacer cuando salieran de Puerta de la Güira. «Si volvía a la capital tendría que hacer un nuevo viaje al valle de Güines para investigar las dos muertes que se produjeron después de finalizar la última guerra, lo que supondría invertir un tiempo que no tenía —pensó José abstraído en la mesa y ausente de las conversaciones de su entorno—; y el subinspector quiere la información ya. Por otra parte, si me desplazo directamente, puedo recopilar toda la documentación y sobre ella trabajar en La Habana con más eficacia».

Ramírez le sacó de sus pensamientos cuando le

preguntó:

—Mi capitán...

—Llámame José —el médico le interrumpió.

—José —el sargento sonrió—, ¿qué planes tiene ahora?

—Estaba pensando en ello; creo que deberíamos dirigirnos desde aquí hacia la región de Mayabeque para ir a Güines. Estamos relativamente cerca y preciso solucionar un par de aspectos de la investigación que me trajo a la Puerta.

—Desde Puerta de la Güira hasta Güines hay unos setenta y cinco kilómetros. Se me ocurre una solución viendo que tenéis prisa para resolver vuestros asuntos.

—El tiempo no nos sobra, no —afirmó José serio.

—Voy a procuraros escolta —levantó la mano cuando vio que José iba a protestar—. ¡No digas nada! Nos habéis ayudado mucho y es lo menos que puedo hacer. Os propongo lo siguiente: os proveeré de monturas de refresco para vosotros y la escolta de cuatro soldados que os acompañarán y avisaré por el telégrafo para que en los puestos por los que pasaréis os tengan preparadas nuevas monturas para mantener el ritmo; de esa forma, podríais llegar a Güines en un día, dos a lo sumo. En Güines os esperarán para ayudaros en lo que necesitéis y podríais volver a La Habana en tren aprovechando el nuevo ferrocarril; hay unos veintitrés kilómetros y llegaréis también en el día.

—Pero... eso supone muchos recursos a movilizar.

—Faustino me ha comentado el asunto que os trae por aquí y me parece que es más importante saber quién está atacándonos y pararlo cuanto antes.

José miró a su compañero y luego a Ramírez y a

240

Faustino.

—De acuerdo, os agradecemos el esfuerzo que hacéis. Mañana con el alba partiremos.

La expedición enfiló el sendero en dirección a Las Cañas. El sargento Ramírez había repasado el plano con los oficiales y habían concluido que lo mejor era atravesar territorio pasando cerca de fuertes o puestos de defensa del ejército; después de Las Cañas se dirigirían a Quivicán para seguir hasta Guara y terminar en Güines. El telegrafista había transmitido la información y ya obraba en su poder la respuesta afirmativa de los puestos donde les proveerían de caballos de refresco.

Desde el bosque en el que se inició el ataque, Críspulo y sus dos acompañantes observaron cómo el pequeño contingente se movilizaba. El mulato estaba intrigado por conocer las intenciones de su ya declarado enemigo; decidió seguirlo y, según fueran desarrollándose los acontecimientos, obraría.

Hizo un gesto a sus compañeros para que le siguieran y al abrigo de los árboles se dispuso a seguirlos.

*****

El grupo avanzaba a buen paso; en las postas previstas cambiaron de montura, lo que les permitió mantener un ritmo ágil de cabalgada. A ese paso no tardarían más de seis horas en llegar a su destino. Decidieron parar en Quivicán para almorzar; en el destacamento los recibió el sargento Montalbán, amigo personal de Ramírez. Cuando desmontaron, y tras saludarlos a todos, llamó a un cabo para que llevase a la escolta a la choza-comedor y pidió a los oficiales que le acompañaran a tomar un refrigerio.

—Bienvenidos al destacamento de Quivicán. Recibimos el mensaje a primera hora de la mañana y hemos provisto los medios que nos han requerido para su viaje —con una sonrisa continuó—. Espero que le hablen a Ramírez bien de mí, nos conocemos desde hace mucho tiempo, de cuando éramos soldados. Los dos nos casamos con dos cubanas de la zona y nuestros hijos comparten sangre de nuestras dos tierras.

José le sonrió a su vez amablemente y comentó:

—Para usted y para Ramírez debe ser pues difícil llevar esta situación de tensión prebélica en la isla.

—Es duro, mi capitán, no le voy a engañar. Somos españoles y militares; nos debemos a nuestra patria, pero nuestras raíces también están aquí ahora, entroncadas por lo más sagrado, por la sangre de nuestros hijos que son, a la vez, españoles y cubanos. Y, aunque políticamente en España crean que es lo mismo porque Cuba se representa en las Cortes y demás, ya le digo yo que, a pesar de que se nos respete aquí, los cubanos no se sienten queridos ni igualados a los españoles en derechos.

—Es complicado, sí —corroboró José.

—Pinta mal el futuro para nosotros, mi capitán, en la isla. No quiero ser agorero, pero el ambiente está cada día más tenso y los campesinos cada día más agresivos e insolentes; parece que están esperando que alguien les diga «adelante» para que se comporten como una plaga de langostas y nos arrasen a todos, y no somos muchos. En fin, esperemos que me

242

equivoque —con una amplia sonrisa cambió de conversación—. Le he mandado preparar un almuerzo para que recuperen fuerzas y prueben las exquisiteces de esta tierra.

Entraron en una cabaña y se sentaron a la mesa; un soldado colocó delante de ellos unas fuentes con comida de aspecto tan suculento que al instante se les hizo la boca agua. El sargento Montalbán soltó una carcajada.

—Veo que la presentación les ha gustado; cómo sabe les gustará más. ¡Coman y beban, amigos! ¡Bienvenidos a Quivicán!

Montados en sus cabalgaduras, el grupo se preparó para la partida; José se despidió del sargento:

—Montalbán, quiero darle las gracias por sus atenciones. Espero que podamos volver a vernos.

—Gracias, mi capitán, Ha sido un placer conocerle. El tiempo nos dirá si es o no nuestro destino, pero el viento trae aires de tempestad. Espero equivocarme. Buen viaje y, ojala, obtenga lo que busca.

Levantó la mano y dos soldados abrieron la alambrada para que salieran. Los vio alejarse cogiendo cadencia y acelerando el galope. «Son malos tiempos para todos en la isla. Confiemos en Dios, ya que en los hombres he perdido gran parte de mi fe», pensó cariacontecido.

El sargento entró en el destacamento con semblante abatido dándole una palmada al pasar junto al soldado.

Llegaron a Güines a media tarde y, sin desmontar, preguntaron a un lugareño dónde estaba el Ayuntamiento. Siguiendo las indicaciones que les habían facilitado, llegaron a un edificio de estructura colonial con las paredes blanqueadas. José y su compañero descabalgaron y entraron en el edificio.

Dentro, un negro vestido con chaqueta negra y camisa blanca con corbata le salió al paso.

—Buenos días, señores. ¿Necesitan algo?

—Buenos días —José le miró con seriedad—. Soy el capitán Sánchez. Preciso hablar con el médico al que le encargaron hacer las autopsias de los muertos en el depósito de cadáveres en Güines.

El negro mostró un gesto de sorpresa en su rostro antes de responder:

—¿Cadáveres...? ¿Depósito...?

El médico se armó de paciencia viendo que la conversación iba a alargarse.

—Perdone mi pregunta: ¿quién es usted?

El joven se estiró y sonrió. «Esa es una pregunta que sí sabe responder», pensó irónicamente José.

—Me llamo Oswaldo de la Cruz y soy el secretario del Ayuntamiento.

—Muy bien, Oswaldo, Venimos comisionados por la Subinspección de Sanidad del Ejército para hablar con el médico que se encarga en su ciudad de hacer las autopsias de los fallecidos. ¿Sabe usted quién es ese médico?

—...Debe referirse al doctor Albert. Don Jesús es el responsable de sanidad municipal..., pero hay también otros médicos en la localidad.

244

—Sí, pero si muriera alguien y tuvieran que determinar la causa por no estar clara, entonces llamarían al doctor Albert, ¿no?

Si, claro. Sería la primera persona a la que llamaríamos.

—Entonces, necesito hablar con él. ¿Dónde le podemos encontrar ahora?

El secretario, intimidado por el tono perentorio del oficial, le indicó una dirección y de qué manera podían llegar hasta allí. José agradeció la información y se dio la vuelta para volver a la calle.

Montó y ordenó a los soldados que se dirigieran al destacamento de Güines y que comunicaran al jefe de este que llegarían a la noche para pernoctar en el recinto. Luego, continuaron por la calle principal siguiendo las indicaciones del secretario municipal.

Capítulo 27
«Un avance crucial»
1892

Media hora más tarde desmontaban frente a un edificio de una planta con la fachada encalada. Un pequeño porche daba sombra a la terraza del local.

Llamaron a la puerta y esperaron; al rato oyeron unos pasos que se arrastraban hacia ellos, y la puerta se abrió. Una mucama alta y oronda, vestida con una especie de bata blanca y un pañuelo anudado en la cabeza del mismo color, que recogía su melena, se plantó frente a ellos y les preguntó:

—Buenos días, ¿qué desean?

José la miró componiendo una sonrisa para suavizar la conversación y le respondió:

—Buenos días, señora. Veníamos a ver al doctor Albert, de parte del secretario municipal. Se trata de un asunto muy importante.

—Soy su ayudante. Pasen, por favor.

Se apartó de la puerta para darles paso y, una vez dentro, les señaló dos sillas.

—Esperen aquí un momento. El doctor vendrá en seguida.

Se dirigió al interior sin mirar atrás. Los dos oficiales oyeron el rumor de palabras en una de las habitaciones. Al cabo de un rato, apareció un hombre bajo y entrado en años, de pelo cano y cabello hirsuto; la barbilla prominente indicaba una fuerte personalidad. Su mirada penetrante parecía traspasar a sus interlocutores. Con un tono seco y profesional les preguntó directamente:

—¿Qué hacen aquí? ¿Qué es lo que quieren?

José observó al anciano médico y se dio cuenta de que tendría que enfocar el asunto que los había llevado hasta él de manera harto diplomática.

—Doctor Albert, permita que me presente...

—Ya veo que son militares —el médico los contempló con expresión severa—. Me han interrumpido mientras estaba...

—Doctor Albert —José tomó aire y continuó—, nuestra presencia aquí es obligada y lamento mucho interrumpirle en lo que fuera que lo tuviera ocupado. Necesitamos urgentemente tratar con usted un asunto muy serio.

El anciano doctor, al ver la expresión del joven, se giró diciéndoles mientras volvía a su despacho:

—Acompáñenme entonces.

Los dos oficiales le siguieron en silencio; al llegar al despacho, Albert se sentó en su sillón tras la mesa e indicó con un gesto a sus dos acompañantes que hicieran lo mismo frente a él. Una vez los tres aposentados, el viejo médico apoyó los codos sobre la mesa y, juntando los dedos de sus manos, colocó su barbilla sobre ellos esperando. José inició la conversación:

—Necesitaríamos hablar con usted en relación con unas autopsias que realizó hace unos años a dos personas asesinadas en esta región. Los asesinatos fueron muy escabrosos, por lo que igual recuerda usted todavía los detalles de estos.

El doctor Albert, después de unos momentos de

reflexión, levantó la cabeza y vociferó de forma brusca sobresaltando a los dos militares frente a él:

—¡Yemayá!

La puerta se abrió al instante y la ayudante asomó la cabeza.

—¿Me ha llamado, doctor?

El anciano médico dio un respingo ante la prontitud de la respuesta y respondió gritando, más que hablando:

—¡Sí! ¡Tráenos tres cafés! —miró a sus visitantes—. ¿Quieren ustedes acompañarme? —José y su compañero asintieron sin decir nada—. ¡Y también los expedientes esos que tengo atados con un lazo rojo en el primer cajón del archivo!

Cuando la negra mucama se fue, miraron al médico, que rezongaba para sí:

—¡Y una mierda no escucha tras las puertas! ¡Tendrá morro!

Los dos militares se miraron mientras sonreían discretamente y dejaron que el médico diera rienda suelta a su genio. Este los miró de nuevo y comenzó a hablar:

—Ya había identificado su insignia de médico, doctor Sánchez, y he visto también que su compañero no es médico, pero entiendo que se quedará con nosotros ahora —José asintió con la cabeza. El viejo médico continuó

»Recuerdo los casos porque no es habitual encontrar en estas tierras muertes tan brutales, ambas con patrones parecidos y separadas tiempo entre ellas, mucho tiempo. Si no recuerdo mal, incluso años entre las dos.

»Entiéndanme ustedes. Esta tierra atrae y atrapa a

los que viven en ella. Yo vine joven para ejercer la medicina aquí y me encontré con dos guerras en las que atendí y asistí a personas de ambos bandos, gente que conocía del día a día. Actualmente, esta región aún no se ha recuperado del último conflicto y siempre se guardan rencores por la naturaleza misma del ser humano.

»No es raro que se produzcan muertes violentas por motivos varios; desde algo tan prosaico como las lindes de unas tierras como por una deuda de juego o por las atenciones de una mujer. Cuba es una tierra cálida y húmeda; las pasiones crecen en el interior y, cuando se desbordan, pueden sorprender a cualquiera. Aquí se cree, y mucho, en la santería y en el "muerterismo", en los santos protectores, los orishas, y aún vienen enfermos a traerme ofrendas por haberles sanado de sus dolencias.

En ese momento, Yemayá entraba con una bandeja con tres tazas y una resma de papeles atados. Apoyó la bandeja sobre la mesa y colocó delante de cada uno de los presentes una taza de la que humeaba un líquido oscuro; un embriagador sabor a café inundó la habitación y provocó que las papilas gustativas de José comenzaran a segregar saliva; observó a su compañero, que se movió inquieto esperando para coger su taza y sonrió. Miró a la mucama y dijo:

—Yemayá, el café huele muy bien.

La negra sonrió y le respondió:

—Y le va a saber igual de bien. Está hecho con una mezcla de granos que preparo para el doctor.

Dejó los papeles delante del anciano médico que la miraba todavía con el ceño fruncido por haberla pillado escuchando detrás de la puerta, y con una sonrisa en la que mostraba todos sus dientes salió cimbreando sus caderas de manera ostentosa.

Cuando estuvieron solos de nuevo, el doctor Albert cogió su taza y, brindando silenciosamente en dirección a sus visitantes, bebió un sorbo; estos hicieron lo mismo y, durante unos minutos, el silencio se apoderó de la habitación donde se oían solamente los suspiros de satisfacción por la calidad de la bebida que consumían.

Cuando terminó, el viejo médico metió dos dedos en el bolsillo superior de su bata y extrajo de ella unos quevedos que apoyó con parsimonia y elegancia sobre el puente de su nariz; cogió el primer juego de papeles, soltó la cinta que unía las páginas y apoyando un dedo sobre la hoja, comenzó a buscar.

—Como les decía a ustedes. Verán: la primera muerte se produjo en el año 1883, y la segunda... —apartó la hoja y soltó la cinta del segundo bloque de hojas. Cuando encontró lo que buscaba, miró a José y le dijo— víctima apareció en 1887, cuatro años después de la primera. Y que yo sepa, no ha aparecido ningún otro fallecido en el que se hayan encontrado los mismos signos de violencia.

»Eso quiere decir que, si el asesino es el mismo, controla muy bien sus impulsos, o que usted tiene otras víctimas en otros lugares de la isla —Albert fijó sus ojos en el militar.

»Lo primero que me llamó la atención fue la brutalidad de las heridas y la presentación de los cuerpos. Estos no aparecieron en el mismo sitio; la región de Mayabeque es amplia, comprende hasta seis municipios. Los cadáveres se encontraron el primero en Río Seco y el segundo, aquí. —volvió a mirar sus notas—. Las coincidencias fueron varias, por lo que decidí conservar las notas e, incluso, dejar una copia en los archivos de Sanidad Municipal.

»Los dos muertos eran militares españoles. Aunque en la región hay enfrentamientos, algunos con resultado de muertes, no es normal que los fallecidos sean españoles y, además, militares. Estos, después de la segunda guerra, han sido aleccionados por sus jefes para que se comporten y guarden, en cierta manera, las formas con la población civil intentando, vamos a expresarlo así, "enfriar" la calentura que provocó la guerra.

»En segundo lugar, la causa de la muerte fue la misma: exanguinación por múltiples heridas de arma blanca; en los dos casos detecté dos tipos de arma distinta: una de ellas, larga y afilada que traspasó profundamente los cuerpos y provocó la muerte alcanzando algún órgano vital; además encontré heridas con un arma más pequeña y ancha que se clavó con tanta fuerza que dejó impronta sobre la piel de la víctima. Aunque no lo reflejé en los informes, me inclino a sospechar que el o los asesinos utilizaron una navaja y un florete o un estoque, un arma de hoja fina. —Albert miró a los militares—. He dicho uno o varios asesinos, pero mi opinión es que ustedes buscan a una sola persona; las heridas muestran rabia, furia, necesidad de infligir el mayor daño y dolor posible, y eso convierte las muertes en algo personal para su autor.

»Otro detalle más, el más siniestro y perturbador: las escenas de los crímenes fueron preparadas; el informe de la policía que acudió a los lugares donde se produjeron los asesinatos después de ser llamados por los vecinos del lugar, me dijeron que los cuerpos estaban sentados o apoyados contra la pared de un granero, el del Río Seco, y en unos barriles ubicados detrás de una taberna el de aquí.

»Ambos muertos tenían sus manos juntas en el regazo y sobre estas habían depositado sus ojos, las cuencas oculares estaban vacías. El corte del ojo y la extracción fueron realizados con bastante pulcritud; no se apreciaba un gran desfloramiento del nervio óptico.

»Por último, la mayor parte de las heridas de arma blanca pequeñas se produjeron después de la muerte del soldado; los bordes de estas no tenían sangre, lo que demuestra que esta no circulaba entonces por sus venas.

»Al ser militares, contacté con los destacamentos y les puse en antecedentes de mis hallazgos. Pensé que tomarían medidas para proteger a los suyos.

José le sonrió.

—Y, gracias a sus informes, estamos aquí. Nos hemos encontrado con otros casos en los que el modo de actuación ha sido el mismo, coincidiendo las lesiones con las que usted refería, por eso necesitamos conocer su dictamen.

—Espero, pues, haber podido serles de utilidad... Y si no precisan nada más de mí... José le observó con atención y el anciano médico dejó de hablar.

—Don Jesús, usted ha atendido a la población aquí en la región durante muchos años. ¿No sabrá o conocerá de alguna cosa que se asemeje a esto que sucedió?

El anciano doctor le miró con una sonrisa benevolente, extraña con su fuerte carácter y personalidad.

—Joven, usted me pregunta por historias, cuentos, narraciones que con el tiempo se hayan podido convertir en leyendas, y no, no se habla en la región de ningún monstruo que ataque a las personas y les saque los ojos. Siempre hay historias, sobre todo después de muertes violentas, pero estas son muy variadas.

»Historias que se refieran a españoles hay muchas menos por las diferencias de clases. No eran ni son frecuentes las historias en los que los europeos sean protagonistas... Ahora que lo he comentado, me viene a la cabeza una historia que circuló durante un tiempo —miró a los jóvenes— pero que igual tampoco tiene relación con el caso.

»Cerca del Mayabeque, hacia el sur, hará unos cincuenta o sesenta años se construyó un ingenio con buenas tierras alrededor que producía caña de azúcar y tabaco. La hacienda tenía casi cien esclavos y su propietario era español, de origen vasco —el anciano levantó la mirada al techo como si fuera a encontrar allí las respuestas a las lagunas que su memoria le mostraba—; sí..., el dueño se llamaba Román, Román de la Varga, y había llegado a Cuba desde Álava, en el País Vasco, para hacer fortuna. La finca se llamaba Toki Eder.

»La historia cuenta que el hacendado enamoró a una bella y joven mulata llamada Regina, que cantaba habaneras en el teatro de la capital La Lonja. Por aquel entonces ese género musical había nacido hacía poco y tuvo una gran aceptación entre los cubanos. Hoy sigue siendo una especie de bandera nacional musical. Hasta el himno nacional de los independentistas se basó en una habanera.

»Pues bien, la historia acabó trágicamente. La mulata tuvo un hijo que no fue reconocido por el padre, aunque le procuraba los medios para que pudieran vivir en La Habana; cuando el negocio comenzó a ir mal, unas malas inversiones y decisiones financieras de Román lo llevaron a la ruina y quiso recuperar la casa que le había dado a su amante. Lo último que se supo en el Mayabeque fue que hubo una tremenda discusión entre el padre y el hijo, con golpes y quizás algo más. Esto se sabe porque Román, después de sus borracheras, contaba siempre la misma historia, de qué manera su hijo se le había enfrentado siendo poco más que un niño y le había atacado con un cuchillo.

»Un día, el hacendado dejó de ser visto por los bares y tabernas que frecuentaba asiduamente; nunca se le volvió a ver, y tampoco se tiene constancia de que fuera a marchar, simplemente, desapareció. Algunos lugareños cuentan que de vez en cuando han visto a un mulato alto y delgado aparecer por la región y acercarse a la finca de Román; las habladurías del pueblo en seguida comenzaron a especular señalando al desconocido como al hijo del hacendado que venía a reclamar la hacienda, aunque, desde que Román desapareció, está abandonada.

»La historia en sí no narra asesinatos espeluznantes, pero tiene un componente de intriga e inquietud, por eso se la he contado —Albert carraspeó—. No, no se me ocurre ninguna otra narración macabra, aunque... —el médico cabeceaba dubitativo— estoy recordando algo que no tiene nada que ver con el ejército, pero sí me llamó profundamente la atención en aquel entonces.

»Antes incluso del comienzo de la guerra de los Diez Años, escuché en el bar una conversación de dos lugareños; uno de ellos le decía al otro que los espíritus se estaban adueñando del lugar porque había encontrado animales pequeños: perros, gatos y algunas ratas a los que habían destripado y sacado los ojos. Los aldeanos sostenían que un ente malvado había maldecido sus tierras.

»A mí me llamó la atención la crueldad de quien fuera que hubiera hecho aquello... por cierto, y ahora me doy cuenta de ello, los animales fueron encontrados en un meandro del río Mayabeque que transcurría junto a la hacienda de Román de la Varga. En estos momentos, conforme lo cuento, soy consciente de la similitud de las heridas entre los pobres animales y los soldados asesinados; pero el tiempo transcurrido es mucho, y en aquel momento no se sabía nada de los asesinatos de militares; de ser el mismo autor, comenzó a mostrar su maldad a una edad muy temprana —el doctor Albert miró fijamente a los militares y expresó su preocupación—:

»Si ambas historias tienen relación, nos encontramos ante un individuo muy peligroso, un animal sediento de sangre cuya execración va más allá de lo imaginable. Espero, sinceramente, que lo encuentren antes de que haga daño a más gente.

El anciano doctor se levantó de su mesa, los jóvenes le imitaron. El doctor les tendió la mano y se despidió de ellos.

—Ahora, si me lo permiten, tengo una consulta que atender y que no puedo demorarla más.

—Faltaría más, ha sido usted muy amable y cortés.

256

Don Jesús llamó a gritos a la mucama:
—¡Yemayá, acompaña a los señores a la salida!
Como antes, la ayudante apareció de repente sorprendiendo a los tres. Con una sonrisa les dijo:
— Acompáñenme, por favor.

Una vez fuera de la consulta, montaron a caballo y siguieron las indicaciones que le habían pedido a la mucama para dirigirse al destacamento. Saludarían al jefe de este, entregarían las monturas y se despedirían de los soldados que les habían ofrecido escolta. Desde Güines podrían coger el ferrocarril a La Habana. José tenía mucho que procesar con la información que había recabado sobre el caso. Intuía que la solución estaba en La Habana y cuanto antes llegara a la capital más pronto se podría resolver el caso.

Capítulo 28
«Vuelta a La Habana»
1892

Críspulo y sus compañeros habían seguido al grupo desde su salida de Puerta de la Güira hasta su llegada a Güines; cuando el pequeño destacamento llegó a Quivicán, esperaron desde una loma donde podían observar los movimientos de los españoles en el fuerte de la localidad.

Al cabo de un par de horas, emprendieron la marcha de nuevo en dirección este, hasta que llegaron a Güines. Sabedor de que sería más difícil seguirlos dentro de la ciudad, y no queriendo llamar la atención, se dispusieron a continuar la persecución a pie viendo como el grupo aminoraba la marcha al entrar en la urbe.

Desde la esquina de una callejuela cercana, vio que el médico y el militar que le acompañaba descabalgaban frente a la puerta del Ayuntamiento y entraban en él mientras los miembros de la escolta permanecían a caballo esperando. No tardaron mucho en aparecer y, después de cruzar unas palabras con el cabo al frente del grupo armado, se separaron.

El mulato decidió que uno de sus compinches siguiera a la escolta mientras que él y el ñáñigo que le acompañaba vigilarían a los dos oficiales. Por suerte, estos iban despacio conversando uno junto al otro y no prestaban atención a su entorno. «Sería fácil terminar con ellos ahora, pero no tengo claro que pudiéramos salir con vida. En Güines hay muchos militares» —pensó airado—. Continuó el seguimiento durante unos minutos hasta que observó que los jinetes que le precedían giraban a la izquierda y se dirigían a una casa alargada, de una planta, con un porche delantero al que una tejavana proveía de sombra, y en la que un cartel señalaba que el local era el dispensario municipal.

Paró en la esquina de la calle, fuera de la vista de los militares, y le dijo a su compañero:

— Dos personas juntas aquí sin moverse llaman mucho la atención. Ahí, a la derecha, se encuentra el mesón La Guayabera*. Te espero allí; cuando salgan, mándame aviso con cualquier chamaco. No hay que perderlos de vista.

Giró con el caballo cogido de las riendas y se encaminó en dirección al local; el ñáñigo se resguardó en el quicio de una puerta junto a la esquina y se aprestó para una larga espera.

Pasaron casi dos horas antes de que la puerta del dispensario se abriera de nuevo; por ella salieron los dos militares seguidos de una negra grande que los despidió con una sonrisa.

Antes de que bajaran del porche, Quayo, que así se llamaba el cimarrón, cogió del cuello a un chico que pasaba a su lado. El muchacho miró con espanto la fea cara que le miraba desde arriba con una sonrisa cruel que mostraba unos dientes amarillentos por tanto mascar tabaco.

---

* Prendas de vestir masculinas que cubren la parte superior del cuerpo, similares a una camisa y generalmente confeccionadas con mangas largas. Van adornadas con alforzas verticales y, a veces, con bordados, y llevan bolsillos en la pechera y en los faldones. (Fuente: Wikipedia).

—¡Escucha, chamaco! Acércate al mesón La Guayabera y busca a un tipo alto y muy delgado, vestido de oscuro; sólo dile que se van ya. No hagas una *guanajada***, porque luego te vas a arrepentir.

El muchacho asintió asustado y, cuando el negro le soltó, corrió como si le fuese la vida en ello. Quayo le vio marchar un momento y después retomó la vigilancia.

Afortunadamente, los dos militares se tomaron su tiempo para montar de nuevo y apartarse de la vivienda; conversaban animadamente gesticulando de vez en cuando. El ñáñigo observaba sus grupas alejarse cuando vio aparecer desde el otro lado a Críspulo montado a caballo. Sin decir una palabra, apuntó con la barbilla hacia los militares, que se alejaban por la calle principal.

Montó a su vez su cabalgadura y se sumó al mulato en el seguimiento de los españoles.

*****

José cavilaba sentado en el compartimento del tren Con la información recabada decidieron que lo más importante era volver en seguida, y para ello, habían sacado dos billetes para el nuevo ferrocarril que comunicaba Güines con La Habana.

Habían conseguido unos asientos sin nadie a su alrededor, por lo que podrían tratar el tema con tranquilidad.

** En cubano coloquial: tontería, necedad.

La información del doctor Albert le había dejado una sensación extraña; tenía la impresión de que algo en su subconsciente le reclamaba más atención sobre la conversación; en algún momento desde el comienzo de la investigación, alguien había hecho referencia a algo que guardaba relación con lo descubierto en Güines, pero no recordaba cuándo ni quién lo dijo —«No importa» pensó mientras se acomodaba en el asiento, «lo recordaré tarde o temprano»—. Observó a su compañero Esteban; durante todo el viaje había permanecido a su lado escuchando las entrevistas y, tras finalizarlas, comentando qué aspectos podrían ser más relevantes de las mismas. De mente ágil y despierta, el joven militar ofrecía posibilidades de acción y planteaba líneas de investigación alternativas.

El militar observaba atentamente el camino por el que transitaba el tren; las plantaciones se encontraban en plena faena con los esclavos recogiendo el fruto del campo o acarreándolo hacia las carretas bajo la atenta mirada de los capataces; parecía que en esta tierra el tiempo se hubiera detenido y no hubieran pasado más de veinte años desde el comienzo de las hostilidades. Sin embargo, se percibía un fuego interior, una urgencia por abandonar su condición subordinada que se manifestaba en la ardiente mirada que les dirigían a los vigilantes algunos esclavos cuando pensaban que no los miraban.

Absorto en sus pensamientos, que se tornaban sombríos por instantes, decidió dejar por un momento sus preocupaciones a un lado y pensar en cómo sería su reencuentro con Jimena; una leve sonrisa apareció en su boca y, con ese pensamiento alegre, cerró sus ojos y esperó el final del viaje.

Críspulo, en el vagón anterior, había podido coger el convoy justo a tiempo. Descabalgó en marchay tiró las riendas a su compinche mientras corría los últimos metros para acceder al andén y cogersea la barandilla del vagón de cola. Avanzó por el vagón hasta ver, a través de la puerta de separación, las gorras de los uniformes de sus objetivos; se sentó observando el pasillo para poder percatarse de cualquier movimiento que los militares hicieran, y caviló sobre los pasos a seguir.

Intuía, ¡no!, ¡sabía! que ese hombre era un problema para él; no solo porque estuviera detrás de la investigación de los crímenes, sino porque había una conexión entre él y Jimena, algo que trascendía de antesy que podía impedirle llegar a la joven cantante. Su obsesión por ella, el recuerdo de las canciones desu madre con él apoyado en su regazo mientras le acariciaba la cabeza, provocaban en el mulato un deseo irresistible por ser el único beneficiario de los sentimientos de la joven. —«¡Si no era de él, no sería de nadie!»; la pasión y la furia incontrolables colocaban un velo rojo sobre sus ojos y lo dejabanciego a cualquier otro sentimiento.

Decidió mantenerse a la expectativa y proseguir el seguimiento para descubrir hasta qué punto habían llegado los militares; si consideraba que su seguridad peligraba por acercarse mucho a él, lo eliminaría sin contemplaciones.

Algo más sereno, bajó el sombrero sobre la cara para ocultarle parcialmente los ojos y esperó pacientemente como una serpiente que acecha al roedor antes de lanzarse sobre él para engullirlo.

*****

Cuando llegaron a la estación de Villanueva, se desplazaron dejando a su espalda la parte vieja de la ciudad en dirección a la Subinspección de Sanidad; el teniente coronel Ortigüela querría saber si el viaje había sido productivo.

El ayudante no les hizo esperar en la antesala; nada más verlo, le indicó a Esteban que se sentara, señalando una silla junto a su mesa, y con un gesto a José le indicó que le acompañara hacia la puerta; tocó con los nudillos brevemente y, sin esperar, abrió.

—Mi teniente coronel, ha llegado el capitán Sánchez.

Se apartó para dar paso al oficial médico y volvió a cerrar la puerta tras él; José observó como Ortigüela levantaba la vista de los papeles que estaba leyendo y lo miraba con esa forma de observar que parecía estar traspasándote. Con voz grave ordenó:

—Acérquese, Sánchez, y tome asiento. ¿Qué novedades me trae?

—A la orden, mi teniente coronel. Terminamos de llegar desde Güines después de haber ido a Puerta de la Güira; allí fuimos atacados por un grupo de insurrectos...

—Eso me comunicaron desde el cuartel general y no es habitual, aunque el ambiente esté enardecido.

—Desconocemos el porqué; en Güines nos reunimos con el médico municipal, que nos relató las características de los muertos en su demarcación y alguna historia sobre la que quiero profundizar. Tenemos un perfil, aún desdibujado, del asesino, pero debo investigar más antes de pronunciarme; sin embargo, estoy convencido de que hemos hecho avances significativos.

Ortigüela toqueteó su afilada barbilla, y tras unos segundos de silencio respondió:

—Bien. Prosiga usted, Sánchez, con la investigación. ¡Tráigame pronto resultados!, ¡el general está impaciente, la tropa habla y los mandos tienen que imponer disciplina férrea para calmar los rumores!

—José permaneció en silencio; el teniente coronel continuó—. ¡Quiero un informe diario de sus avances! ¡Retírese!

El joven capitán se levantó y, tras saludar militarmente, se dio la vuelta y salió del despacho; allí le esperaban Esteban y el comandante ayudante. Este dijo:

—No se preocupe, capitán, el teniente coronel está muy presionado por la superioridad. Siga con lo suyo y manténganos informados. ¡Buena suerte!

Desde la tasca situada en la esquina de la calle de la Estrella, Críspulo observaba atentamente los movimientos que se producían en el edificio del hospital controlando las entradas y salidas por las puertas principales del complejo; sentado en la mesa con su vaso de ron pensaba, con un cierto deleite por el sufrimiento que iba a provocar, en la forma en la que terminaría con aquel soldado que, estaba convencido, le iba a causar serios problemas.

Al cabo de media hora, vio que los oficiales salían y se encaminaban en dirección al acantonamiento de las ambulancias; el mulato dejó unas monedas sobre la mesa y se dispuso a seguirlos. Cuando llegaron hasta el portalón del cuartel, el otro oficial entró mientras que el joven oficial giraba a la izquierda en dirección al hospital de la Beneficencia.

Dispuesto a proseguir el seguimiento, fue unos metros detrás de él. Al llegar al hospital, los soldados de guardia se cuadraron respondiendo el joven al saludo; luego penetró en el interior. El mulato decidió que ya conocía suficiente por donde se movía su objetivo y se dirigió, esta vez sin prisa, a la que fuera la casa de su madre. Allí descansaría y, por la noche, volvería a buscarlo. La Habana no era lo bastante grande como para ocultarse de él.

José atendía las novedades y comentarios que le planteaba la jefa de enfermeras del hospital pero sus pensamientos se iban hacia Jimena, a la que deseaba ver cuanto antes. Por suerte, la situación de los soldados ingresados era estable y la mayor parte pronto serían dados de alta. Con unas palabras de ánimo se despidió de la monja, salió del hospital y giró hacia el norte en dirección a la vivienda de don Benigno y doña Marisa.

Cuando llegó, se encontró al matrimonio en el salón; él leía con atención el periódico y le comentaba las novedades que venían de la península a su esposa, que se encontraba a su lado terminando una labor de ganchillo. Cuando le vieron en el umbral de la habitación, le recibieron conuna sonrisa afectuosa.

—¡Don José, bienvenido! ¿Qué tal le ha ido el viaje?

—Tiene mala cara, ¿le ha pasado algo malo? —solícita, doña Marisa ya hacía cábalas sobre las calamidades por las que hubiera podido pasar.

José, al verla de esa manera, la tranquilizó:

—Estoy bien, doña Marisa; solo un poco cansado después de un par de días de cabalgar. Doña Marisa suspiró con alivio mientras su marido cabeceaba afirmando con satisfacción:

—Ya sabía yo que no iba a pasarle nada.

José aprovechó el momento y, mirando a la mujer, le dijo:

—Por cierto, doña Marisa, quería agradecerle sus atenciones a usted y a su marido, y, si me lo permiten, invitarlos esta noche al teatro para ver la actuación de la cantante.

—Mucho se interesa usted por la cantante don José —el anciano sonreía con mirada pícara—. En serio, no tiene usted por qué invitarnos; ya lo hizo la otra noche...

—Insisto. Me gustaría mucho que me acompañasen. La otra noche, por las circunstancias que se dieron, no pudieron disfrutar de la velada como se merecían y estaría feliz si me dejaran repetir la invitación.

Don Benigno observó a su mujer que estaba deseando aceptar y, sabiendo lo aficionada que era a lamúsica, miró al militar y le dijo:

—De acuerdo. Sea pues, pero nosotros le invitamos a cenar. Si no, no podemos aceptar sugenerosidad.
José, observando el orgullo en la mirada del anciano, le respondió:

—Acepto de corazón su invitación, don Benigno. Si me lo permiten, voy a cambiarme de ropa y a salir para hacer unas gestiones. Podemos reunirnos para salir aquí, en casa, a las siete.

Con una sonrisa de satisfacción, ufano por haber

impuesto su condición, don Benigno volvió a abrir el periódico y se enfrascó de nuevo en la lectura; doña Marisa, satisfecha, siguió con su labor. José los miró y, sonriendo también, se encaminó a su habitación.

Capítulo 29
«Días felices»
1892

Las campanadas de la iglesia cercana tañían para llamar a los fieles a misa de doce, cuando José salió de casa de don Benigno y, tras parar un carruaje, ordenó al cochero que se dirigiera al teatro La Lonja. Mientras recorría la calzada de San Lázaro en dirección al barrio antiguo, pensaba en qué forma debería plantear la conversación con Jimena; la otra noche, en el teatro, la impresión que le causó verla no le permitió hacer las cosas como él hubiera querido. Sin embargo, le confortaba saber que el pianista, Germán, era amigo de ella y se mostró amable en todo momento y conocedor de las circunstancias que rodearon el incidente de Lisboa.

El cochero enfiló la calle O´Reilly y llegó a la plaza de armas de la capital. Dos golpes de bastón en el techo del vehículo bastaron para que este detuviera el vehículo; el oficial descendió y le entregó unas monedas al conductor. Con paso más firme de lo que se sentía por dentro, se dirigió a la entrada del teatro. Allí, un joven negro limpiaba con entusiasmo los zapatos de un hacendado; uno de ellos brillaba capturando la luz del sol del día. El terrateniente, indiferente al trabajo del joven, ojeaba la prensa. José se dirigió al muchacho:

—Buenos días, ¿sabes si Germán, el pianista, está

dentro?

—No lo he visto salir, señor. Debería ir por la puerta de artistas. Allí le informarán. —El joven siguió pasando el cepillo con afán sobre el cuero del zapato.

De vuelta sobre sus pasos, se encaminó hacia el callejón posterior del teatro. Un anciano de pelo ralo y cano, mascando tabaco, le sonrió con una boca en la que faltaban más dientes de los que todavía conservaba. Cuando repitió la pregunta, le respondió:

—Está dentro.

Viendo que no le ponían obstáculos, José se adentró en las entrañas del teatro y, pasando entre bambalinas y estrechos pasillos llenos de cajas, barriles y cuerdas llegó a una puerta lateral que se abría al patio de butacas del teatro; sentado en un taburete junto a la barra del fondo, estaba Germán manteniendo una conversación con el camarero mientras degustaba una bebida.

—Buenos días, Germán. —José se sentó a su lado mientras pedía al camarero que le sirviera una bebida.

—¡José! ¡Ya ha vuelto! —el músico le miró afectuosamente—. ¿Cómo le ha ido en el viaje?

—Bien, creo que muy bien. Veo el local tranquilo —el joven médico se removió inquieto en el asiento—, ¿sabe si Jimena está hoy en el teatro?

Germán sonrió y le respondió:

—Sí, se está preparando para que ensayemos una nueva melodía que estrenaremos esta noche —mantuvo la sonrisa mientras le miraba a la cara—. ¿Acaso quiere que la llame?

José se sonrojó de igual manera que hacía de joven cuando le pillaban en alguna travesura; con voz baja respondió:

—No le importaría, ¿verdad?

Atento a los gestos del militar, Germán no pudo evitar soltar una carcajada viendo los ojos temerosos del joven que anhelaba una respuesta afirmativa.

—¡Claro que no! De hecho —esta vez su sonrisa mostró un aspecto más pícaro—, me ha preguntado todos los días por si le había visto.

Con una carcajada y una palmada en la espalda de su nuevo amigo, se adentró en el teatro para buscar a la cantante y comentarle la llegada de cierto visitante al que querría ver.

De vuelta al salón, tras cumplir el encargo, Germán, hizo un gesto al militar y le indicó que le siguiese. Se movieron entre tramoyas y bultos hasta llegar al pasillo de camerinos; allí se dirigieronal fondo de este. En una puerta a la izquierda, un rótulo mostraba el nombre de Jimena.

—Bueno, José, me despido de usted. Si le apetece, cuando termine, estaré en el salón ensayando con el piano. No se vaya sin decirme adiós.

Miró la espalda del músico mientras se alejaba y, con el corazón acelerado, llamó a la puerta.

—Adelante.

Entró en el camerino; frente al espejo se encontraba Jimena retocándose el cabello. Él apreció que también su amada estaba nerviosa por la forma en la que movía sus manos alrededor de la cabeza; parecían colibríes sobrevolando su cabellera sin parar quietas en ningún momento.

—Jimena...

La joven lo miró y su corazón, como en la anterior ocasión cuando se reencontraron en el salón, pareció pararse de pronto.

—José…, por favor…, siéntate.

El médico se acomodó en un sillón junto al tocador buscando la forma de comenzar la conversación. Sin embargo, Jimena siguió hablando:

»Antes que nada, quiero que sepas que lady Dowsett me entregó la carta que le hiciste llegar por mediación de don Carlos de Oliveira —ella le miro directamente a los ojos apareciendo en estos un brillo que mostraba la intensidad de sus palabras—. Sólo lamento que no pudiéramos vernos una última vez para despedirnos.

»Vi días más tarde a don Carlos y me confirmó que, por defender mi honor, te batiste en duelo con un joven conde muy bien considerado por la corona, y que, probablemente, esa fuera la causa de que pidieran "amablemente", que salieras del país. Los duelos entre jóvenes no son infrecuentes, pero este en particular molestó a alguien muy cercano al rey.

»Me hubiera gustado decirte lo profundo que eran mis sentimientos.

Él la escuchaba en silencio observando el movimiento de sus labios pendiente de cada una de las palabras que salían por su boca.

»Cuando te vi la otra noche en el teatro me quedé tan impactada como tú; no puedes ni imaginar cómo me sentía cuando terminé la canción y me retiré aquí. El corazón —se llevó una mano inconscientemente a su pecho— quería salírseme del cuerpo. Por eso le pedí a Germán que saliera a verte y saber de ti.

José intervino en la conversación:

—Parece un buen hombre. Conmigo fue muy amable y atento. Incluso, hoy, cuando le he saludado, me ha tratado con una confianza y amabilidad muy de agradecer no conociéndome casi.

—Es una gran persona, sí. Me lo presentó Juan, el promotor teatral que me convenció para venir a Cuba a cantar, y en la travesía su saber escuchar me hizo abrirle mi corazón y contarle lo que sucedióen Lisboa.

José la miró a los ojos queriendo ver en el fondo de ellos la respuesta a la pregunta que le iba a formular a la joven:

—Jimena…, sabes que lo que sentía por ti eral real y, después de unos años, esos sentimientos siguen en mi corazón. No te he olvidado y no ha pasado un solo día en mi vida en el que no haya pensado en ti… ¿me darías otra oportunidad para demostrarte mi amor?

La mujer lo contempló conmovida; él, prácticamente, se había puesto de rodillas frente a ella esperando su respuesta. No pudiendo aguantar más su deseo de responder, le dijo mientras lolevantaba cogiéndole las manos mientras lo atraía hacia ella:

—Sí, José. Yo también te amo y no te he olvidado.

Se fundieron en un largo y tierno beso que les hizo olvidar todo lo que existía a su alrededor. En ese momento, sólo existían el uno para el otro y nada en el mundo los separaría de nuevo.

Pasaron de nuevo por el salón para despedirse de Germán antes de irse del teatro; por las caras que vio, el músico sonrió satisfecho de que su labor como Celestina hubiera terminado tan satisfactoriamente. Jimena le besó en la mejilla y con el sonrojo en el rostro le musitó al oído:

—Gracias por todo, Germán.

Él le apretó cariñosamente el brazo; contempló a José y le guiñó el ojo. El joven médico le sonrió; sabía de sus buenas intenciones y por ello siempre le estaría agradecido. Se dieron la vuelta y se encaminaron hacia la salida del local.

Los enamorados se encontraron en la plaza de armas de la capital; el cielo, confabulado con su felicidad, se mostraba claro y límpido de nubes, el sol brillaba en lo alto bañando a las personas que paseaban con su calor. José paró un quitrín que pasaba delante del teatro; ayudó a subir a Jimena y señaló al conductor:

—Al Castillo de la Punta.

El cochero asintió y azuzó al caballo para que girase a la izquierda y tomar el largo que le llevaría por la vía Notaria a la parte norte de la ciudad vieja; José le iba explicando a la joven cuáles eran los edificios más importantes por los que iban pasando. El paseo transcurría entre explicaciones y risas; el cochero llegó a la puerta de la Punta y atravesó el arco sobrio que se cerraba por las noches merced a dos gruesas puertas de madera tachonada de clavos de hierro; al atravesar la muralla, Jimena inhaló con sorpresa, emocionada ante lo que se mostraba ante sus ojos: el poderoso Castillo de la Punta se apreciaba con claridad en medio de una ligera elevación. Su posición privilegiada ofrecía una visión sobre el mar que le permitía defender la zona si se producía algún tipo de ataque marítimo en la cara norte de la isla; en el interior, el terreno llano sobre el que se erigía le permitía asimismo defenderse de un posible ataque que viniera desde la propia ciudad.

Se apearon del carruaje y, tras darle unas monedas al cochero, se alejaron del vehículo y se dirigieron al malecón; allí contemplaron cómo las olas batían contra los muros levantando una espuma blanquecina que humedecía sus mejillas. La sensación de tranquilidad y el entorno que los rodeaba hacían, si cabe, más feliz su reencuentro.

Almorzaron en un pequeño café situado en la calzada de San Lázaro. Sentados frente al mar, recordaron sus vivencias en Lisboa y de qué manera estas les acercaron; cómo florecieron sus sentimientos, etc. Jimena le relató lo que sucedió después de su marcha, y que, forzada por las circunstancias y la maledicencia de algunos personajes de la corte, aceptó la invitación de lady Dowsett para marchar a Londres. Una velada en casa de unos amigos de su amiga inglesa a la que fue invitada, fue el comienzo de su carrera como cantante.

Se le pidió que interpretara una melodía, y ante el éxito obtenido, un amigo de la anfitriona le sugirió que su futuro podría estar vinculado a la música, además de que le permitiría olvidar las circunstancias que la habían hecho salir de su país, era una forma de comenzar de nuevo, de crearse a sí misma otra vez sin dependencias ni lazos que la ataran a nada ni a nadie.

José la escuchaba embelesado por la voz de su amada y, al mismo tiempo, triste al comprobar los obstáculos que habían tenido que superar para sobrevivir de nuevo en circunstancias adversas.

—Jimena —José la miró a los ojos cogiendo sus manos entre las suyas—, ahora que te he reencontrado te aseguro que nunca más volverás a estar sola.

Ella lo contempló; vio su emoción en el brillo de sus ojos y percibió, sintió la sinceridad de sus palabras. Con una sonrisa le respondió:

—Lo sé. Desde que te vi, supe que la vida me daba

una segunda oportunidad y no quiero desaprovecharla. Aquí somos libres y podemos comenzar de nuevo juntos.

Apretando sus manos con cariño José le devolvió la sonrisa; al mirarse, comprendieron que harían lo que hiciera falta para que este momento no se terminase nunca. Se levantaron; José paró un carruaje que transitaba por la vía y miró a Jimena. Esta, ruborizada, dio su dirección al cochero. Al llegar, se apearon y subieron los escalones hasta la puerta. Jimena la abrió y tendió la mano al médico; José la tomó y juntos penetraron en la vivienda.

En la esquina de la calle, Críspulo, que los había seguido, observaba con los ojos encendidos de rabia como su enemigo y su amada entraban en la vivienda de esta; algo se rompió en su interior y una fría determinación ocupó desde ese momento su cabeza y su corazón.

*****

En el salón de don Benigno, José, que había regresado eufórico, les comentaba a sus amigos lo acaecido en el día; ella sonreía con su labor de ganchillo en las manos; él, con el periódico sobre el regazo, escuchaba atentamente las explicaciones del joven.

—Veo, don José, que está usted emocionado; me alegro por ustedes.

—Lo cierto, don Benigno, es que me siento feliz. Creo que, por fin, podremos cumplir nuestro sueño de antaño. —Miró a la señora y con una sonrisa le dijo:

—Doña Marisa, si no se da prisa, nos vamos a perder la nueva canción que se estrena hoy. La señora con una exclamación se levantó del sillón diciendo:

—¡Cómo son ustedes, no tardo nada!

Las carcajadas aún resonaban a su espalda cuando subía las escaleras para acudir a su dormitorio.

Anochecía cuando el carruaje los dejó frente a la puerta principal del teatro; los alrededores bullían de actividad, la gente se arremolinaba junto a las entradas para poder elegir un sitio preferente donde apreciar la actuación. Un empleado del local, al ver a José y a sus acompañantes, se dirigió hacia ellos.

—¿Don José Sánchez?

—En efecto, soy yo.

—Permítanme que los acompañe a sus localidades.

El camarero les precedió y, después de penetrar en el vestíbulo, atravesaron las segundas puertas que les ofrecían acceso al interior del teatro. Las mesas estaban ocupadas en su mayor parte aun siendo una hora temprana para el comienzo del espectáculo; algunas personas se ajustaban unas a otras en la barra al fondo del salón para aprovechar y disfrutar al mismo tiempo de música y bebida. Sorteando las mesas los acercó al escenario; se detuvo junto a una mesa vacía y les dijo:

—Don Germán les ha reservado esta mesa para usted y sus amigos. Espero que disfruten del espectáculo. Ahora mismo les traen las bebidas.

Benigno y Marisa sonreían satisfechos por las atenciones que les deparaban.

—¡Caramba, don José! ¡Esto es tener influencias! El

joven, azorado, sonreía tímido.

—Lo cierto es que Germán se ha portado conmigo estupendamente desde que nos conocimos. Debo agradecerle mucho su cordialidad —los miró con una sonrisa amplia—. ¡Vamos a disfrutar de la velada!

Observó a su alrededor y comprobó que las mesas estaban todas ocupadas, así como los fondos del salón y la barra; las luces se atenuaron y cobraron intensidad las que delimitaban el proscenio. Germán entró en el salón y se sentó frente al piano; sobre el escenario apareció Jimena con las manos cruzadas sobre el regazo, cuando comenzó a sonar la música, dio unos pasos para acercarse al público y comenzó a cantar:

«En el fondo del mar nació

la perla; y en alta roca, la

violeta azul;

y en las nubes, las gotas de rocío,

y en mis ensueños y en mis ensueños, tú.

Murió la perla en imperial

corona;y en búcaro gentil,

la mustia flor; y en

brillantes vapores, el rocío;

y en tu memoria y en tu memoria, yo.»*

El público se puso en pie aplaudiendo a la cantante; algún "bravo", aislado acompañaba el aplauso de los asistentes.

Jimena, sin dejar de cantar, se acercó al borde del proscenio y repitió la última estrofa mirando a José y sus acompañantes con una sonrisa de felicidad.

---

*Habanera titulada "La perla" atribuida a Eduardo Blasco y Zapata en el Siglo XIX. Un experto en Gustavo Adolfo Bécquer, Rafael Montesinos, considera que se trata de un poema del poeta sevillano.

Este la miraba embelesado con los ojos brillantes por la emoción y una expresión de alegría y dicha en el rostro.

«Murió la perla en imperial
corona; y en búcaro gentil,
la mustia flor; y en
brillantes vapores, el rocío;
y en tu memoria y en tu memoria yo.»

En la mesa al fondo del salón, donde se encontraba sentado, Críspulo observaba las miradas que se cruzaban entre Jimena y José. Durante semanas había intentado acercarse y adamar a la cantante buscando su aprobación; en ese momento fue consciente de lo poco que había logrado: una sonrisa forzada, un gesto amable, aunque ofrecido con desgana. En los ojos de ambos vio una conexión que él nunca tendría por parte de la joven. Eso hizo que ese fuego interior que le consumía a diario, esa caldera de pasiones que ardía dentro de él y que intentaba controlar para que la gente no pudiera reconocer en él al animal feroz, al depredador que era, se desbocase por fin en sus venas mientras una quemazón fruto del odio que sentía recorría su interior. Su cara se descompuso y se ofreció tal como era: los ojos refulgentes, con una mirada gélida que congelaba el corazón de quien los mirara; los labios apretados y finos con un rictus que le hacía semejarse a una hiena.

Críspulo, mientras observaba a la pareja con desprecio, decidió en ese preciso momento que primero mataría a la cantante para que el militar

sufriera ese dolor enorme que se siente por la pérdida
de un ser querido; la cazaría de la misma manera que
había hecho con los otros, y luego, eliminaría al
gachupin pero de una forma más lenta, disfrutando de
cada momento de vida que le fuera robando hasta que
dejara de respirar.

Capítulo 30
«Las piezas encajan»
1892

La actuación de Jimena terminó de una forma apoteósica; los asistentes se abalanzaron hacia el escenario mientras prorrumpían en vítores y gritos de aliento. La cantante, emocionada, agradeció al público con gestos sus aplausos y descendió del proscenio para mezclarse entre ellos y saludarlos aprovechando también para acercarse a la mesa donde se encontraban José y sus amigos. Al llegar junto a ellos, José le apretó dulcemente la mano.

—Felicidades Jimena, tu actuación ha sido soberbia. La artista le sonrió agradecida.

La gente se fue apartando para crear un pasillo por donde la cantante se pudiera retirar hacia los camerinos; José se ofreció a acompañarla mientras se despedía de sus amigos.

Críspulo contemplaba atento los movimientos de la pareja. ¡No! Ese no parecía el mejor momento; pero, probablemente, cuando se despejase el teatro, podría actuar.

José observó por el rabillo del ojo la manera como se acercaba a ellos Juan Blázquez, el promotor. Con una amplia sonrisa en la cara, que denotaba la satisfacción que tenía, el empresario se colocó a su lado para ayudarle a llevar a Jimena al camerino.

—¿Qué le ha parecido, don José? ¡El nuevo tema ha

sido un éxito rotundo!

José afirmó sin palabras, mientras se preocupaba de liberar a Jimena de las personas que la rodeaban. La cantante observó que el promotor tenía ganas de entablar conversación con su amado y, con una sonrisa, le dijo:

—José, quédate con don Juan. Yo voy a saludar y a atender a las personas que han acudido hoy a verme. Cuando terminéis, te espero en el camerino.

El médico asintió y miró al empresario; este, con una amplia sonrisa de satisfacción, le dijo:

—Vamos, don José, vamos a la barra y le invito a una copa.

Sentados uno junto al otro, disfrutaron unos momentos de la bebida que el camarero, solícito, había colocado frente a ellos. Don Juan comenzó a hablar:

—El éxito de Jimena está asegurado; la habanera de hoy va a sonar en toda la isla muy pronto. Su triunfo me recuerda, como le iba a contar, a una cantante a la que conocí cuando apenas era yo un joven de su edad que se embarcaba en su primera andadura en el mundo del espectáculo. Cantaba como los ángeles, Regina era su nombre. ¡Qué mujer, por Dios! Cuando comenzaba a cantar, paraba el mundo a su alrededor, algo muy parecido a lo que consigue Jimena con sus melodías.

»Regina se enamoró perdidamente de un terrateniente español; lamentablemente, como algunas de las historias de amor más ardientes, esta acabó en tragedia. Mientras el hacendado que la galanteaba triunfaba en sus negocios, la colmó de atenciones y halagos. ¡Hasta tuvieron un hijo! Por desgracia para Regina, el tal Román, pues ese era su nombre, no lo

282

reconoció, aunque les compró una pequeña vivienda en las afueras de la ciudad.

»El destino le jugó al español una mala pasada y su ingenio comenzó a perder producción, y con ello, contratos y negocios; pronto se encontró entrampado, con deudas que no podía cubrir, por lo que tuvo que ser Regina quien saliera adelante con su hijo sin recibir ayuda de él.

»Al descalabro económico, le siguió un comportamiento totalmente inadecuado por parte de un caballero; los malos tratos comenzaron pronto y las amenazas, primero veladas y luego de forma franca, llegaron. El niño sufría los malos modos del padre y era golpeado con el cinturón sin que mediase motivo alguno.

»Un día, su comportamiento fue tan brutal que el niño, con tan sólo diez u once años, se armó con un cuchillo de cocina y, para defender a su madre, le rajó el brazo. No se produjo una desgracia ese día en la casa, de puro milagro. A partir de ahí, la propia Regina me decía que el niño había cambiado; se volvió mucho más taciturno y sombrío, cuando venía al teatro acompañando a su madre, apenas hablaba con nadie. En el colegio habían recibido quejas sobre el comportamiento del muchacho, decían de él que era agresivo y violento con sus compañeros. Cuando venía al teatro, se sentaba en una esquina del salón y se limitaba a escuchar a su madre, era el único momento en el que parecía que se encontraba bien, en paz consigo mismo.

José se había mantenido sentado, en silencio, concentrado en la narración de Juan.

»Lo último que supe del padre fue lo que me dijo un

cliente habitual del teatro. Se lo encontró en una tasca de mala fama, totalmente desaliñado y andrajoso, sin afeitar y con aspecto demacrado, enganchado a una botella de ron. Lo había perdido todo y malvivía de la mendicidad, de la bondad de alguno de sus antiguos conocidos y de la rapiña; se le llegó a relacionar con algunos robos en casas de los comerciantes.

»Regina siguió cantando hasta muy tarde; prácticamente, murió en mis brazos. Consideré una obligación cuidarla, ya que fui quien la introduje en este mundillo e, incluso, llegué a pensar que el tal Román la atendería como lo que era, una señora.

José, en ese momento, se encontró mirando al vacío, ensimismado en sus propios pensamientos. Algo, un comentario de Juan había pulsado un interruptor en su interior. De alguna manera, las diversas piezas del puzzle, que llevaba en la cabeza cuando manejaba las diferentes informaciones que había ido recabando, no engarzaban bien entre ellas, por lo que la imagen que ofrecían era difusa y no le permitía avanzar en su investigación. Sin embargo, algo en los comentarios del promotor le hizo recordar la información con la que había vuelto de Güines. En aquel momento, el doctor Albert le contó una historia «no es una leyenda, pero tuvo mucho eco en la población y se habló mucho de ello», le comentó el viejo galeno, sobre un hacendado que vivió una intensa historia de amor y que se arruinó, un hombre impetuoso, capaz de someter a las personas con las que se enfrentaba a tratos vejatorios y violentos.

El militar reflexionó: «¿y si las dos historias son las mismas?, ¿y si el asesino tiene participación, de alguna manera, en ambas narraciones?».

Una frase de Juan le sacó de su ensimismamiento; miró al empresario y le preguntó:

—Perdóneme, don Juan. ¿qué estaba diciendo ahora mismo?

—¡Don José, ha vuelto!— con una sonrisa el promotor le dijo:

»Le veía distraído y no le he querido molestar. Le comentaba a Jimena que el hijo de Regina, un chico muy alto y delgado para su edad desapareció de La Habana poco antes del comienzo de la guerra de los Diez Años. En aquel entonces, como ahora, La Lonja era un punto de referencia y encuentro de la sociedad cubana; mientras disfrutaban de las canciones y diversiones, en las mesas se hablaba de política, economía, sociedad, etc. Yo llegué a ver en el salón a Carlos Céspedes y al gobernador Polavieja; eran tiempos diferentes en los que se hablaba más que se combatía y, sin embargo, poco después se produjo el levantamiento de Yara.

»Lo que le explicaba a usted era que el chaval fue otro motivo de sufrimiento para Regina; mientras su padre acudía a verlos, quiso siempre doblegarlo por la fuerza e imponerle sus ideas. Regina me dijo que Román le lanzaba con desprecio un real en cada visita pensando de esa manera que así compraba la voluntad y el cariño del niño; al revés, el niño nunca gastó nada; me decía la madre que guardaba las monedas y que, cada vez que el padre acudía a casa, se encerraba en su cuarto, lo que le costaba una paliza a base de cintarazos.

»Cuando era adolescente, se torció y en más de una ocasión hubo que buscarlo por las calles de la ciudad; incluso, le llegaron a implicar en la desaparición de un niño, hijo de un matrimonio de comerciantes españoles, que estudiaba en el mismo colegio, aunque no se pudo demostrar nada.

La mención a las monedas resonó con fuerza en el cerebro del médico. Las piezas giraban y se ajustaban conformando una imagen clara y definida del posible asesino. Miró a Juan y le preguntó:

—Don Juan, ¿ha vuelto a ver al hijo de Regina? Por cierto, ¿cómo se llamaba?

—Creo que le pusieron el nombre de Críspulo. No sabría decirle si lo he visto, porque mis recuerdos datan de cuando era mozo. Quizá le podría informar uno de los camareros que nació en la región del Mayabeque y le conoció.

José se envaró al recibir la información.

—¿Sabe si ese camarero ha trabajado hoy?

—Pienso que sí. Le informará, seguro, el encargado de la barra.

Don Juan contempló a José; vio al joven absorto, cavilando sobre lo que le terminaba de contar.

—Bueno, don José, veo que le he dado mucho en lo que pensar; le dejo que medite tranquilamente mientras atiendo a algunos conocidos —se dirigió al camarero:

—Sírvele al señor lo que te pida, paga la casa.

Con una afectuosa palmada en la espalda del médico, el promotor se alejó de la barra y se dirigió hacia un grupo de personas que, al verlo, levantaron la mano ostentosamente para llamar su atención. José contempló al barman, al que conocía porque habían coincidido junto con Germán en alguna ocasión, y que, hasta entonces, había estado organizando las bebidas y los vasos para la siguiente función y ahora se dirigía hacia él:

—¿Le sirvo algo, don José?

—Buenas noches, Ángel; no, gracias. Me dice don Juan que uno de los camareros proviene de la región del Mayabeque. ¿Sabes quién es?

—Sí, don José. Se debe usted referir a Julio, Julio Cintado. Mire, está junto al escenario limpiando las mesas —señaló con el dedo hacia un hombre moreno y corpulento que se afanaba sacando brillo a la madera.

José se encaminó en la dirección señalada por Ángel; al llegar junto al camarero, le preguntó:

—Me dice Ángel que te llamas Julio. ¿Tú eres del Mayabeque?

—Sí, señor. Nací en el valle de Güines, en una localidad cerca del río. —El hombre sonrió.

—¿Conoces a un hombre que se llama Críspulo, o algo parecido?

—¡Claro que lo conozco, señor! Críspulo suele venir al teatro casi a diario. Al ser oriundo de la zona, me pide que le reserve una mesa y, a cambio, me da unas monedas. Mire, precisamente aquel es el sitio en el que se suele sentar. —Señaló una mesa pequeña junto a una columna en la esquina del escenario, algo atrasada con respecto a la que ocupaban José y sus amigos.

—¿Y sois muy amigos?

El camarero dudó antes de contestar:

—Bueno, señor... Críspulo no tenía muchos amigos en la época en que lo conocí; era de un carácter muy cerrado. Los dos llegamos a La Habana de muy niños, pero, al ser unos años mayor que yo, no frecuentábamos los mismos lugares; en el colegio, por ejemplo, iba unos años por delante. Tenía fama de ser algo violento; además era muy alto y delgado para su edad, y parecía mayor, lo que nos asustaba un poco. Se habló en aquellos tiempos de un niño que desapareció y se creyó que pudiera estar relacionado con ello. No sé qué decirle, tenía una forma de mirar que asustaba, con un brillo cruel. Cuando se te quedaba mirando, podía darte miedo; ya sabe, éramos muy jóvenes.

—¿Y cuándo lo has visto por última vez?

—Hoy mismo. Me dejó un recado en la taquilla para que le guardase la mesa y le serví una botella como siempre. Cuando terminó el espectáculo, me he dedicado a recoger y ya no le he vuelto a ver.

—Gracias, Julio. No se vaya del teatro sin que yo hablé de nuevo con usted.

Se despidió y se dirigió hacia los camerinos. ¡El asesino estaba aquí! ¡Lo había tenido casi todo el tiempo cerca de él! Aceleró el paso, algo le decía que Jimena estaba en peligro.

*****

Germán sonreía satisfecho mientras se sentaba en su camerino delante de unas partituras tras abandonar el salón sin pararse con nadie. La nueva habanera había resultado todo un éxito y el público la había acogido muy bien; quería aprovechar el momento para realizar algunos retoques en la música de unas piezas que le habían facilitado algunos lugareños en sus excursiones por los pueblos cercanos a la capital. Con el material del que disponía, seguro que obtendría buenas canciones.

Animado por sus pensamientos, se levantó y salió del camerino en dirección al salón para coger la bebida y volver a trabajar.

Capítulo 31
«Enfrentamiento en el teatro»
1892

Críspulo esperó a que el salón fuera vaciándose. La impaciencia que sentía, esa rabia interior que le consumía le daba al mismo tiempo paciencia para contenerse, esperando el momento idóneo para que, cuando la sacase al exterior, mostrara cuán feroz y salvaje podía resultar. Veía a la cantante departir con la gente, sonriendo a unos y otros, moviéndose con gracia entre los corrillos de admiradores que querían cruzar unas palabras con la joven.

Inspirando despacio para calmar su ira, se apartó de los grupos que se habían formado de manera espontánea y se ubicó junto a una columna desde la que podía observar a la joven cantante sin ser visto por ella.

La gente se movía entre los distintos grupos saludando a los conocidos que habían decidido acudir a presenciar el espectáculo; Juan Blázquez sonreía a derecha e izquierda, e intercambiaba comentarios sobre la actuación de su protegida con los asistentes al evento; Jimena, por su parte, se mostraba amable con las personas que habían acudido a verla actuar. Al cabo de unos minutos, las miradas de ambos se entrecruzaron; el promotor se acercó a la joven y le comentó:

—Se te ve cansada, Jimena, ¿quieres que te

acompañe al camerino?

—Sí, por favor, son muchas emociones para el día de hoy.

Con una sonrisa comprensiva, don Juan le ofreció el brazo; la joven se colgó de él y se dejó conducirhasta la puerta lateral.

Después de unos minutos de atento escrutinio, Críspulo bajó la guardia y se dedicó a observar el trajín de la gente que pululaba por el salón; lo cierto es que las actuaciones de la joven cantante causaban sensación y, desde luego, eso suponía una mina para el dueño del local. Unos minutos más tarde fue consciente de que ni Jimena ni el promotor se encontraban allí.

Aprovechó un último momento de confusión en el salón con la gente buscando las puertas de salida, y los camareros ocupados con las mesas, para con el bastón firmemente asido, salir por la puerta del lateral y atravesar los pasillos que conducían a la zona de camerinos. Recorría el pasaje confiado porque ya había estado allí en otras ocasiones. Al llegar al pasillo que conducía a los cuartos de los artistas, se encaminó hacia la última puerta. Frente a ella, su cara se transformó en la del depredador que era. Esos rasgos se impusieron, ya sin tapujos, sobre su máscara de pasividad y apatía que había mostrado ante la sociedad; una sonrisa lobuna acentuó la crueldad de su expresión.

Jimena se encontraba sentada ante el espejo esperando la vuelta de José; unos toques en la puerta le hicieron girar la cabeza, esta se abrió y la cara de Críspulo, con un rictus cruel como nunca le había visto, la contempló. Cuando el mulato la vio, empujó la puerta con el bastón y penetró en la estancia. diciendo:

—Buenas noches, querida, ha sido una actuación sensacional. Lamentablemente, vengo a decirte que lo nuestro no va a poder continuar. Por eso, debes morir. —Sacó una navaja del bolsillo y avanzó hacia la cantante.

Juan, que se había levantado para servirse una copa, observó el reflejo del arma en la mano del mulato que acababa de entrar en el cuarto; sin pensarlo un momento, cogió la jarra de la mesa y la lanzó contra el criminal. Críspulo, que no se había percatado de que Jimena no se encontraba sola, sintió más que vio, cómo el recipiente se estrellaba contra su hombro; al romperse, las partículas de vidrio se esparcieron en todas direcciones, algunas de ella le rozaron la cara, lo que provocó varias heridas por las que manó la sangre.

La sorpresa del impacto hizo que soltara la navaja; cuando se agachó para recogerla, Juan se abalanzó sobre él. Aunque era más viejo que el mulato, su corpulencia y el factor sorpresa le permitieron empujar al asesino contra la pared mientras que subía la rodilla para alcanzarle en el vientre. Doblado por el golpe, Críspulo exhaló con dolor; con reflejos, extendió sus brazos y golpeó al empresario en el tórax haciendo que trastabillara y reculara. El mulato aprovechó el momento para agacharse y recoger el arma caída.

Juan sabía que no podía darle respiro, porque si le dejaba tiempo para pensar, los mataría a los dos. Observó a Jimena, que se había levantado sobresaltada al irrumpir el asesino en la habitación.

La joven, aprovechó el ataque de Juan para colocarse tras él. El promotor aprobó el movimiento de la cantante pues le permitía no tener que preocuparse de ella en mitad de la pelea.

Dio un paso adelante y saltó sobre el mulato abrazándole para que no pudiera usar sus manos; Críspulo, al sentirse aprisionado, tensó su cuerpo y tomó aire para, con un movimiento brusco de su torso, liberarse del abrazo, con espacio para moverse liberó su brazo derecho y golpeó con el pomo del bastón en la sien de Juan. Este, alcanzado por el impactó, cayó hacia atrás a los pies de Jimena.

Críspulo volvió a sonreír feroz y avanzó. Jimena retrocedió sobrecogida por el miedo; al hacerlo, tropezó con una silla volcada en el suelo y cayó hacía atrás tan infortunadamente que su nuca chocó con el lateral de la mesilla; inconsciente, quedó tendida, inerte sobre la alfombra. Críspulo llegó junto a ella y la observó con detenimiento; una idea surgió en su maquiavélica mente, y sin desaprovechar el momento, la levantó del suelo y salió del camerino con la cantante en brazos.

*****

Germán se encontró con José en la puerta de acceso al salón; su cara desencajada le indicó que algoandaba mal.

—¿Qué sucede, José? —preguntó el músico asustado.

— Tengo la horrible sensación de que el asesino que busco está aquí, en el teatro —José pasó a su lado sin detenerse; Germán le siguió—; acaban de decirme que han visto al hombre que busco hoy en el teatro durante la actuación, y tengo el presentimiento de que también es el responsable de las muertes de los militares.

Germán escuchaba atento a todo lo que le decía el militar cuando el estrépito en el camerino de Jimena llegó a sus oídos; oyó ruido de voces y cosas rotas, además de golpes; preocupado, adelantó al médico y entró en el camerino de la cantante. Al llegar, vio la puerta entreabierta; la silla del tocador, rota; y los muebles, desordenados. Al fondo de la habitación yacía boca abajo don Juan; la sangre manaba de una herida en el lateral de la cabeza. Buscó a su alrededor; su amor no estaba en el camerino. ¡Jimena había desaparecido!

Desesperado, se acercó al promotor y giró su cuerpo para verle la cara; notaba que su pecho oscilaba con la respiración: ¡estaba vivo! Con la ayuda de Germán lo recostó en la pared y, con pequeños cachetes propinados en las mejillas, intentó que volviera en sí. Este, aún aturdido por el impacto del golpe, gesticuló y se removió intentando evitar los golpes que lo sacaban de la inconsciencia. Sus ojos, vidriosos hasta entonces, fueron recuperando la claridad y las pupilas del empresario se centraron en lo que tenía delante. Vio que José y Germán se encontraban arrodillados frente a él.

—José..., ¡ha estado aquí! ¡Críspulo ha estado aquí! ¡Debía de ser él...! ¿Dónde está Jimena?

José le miró con desesperación; sus pupilas dilatadas mostraban el grado de excitación que le impelía en ese momento. Mirando fijamente al anciano, dijo:

—Cuando hemos llegado, estabas tú solo, tirado en esa esquina, sangrando por un golpe en la sien. No había nadie más en la habitación.

—Pero estábamos aquí los dos, Jimena y yo, comentando el éxito de esta noche...

—¿Qué ha pasado después?

—Sonaron unos golpes en la puerta, ésta se abrió y apareció un hombre al que reconocí por ser un habitual del teatro; como habíamos tenido hoy mismo una conversación sobre Regina y sus comienzos en el local, no me costó ver el parecido entre ella y el individuo. ¡Era su hijo, seguro!

»Amenazó a Jimena con hacerle daño y entró en el camerino; no se apercibió de mi presencia así que pude lanzar contra él una jarra; mi intención era dejarlo fuera de combate, pero no lo logré. Nos enzarzamos en una pelea y, durante unos momentos, pensé que lo lograría; lamentablemente, pudo zafarse de mi ataque y me alcanzó por sorpresa en la cabeza. Después de eso no sé nada más, debí quedar inconsciente en el suelo.

Germán, que había estado escuchando la conversación, cuando oyó decir que a Jimena se la habían llevado, se levantó y se dirigió a la salida sin decir nada. Al cabo de un par de minutos estaba de vuelta, con el lazo de la camisa suelto y agitado por el esfuerzo.

—Vengo de la entrada trasera del teatro; deduje que, con una chica en brazos, ese mal nacido llamaría mucho la atención. Me he acercado a la puerta de artistas y el encargado me ha confirmado que un caballero, un habitual del teatro, había salido con la señorita Jimena en brazos. Le había dicho que la pobre se había indispuesto de la emoción por la noche de hoy y que la iba a acercar a la consulta de un médico, que estaba a la vuelta de la esquina.

»He ido corriendo a la consulta y el doctor me ha dicho que no se ha movido de allí en toda la tarde y que no había acudido nadie del teatro.

José giraba la cabeza mientras miraba, primero al empresario y después a Germán, buscando una explicación a esta situación. Su cerebro ofrecía innumerables posibilidades y él las iba eliminando por imposibles o inconvenientes. Tomó aire para disminuir la agitación que le embargaba y, fijando su mirada en don Juan, le hizo callar con un gesto y le preguntó:

—Don Juan, lo que le voy a preguntar es muy importante. Intente concentrarse. Me ha dicho que le ha parecido reconocer al hijo de Regina, y usted me ha dicho esta noche que, prácticamente, la aupó desde sus principios hasta el estrellato como cantante. Sé que me dijo que ella vivía en La Habana, pero ¿recuerda dónde vivía?

El promotor le miró y, tras un momento de silencio, una pequeña sonrisa afloró en sus labios.

—Sí, creo que sí. Román, el terrateniente que la quiso retirar le compró una casa en La Habana Vieja, hacia el sur, después de la calle del Espíritu Santo..., ¡sí! —el empresario pareció renacer al recordar lo que buscaba en su cerebro—, ¡la casa estaba en la calle de los Desamparados, poco antes de los almacenes en la parte sur de La Habana Vieja!

—Gracias, Juan. —José se incorporó rápido; se volvió hacia la puerta con intención de salir; Germán le cogió del brazo.

—Yo voy contigo.

—¡No!, ¡tienes que quedarte a cuidar a Juan!

—Te recuerdo que también fui médico en las guerras de España. Juan sólo necesita tiempo para recuperarse del golpe. Conforme salgamos, le diré a un camarero que venga a atenderle. ¡No te voy a dejar ir solo!

—¡Sea, pues! ¡Vámonos ya! ¡Jimena está en peligro!

Los dos amigos salieron del camerino y se dirigieron sin tardanza a la salida de artistas; en la puerta, mientras Germán daba instrucciones al portero para que atendieran al empresario, José observó a un grupo de soldados que se encontraban junto a la taberna, al otro lado de la calle, y se acercó a ellos. Al verlo llegar y reconocer sus insignias de oficial, se cuadraron ante él. Germán se sumó al grupo.

—¡Necesitamos dos caballos! ¡Ya! ¡Déjennos también dos sables!

—¡A la orden, mi capitán!

Saltaron a la grupa de los equinos y emprendieron la persecución.

Capítulo 32
«La guarida»
1892

El mulato entró en la casa con Jimena en brazos. La vivienda había conocido tiempos mejores; ahora, las cortinas estaban raídas; los muebles, con marcas de roces y rotos en el tapizado; el suelo, levantado en algunos puntos... La casa daba la impresión de no haber sido utilizada en años; sin embargo, Críspulo se movió con facilidad sorteando los enseres mientras se dirigía hacia la habitación del fondo. Al abrirla, contempló el resultado de sus esfuerzos para mejorar la habitación: En un lateral, una cama con los pies y cabecero desvencijados y el cobertor sucio mostraban su abandono; sobre ella depositó a la cantante; le ató las manos y los pies, y la colocó de manera que pareciera que estuviese reposando con las manos juntas sobre el regazo y los pies estirados.

Entre dos ventanas un pequeño tocador cumplía las labores de altar; sobre este, en el centro del mueble, una foto de Regina presidía el lugar. Sobre la instantánea, en lugar de espejo, un cartel anunciador del teatro La Lonja mostraba un dibujo de Regina anunciando que era la estrella del espectáculo; a su alrededor, algunos daguerrotipos mostraban a la artista en diferentes actuaciones; a la derecha del tocador, un cartel anunciando la presentación de la nueva cantante Jimena Gonçalves mostraba un dibujo de la joven el día de su presentación en La Habana; el resto de la superficie de la cómoda mostraba rosas rojas en diferente estado de descomposición. Una serie de cabos de velas apagados, con abundante cerco en la base, señalaba que se encendían de forma habitual.

Críspulo se acercó a la cama y contempló a la joven; su desvalimiento lo hizo reflexionar. Cuando entró en el camerino tenía la intención de matarla, pero ahora, al verla indefensa y desvalida, pensó: «Creo que, si entiende que mis intenciones son las de agasajarla, la de tratarla como a una reina, al final se enamorará de mí y no querrá abandonarme nunca. Con el dinero que tengo podría retirarse del teatro y cantar sólo para mí, igual que hacia mi madre» —la miraba y se convencía de que lo que decía arreglaría todos sus problemas— «por supuesto, tendré que matar al gachupín, ese no nos va a traer más que problemas; pero, una vez desaparecido, Jimena no tendrá ojos más que para mí».

Volviendo a la realidad, el mulato decidió ir a esconder el carruaje que había utilizado para traer a la cantante; lo escondería en los almacenes que ahora, prácticamente, no se utilizaban y estaban medio abandonados. Iría y volvería en seguida y entonces hablaría de nuevo con la joven.

Cogió el bastón que estaba apoyado junto a la puerta, y se encaminó a la calle; una vez fuera de la casa, observó a su alrededor y, más tranquilo al no ver movimientos, subió a la calesa y se dirigió hacia los almacenes; bajó del vehículo, abrió el portón y volvió a montar en el pescante; con un golpe de la fusta a los caballos introdujo el carruaje en el interior.

*****

José y Germán montaron en los caballos y con un golpe en los ijares azuzaron los animales, que partieron veloces por la plaza de Armas; el médico estiró de las riendas para girar a su montura y enfilar la calle de los oficios seguido por Germán; al final de la calle torcieron ligeramente a la derecha en dirección sur para enfilar por la calle que les había indicado el empresario. José conocía la zona porque el camino era paralelo al que él recorría cuando se embarcaba en el muelle de San José para ir al depósito de cadáveres. Antes de llegar a los almacenes, con un gesto de la mano, paró a Germán.

—Nos bajamos aquí y desde este punto iremos a pie.

—¿Has visto algo? —le preguntó el músico.

—No, pero quiero explorar la zona antes de meterme en la boca del lobo sin saber que me puedo encontrar —al decir esto, ya había descabalgado y cogido las riendas del animal para conducirlo a pie hasta un lateral de la calle. Germán repitió el gesto y lo siguió.

Trabaron los animales a la rama baja de un naranjo y se acercaron a la esquina de la calle; con un gesto José señaló a Germán cuál era la casa.

Esta tenía el aspecto exterior de quien no la ha cuidado en muchos años; la pintura de las paredes había casi desaparecido por las inclemencias del tiempo; se observaba en algunos puntos que manera la madera, podrida, se había desprendido de la pared a la que se encontraba clavada. Algunas contraventanas estaban vencidas y fuera de sus bisagras; en dos de ellas faltaban láminas, los goznes estaban oxidados. El conjunto mostraba el abandono al que la vivienda había estado sometida.

Se aproximaron con cuidado y se encaminaron a un lateral de la casa. José inspeccionaba las ventanas con detenimiento buscando entrar por alguna de ellas. Finalmente, encontró una que no encajaba bien y que ofrecía cierta holgura a la manipulación; forcejeó con ella unos momentos y, al final, pudo separar las dos partes de esta. Con un gesto le pidió a Germán que le aupará para poder entrar; sentado en el alfeizar, ayudó a su compañero a subir.

En el interior de la casa comprobaron que se encontraban en una sala pequeña; al abrir con cuidado la puerta para que no chirriara, comprobaron que la sala daba al vestidor y frente a ellos se encontraba la puerta de entrada. A su derecha se veía el comedor y al fondo, la cocina. El aspecto de lo que contemplaban sus ojos era deprimente: objetos y muebles viejos, decrépitos y ajados; las telas, con agujeros de polilla, con algunos de los enganches sueltos; las alfombras, sucias, no habían conocido la limpieza en años. El comedor no presentaba mejor aspecto; el mismo polvo que se asentaba en toda la casa se había adueñado del salón principal de la vivienda.

José, que estaba mirando el suelo con detenimiento, levantó la vista hacia Germán y con un dedo sobre los labios le indicó que guardara silencio; a continuación, señaló con la misma mano el suelo del vestíbulo; sobre este, marcadas claramente, se apreciaban las huellas de pasos de una persona.

—Alguien ha estado aquí, y no hace mucho. El polvo no ha tapado las marcas de huellas por lo que son muy recientes.

Germán asintió en silencio. El médico y él

atravesaron el salón donde vieron otro grupo de huellas; al fondo se veía una habitación hacia la que se encaminaron. Al abrirla, José se quedó parado y sobrecogido en la puerta. Sobre la cama tendida sobre esta con las manos recogidas en el regazo y los pies estirados y juntos, yacía Jimena. Sendos nudos trababan sus extremidades; la joven estaba pálida e inmóvil. Los dos se acercaron a ella; el médico comprobó el pulso en su cuello.

—¡Su corazón late! —susurró a Germán—, ¡tenemos que sacarla de aquí!

Críspulo retornaba de los almacenes caminando con un caballo asido por las riendas. Quería comprobar una última vez cómo se encontraba Jimena antes de ir a buscar al gachupín y terminar con él. Sabía que eso era lo primero y lo más importante. Cuando el entrometido hubiera desaparecido, creía que convencería a la joven para que se quedará con él para siempre.

Llegó a la puerta de la casa y trabó la correa de la verja, subió los escalones y entró en la vivienda. En el vestíbulo se quedó parado, desconcertado; tenía la sensación de que algo no iba bien, pero no sabía qué; observó detenidamente a su alrededor y no vio nada extraño. Moviendo la cabeza para despejarla de pensamientos ominosos, se dirigió al dormitorio; poco antes de llegar, le pareció oír un leve murmullo.

Cogió el pomo de la puerta y la entreabrió; la escena que se presentaba ante él le dejó estupefacto; sus dos enemigos se encontraban junto al lecho de su amada: el músico le tocaba la frente, agachado sobre ella; el gachupín, de rodillas junto a la joven, intentaba deshacer el nudo de sus muñecas.

Al oír la puerta, Germán y José se giraron y se quedaron sorprendidos por su presencia. Al instante, el militar se incorporó y sacó el sable de su funda; Germán echó mano a su cintura para hacer lo mismo. En aquel momento, por el cerebro de Críspulo cruzaron un sinfín de pensamientos: esto era lo último que él esperaba, no quería un enfrentamiento en su casa, donde, además, estaba en inferioridad numérica y no podría recurrir a ninguno de sus trucos; el estoque en este espacio era un arma muy inferior al sable que llevaban sus enemigos.

En ese momento tomó una decisión: huir para enfrentarse al militar cuando tuviera más posibilidades de vencerle. Jimena tendría que esperar.

Dio un paso atrás con celeridad y cerró la puerta tras de sí. Salió de la casa y, cuando llegó al caballo, destrabó las riendas y saltó sobre la grupa. Azuzando salvajemente al animal, cabalgó como si le fuera la vida en ello.

José, tras la sorpresa inicial, se levantó para perseguir a Críspulo. Germán iba a hacer lo mismo. El médico le paró con la mano.

—¡No! ¡Debes quedarte aquí para atender a Jimena! ¡Cuando recupere el conocimiento, sácala de la casa y llévala al teatro!

—Pero...

—¡Sin peros! ¡Yo me encargo de Críspulo! ¡No se me va a escapar de nuevo!

José corrió tras el mulato. Llegó a la puerta y le vio

saltar sobre su montura y enfilar calle abajo. Él giró el lateral de la casa y desprendió las riendas de su caballo para montarlo e iniciar la persecución. Vio que giraba hacia la izquierda cabalgando por el paseo del Egido, e inició su seguimiento. Al llegar a la puerta del Egido contempló como Críspulo cruzaba el Arenal. ¡Sabía dónde se dirigía! ¡Sólo había una salida posible de La Habana desde ese punto!

Dispuesto a no perderlo de vista, golpeó suave en el cuello a su montura para aumentar la velocidad.

Capítulo 33
«Epílogo»
1892

Críspulo llegó galopando al límite de la ciénaga; desmontó en marcha junto al camino y corrió por la maleza para adentrarse entre los árboles en dirección al agua. Giró el cuello y comprobó la distancia que le separaba de su perseguidor; a unos cien metros, el gachupín galopaba hacia él. «Me alcanzará en seguida», pensó. Siguió corriendo, internándose en la espesura del bosque. José vio cómo el mulato se metía entre los árboles; cuando llegó a la altura del caballo de su enemigo, tiró de las riendas y descabalgó. Desenfundó su sable y corrió tras su contrincante.

La espesura dificultaba el movimiento de los dos hombres. Durante unos minutos, ambos se fueron moviendo con precaución entre las lianas y los troncos de los árboles centenarios. El mulato, para huir de su enemigo y buscar un lugar idóneo donde enfrentarse a él con ventaja; José, queriendo desesperadamente terminar con este asunto que había estado a punto de acabar con la vida de su amada.

Finalmente, Críspulo llegó a un punto en el que los árboles daban paso a una zona de arbustos y arena con el agua a unos diez metros bañando la pequeña playa que la naturaleza había creado en un lugar tan inhóspito. No pudiendo avanzar más, buscó refugio entre unos grandes arbustos, junto a tres palmeras inclinadas hacia el agua. Se arrodilló tras ellas y esperó.

A los pocos minutos apareció José; observó con detenimiento el entorno buscando por dónde había seguido huyendo el mulato. Contempló el suelo, pero las huellas formaban un batiburrillo en el medio del claro y no dilucidaban la dirección que el criminal había tomado. Avanzó despacio hasta el borde de la orilla, con el agua casi lamiéndole las puntas de las botas.

Críspulo, aprovechando que el militar se encontraba casi a su espalda, salió de la espesura e intentó alcanzarle con el estoque de su bastón lanzando un tajo transversal que buscaba partirle por la mitad; José escuchó el ruido de las ramas y hojas al moverse y se giró con el sable en posición de defensa, lo que le permitió ver, de una manera fugaz, de qué manera arremetía contra él el mulato. Apenas tuvo tiempo de parar el golpe y retroceder buscando un suelo más firme donde asentarse para pelear.

— ¡Te voy a matar español de mierda! ¡Y luego volveré a La Habana y mataré a tu cantante y a sus amigos!

José le escuchaba en silencio; Críspulo mostraba una sonrisa lobuna, cruel, mientras movía en pequeños círculos su acero buscando un punto débil por donde atacar. Su compostura habitual había desaparecido dejando ver el animal que era, un depredador para el que nada ni nadie tenía valor si no se acomodaba a sus planes y delirios.

Intercambiaron golpes y paradas; José inició un ataque que hizo retroceder a Críspulo unos metros.

Este se agachó y cogió un puñado de arena que tiró a los ojos de su oponente. José se cubrió la cara con el brazo libre y, al instante, notó un dolor lacerante en su brazo armado. El mulato había lanzado una estocada cuando el militar se cubría la cara, su instinto le hizo dar un paso atrás lo que le salvó la vida ya que el criminal había encontrado su brazo cuando buscaba su corazón.

José miró su brazo y vio que el mulato le había traspasado; la sangre manaba por la herida. «Si sigo así mucho tiempo me debilitaré por la pérdida de sangre», pensó. Mientras su cara componía una expresión de dolor, se rehízo y se puso de pie frente a su agresor. Críspulo inició un feroz ataque con movimientos variados que pretendían terminar con su víctima rápidamente.

El joven médico retrocedió aparentando ante su agresor que se debilitaba por la herida anterior; en un momento dado fingió que perdía fuerza en la pierna e iba a caer. Su oponente vio su oportunidad y lanzó una estocada a fondo. En ese momento, José paró el ataque e inició una serie de fondos y fintas con las que logró que el mulato tuviera que retroceder apresuradamente hacía la orilla; no vio una raíz vieja que sobresalía ligeramente en la arena. Críspulo tropezó y cayó hacia atrás en el agua; se incorporó con la punta de su arma encarando a su oponente y las piernas sumergidas hasta las rodillas; José se le acercó poco a poco hasta llegar al borde.

—Tira el arma al agua y sal con las manos encima de la cabeza. No puedes retroceder más —le conminó el médico.

—¡Nunca! ¡Te mataré! —respondió el agresor,

babeando espuma por la boca.

Ninguno de los dos se apercibió de qué un pequeño y aparente tronco que flotaba en el agua se desplazaba a la espalda del mulato. Cuando estuvo más cerca de su enemigo, José se percató de que lo que estaba a punto de llegar al mestizo era un cocodrilo. El negro observó que cambiaba la cara de su enemigo y sus ojos se abrían desmesuradamente; miró de reojo y vio que el cocodrilo se le acercaba; lo más rápido que pudo corrió levantando las piernas elevando espuma y agua a su alrededor hasta alcanzar la orilla. El cocodrilo había parado su marcha hasta quedar a pocos metros de la orilla.

La penumbra llegaba al claro y la visibilidad se reducía rápidamente. Críspulo, al que un sinfín de emociones le ocupaban el corazón y el cerebro, con la rabia desbordando desde su interior, vio durante un instante a José, y observó que se había quedado quieto contemplando el avance del saurio.

Recordó con rabia a su padre. Los malos tratos a los que sometió a su madre y a él mismo, y el desprecio se unió a los otros sentimientos que en ese momento le embargaban; con un fuerte impulso se lanzó sobre las piernas del médico y los dos rodaron por el suelo. En seguida se produjo un intercambio de puñetazos entre los contrincantes. El mestizo buscaba el cuello del militar con sus manos mientras este intentaba deshacerse de él y propinarle un golpe que terminara definitivamente el enfrentamiento. Ambos contrincantes rodaban por el suelo mientras luchaban cerca del borde del agua; el silencio del entorno sólo se veía roto con los jadeos y gemidos de ambos contrincantes debido al impacto de los golpes que se daban. Los cocodrilos ser acercaron a la orilla alertados por los ruidos y el chapoteo del agua.

Unos minutos más tarde, cuando la noche ya dominaba el cielo de la manigua, se escuchó un grito desgarrador dentro del claro que provocó el vuelo de las aves posadas en la arboleda; un silencio mortal se cernió sobre el lugar.

*****

La luna llena iluminaba con su pálida y fría luz las calles de La Habana; la noche se asentaba firme sobre la ciudad y las calles se encontraban casi vacías de transeúntes. En los alrededores del teatro La Lonja, quedaban pocos carruajes circulando ya que la actuación había terminado hacía horas.

Jimena se encontraba sola en su camerino preocupada por su amado; Germán, solícito como siempre, se había ofrecido a acompañar a don Benito y a doña Marisa a su casa ya que los pobres se habían quedado conmocionados con los hechos ocurridos después de la actuación de la cantante. Don Juan Blázquez se brindó a acompañarla, pero la joven sabía que tenía un compromiso que no debía eludir, por lo que declinó con una sonrisa su ofrecimiento.

Unos toques suaves sobre la puerta le hicieron mirar hacia ella, se levantó y la abrió. En el umbral, un Críspulo desaliñado y magullado, pero con una sonrisa feroz que se traslucía como un mal presagio se encontraba apoyado sobre su bastón. Sus ojos brillaban con una mirada enajenada y, sin embargo, triunfal en su locura.

La joven retrocedió asustada con la mano en el pecho ahogando un grito de temor. Él penetró en la cámara y, mostrando los dientes en lo que quería ser una sonrisa cortés, dijo:

—Buenas noches, querida. Gracias por esperarme esta noche. Siempre te dije lo mucho que te amaba; hoy me gustaría demostrártelo. Tenemos mucho que celebrar antes de que puedas reunirte con José. —Con la mano libre cerró la puerta tras de sí.

El empleado que limpiaba los camerinos todas las mañanas fue quien descubrió el cuerpo; en seguida mandó llamar al dueño del teatro. Juan Blázquez salió de casa raudo nada más conocer la noticia; entró en el teatro y recorrió los pasillos con rapidez hasta llegar al camerino de la cantante. Cuando entró, dio un paso atrás en el dintel, horrorizado ante el espectáculo que se ofrecía ante sus ojos.

El cadáver de Jimena se encontraba en el suelo boca arriba; el cuerpo, recto con las piernas alineadas y los brazos cruzados con las manos sobre su regazo, sosteniendo un ramo de amapolas rojas. El vestido, ensangrentado, mostraba las señales de muchas heridas de puñaladas en tronco y abdomen; la sangre silueteaba el cuerpo de la joven y se remansaba alrededor de su cuerpo; sobre la sangre se habían esparcidos "nomeolvides"; el rostro de Jimena, pálido, casi cerúleo por la pérdida del líquido vital; los ojos,

312

abiertos, sostenían sobre cada uno de ellos un real de plata.

Juan se desplomó sobre el sillón, devastado y conmocionado por el impacto de la escena, el promotor aspiró profundo y, una vez más calmado, examinó la habitación con detenimiento. Sobre la mesa del tocador, una nota destacaba en el entorno. Se aproximó a la mesa y leyó su contenido:

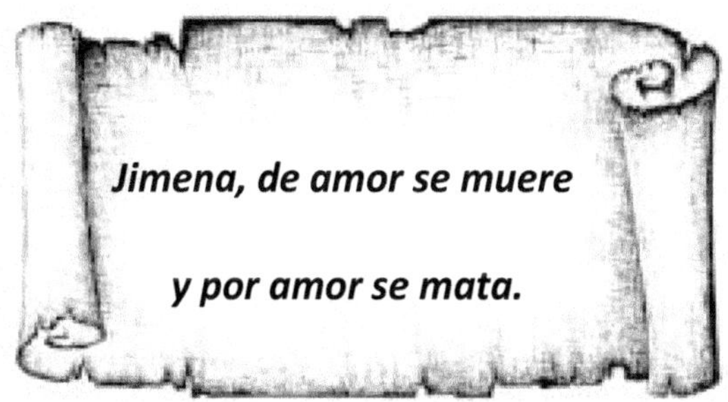

Don Juan, consciente de la intensidad de los sentimientos y emociones de las gentes en esta isla tan sensual y ardiente, donde los amores y los odios alcanzaban cotas inimaginables, nunca imaginó presenciar el alcance de esas pasiones cuando el mal las llevaba hasta la tragedia; Cuba había permitido el renacimiento de un antiguo amor para, cruelmente, convertirlo en el más trágico de los destinos.

---

* En la simbología de las flores, la amapola se equipara con el amor y el sueño. La amapola roja representa el sueño, y el olvido, por lo que también es conocida como la flor del consuelo. Las violetas "no me olvides" es el símbolo de los amores eternos y sinceros; se interpreta su regalo como el amor no correspondido, la respuesta del eterno enamorado.

Índice

Prólogo   13

Capítulo 1.   Un callejón en La Habana   15

Capítulo 2.   Valle de Güines   23

Capítulo 3.   El cortejo   33

Capítulo 4.   La noticia   41

Capítulo 5.   El depósito de cadáveres   51

Capítulo 6.   Un nuevo comienzo   59

Capítulo 7.   Una sorpresa inesperada   71

Capítulo 8.   El final de un largo día   81

Capítulo 9.   La recepción   89

Capítulo 10.   Críspulo   101

Capítulo 11.   Metamorfosis   109

Capítulo 12.   La incursión   121

Capítulo 13.   Jimena   127

Capítulo 14.   Germán   131

Capítulo 15.   La travesía   141

Capítulo 16.   Una reunión en New York   151

Capítulo 17.   Viaje inesperado   155

Capítulo 18.   Una reunión clandestina   163

Capítulo 19.   Una ardua investigación   171

Capítulo 20.   Fin de semana en Sintra   181

Capítulo 21.   La carta   191

Capítulo 22.   El duelo   199

Capítulo 23.   El reencuentro   209

Capítulo 24.   Puerta de la Güira   217

Capítulo 25.   Batalla en la trocha   227

Capítulo 26.   Quivicán   239

Capítulo 27.   Un avance crucial   247

Capítulo 28.   Vuelta a La Habana   259

Capítulo 29.   Días felices   269

Capítulo 30.   Las piezas encajan   281

Capítulo 31.   Enfrentamiento en el teatro   291
Capítulo 32.   La guarida   299
Capítulo 33.   Epílogo   307
                Índice   315
                Agradecimientos   317
                Apéndice   319
Letras de Habaneras   317
                El amor en el baile   319
                La paloma   321
                La amistad   322
                El amor es un pájaro rebelde   324
                La bayamesa   325
                Yo soy guajira   326
                La Carolina   327
                La bella Lola   328
                La perla   329

AGRADECIMIENTOS

Quiero agradecer a Alberto Grima Serrano, buen amigo y colega literario, su prólogo así como sus consejos y sugerencias para mejorar la obra; su conocimiento profesional en el mundo de la escritura me ha servido de gran ayuda.

A Germán, Jesús, Beni, Marisa, Juan y Faustino, gracias por dejarme haceros participar en la trama de la novela. Ha sido muy divertido incluiros y haceros vivir a cada uno su propia aventura.

A mis prelectores: Rebeca, Cristina, Álvaro y José Antonio. Sin vuestro desinteresado esfuerzo, vuestras indicaciones y recomendaciones técnicas, no podría escribir los relatos que se me ocurren.

Y como siempre, a mi esposa, Carolina, por su infinita paciencia, comprensión y amor.

APÉNDICE

La habanera, también llamada en Cuba Tango Congo, nace de los ritmos musicales africanos que traen los fugitivos que huyen de Haití y se asientan en la parte oriental de Cuba.

Se considera a Manuel Saumell (1817-1870) el padre de la habanera con su obra "La amistad", en la que transforma la danza original con estilo francés en una propia de ritmo cubano, dando origen a la habanera.

Sobre ella, el periodista Carlos Ossorio y Gallardo publicó un artículo denominado "La habanera" en la revista "La Música Ilustrada Hispanoamericana", en 1901*. Una parte de este decía lo siguiente:

> *"Hace ya mucho tiempo, una hermosa criolla, cuyo rostro parecía tener la blancura marfilina de la azucena, sus ojos todo el resplandor del sol tropical, su mirada toda la dulzura armoniosa que produce el balanceo soñoliento de los verdes plumeros que coronan las altas palmeras, su talle la flexibilidad de los maizales ondulantes e inquietos al menor soplo de la brisa caliginosa enviada por el mar plateado y fosforescente, sus curvas todo el encanto de la línea graciosa y soberana; una hermosa*

criolla de hablar cadencioso y arrullador, de languideces seductoras, de corazón tierno y pasiones violentas, depositó el espléndido tesoro de su belleza en la hamaca indolente, y ante el tenue vaivén que le originaba el aire de su abanico, cerró los ojos, como si quisiera realizar un eclipse de sol, y lanzando una cascada de suspiros, quedó dormida profundamente.

Aquellos suspiros fueron la primera habanera"

A continuación, dejo al lector recogidas en el libro, las letras y las partituras que he podido encontrar de las habaneras que se citan en la novela, según su orden de aparición en la misma.

* Fuente: Wikipedia

EL AMOR EN EL BAILE

Yo soy niña, soy bonita,
Y el pesar no conocí;
Yo soy niña, soy bonita,
Y el pesar no conocí.

Pero anoche, ¡ay mamita!
Yo no se lo que sentí.
Mi corazón latió así...
¡Ay!, yo creo se agita
Porque el amor entró en mí.

Mamita, sí, mamita, sí.
No lo dudes, él palpita
Porque el amor entró en mí.

Mamita, sí, mamita, sí.
No lo dudes, él palpita
Porque el amor entró en mí.

Autor desconocido. 1842

LA PALOMA

Cuando salí de la
Habana,
¡Válgame, Dios!
Nadie me ha visto
Salir
Si no fui yo,
Y una linda
Guachinanga
Sí, allá voy yo,
Que se vino tras de
Mí,
¡Que sí, señor!

Coro:
Si a tu ventana llega
Una Paloma,
Trátala con cariño
Que es mi persona.
Cuéntale tus
Amores,
Bien de mi vida,
Corónala de flores
Que es cosa mía.

¡Ay! ¡Chinita que sí!
¡Ay! ¡Que dame tu
¡Amor!
¡Ay! ¡Qué vente
conmigo,
chinita, a donde
vivo yo!

El día que nos
Casemos
¡Válgame, Dios!
En la semana que
Hay ir,
me hace reír,

Desde la iglesia
Juntitos,
Que sí señor,
Nos iremos a dormir.
Allá voy yo.

Coro:

Cuando el curita
nos eche
la bendición
en la iglesia
Catedral

Allá voy yo,
Yo te daré la manita
Con mucho amor
Y el cura dos
Hisopazos.

¡Que sí, señor!

Coro:

Cuando haya
Pasado tiempo
¡Válgame, Dios!
De que estemos
Casaditos
Pues sí señor,
lo menos
tendremos siete,
¡Y que furor!
O quince
guachinanguitos...
¡Allá voy yo!

Sebastián de Iradier y Salaverri. 1863

LA AMISTAD

Si la amistad se pudiera
perfumar como un pañuelo,
o como un ave en vuelo
su belleza se sintiera.

Si la amista floreciera
como florece un jardín,
y resonara sin fin
en ciudades y praderas.
Al sentirla ver pudieras,
de un confín a otro confín,
a cualquier lugar que fueras.

Es perfume, flor, jardín,
que la amistad verdadera
nace y nunca tiene fin.

Manuel Saumell

EL AMOR ES UN PÁJARO REBELDE

El amor es un pájaro
rebelde, que nadie
puede dominar, y es vano
llamarlo, si él
prefiere rehusarse.

De nada sirve amenazar o
suplicar. Uno habla
bien, el otro se calla; y es al
otro al que yo
prefiero; no ha dicho nada
pero me gusta.

Coro
¡El amor! ¡el amor! ¡el amor! ¡el amor!

El amor es un niño
vagabundo, jamás, jamás
ha conocido ley. Si tú no
me amas, yo te amo;
y si te amo, ¡Ten cuidado!

El pájaro al que creíste
sorprender, batió sus
alas y voló... El amor está
lejos, puedes
esperarlo; no lo esperas
más ¡y ahí está!

A tu alrededor, rápido,
rápido, viene, se va,
luego regresa. Crees
tenerlo, te evita; creíste
evitarlo, y él te tiene.

Coro
¡El amor! ¡el amor! ¡el amor! ¡el amor!

George Bizet. 1875

LA BAYAMESA

Al combate corred, bayameses,
que la patria os contempla orgullosa.
No temáis una muerte gloriosa,
que morir por la patria es vivir.

En cadenas vivir es vivir
en afrenta y oprobio sumido.
Del clarín escuchad el sonido.
¡A las armas, valientes, corred!

No temáis; los feroces íberos
son cobardes cual todo tirano
no resisten al bravo cubano;
para siempre su imperio cayó.

¡Cuba libre! Ya España murió,
su poder y su orgullo ¿do es ido?
¡Del clarín escuchad el sonido
¡¡a las armas!!, valientes, corred!

Contemplad nuestras huestes triunfantes
contempladlos a ellos caídos,
por cobardes huyeron vencidos:
por valientes, sabemos triunfar!

¡Cuba libre! podemos gritar
del cañón al terrible estampido.
¡Del clarín escuchad el sonido,
¡¡a las armas!!, valientes, corred!

Pedro Figueredo 1868

YO SOY GUAJIRA

Yo soy guajira,
nací en Melena,
en el ingenio de Curugey,
tengo quince años, me llamo Elena,
soy dulce y buena
como el mamey.

Me despiertan las tojosas,
me levanto al salir el Sol
y voy a cortar las rosas
que alegre guardo para mi amor.

A misa del pueblo voy
montadita en mi alazán
y todos dicen que soy
la más hermosa del manigual.

Habanera anónima del siglo XIX

LA CAROLINA

Por la calle La Muralla paseaba usted
Y yo con sombrero en mano la saludé.

Volvió la cara sin responder...

¡Ay! ¡Carolina, mulata linda cuánto desdén!
¡Ay! ¡que desdicha dar a una ingrata tanto querer!

Yo quiero verla otra vez
Como ayer tarde la vi:
Con bata blanca ceñida
Y sombrilla carmesí.

Carolina ven...

Habanera anónima del siglo XIX

LA BELLA LOLA

Después de un año de no ver tierra
porque la guerra me lo impidió
regresé al puerto donde se hallaba
la que adoraba mi corazón.

ESTRIBILLO:
Ay, qué **placer** sentía yo,
cuando en la playa sacó el pañuelo y me saludó.
Luego después vino hacia mí,
me dio un abrazo y en aquel acto, creí morir.

AL ESTRIBILLO
La cubanita lloraba triste
de verse sola y en alta mar,
y el marinero la consolaba,
no llores Lola, no te has de ahogar.

AL ESTRIBILLO

LA PERLA

En el fondo del mar nació la perla
y enalta roca la violeta azul
y en las nubes las gotas de rocío
y en mis ensueños, y en mis ensueños Tú.

Murió la perla en imperial corona
y en búcaro gentil la mustia flor
y en brillantes vapores del rocío
y en tu memoria y en tu memoria Yo
y en brillantes vapores del rocío
y en tu memoria y en tu memoria YO.

.

Eduardo Blasco y Zapata

Otras novelas del autor

Esta novela se terminó de escribir
en Bilbao, en abril de 2024

www.ingramcontent.com/pod-product-compliance
Lightning Source LLC
LaVergne TN
LVHW051254200726
843510LV00010B/1116